Sophia Farago

Der Heiratsplan

Die Lancroft Abbey Reihe

Der Heiratsplan

von

Sophia Farago

DRYAS

Das für dieses Buch eingesetzte Papier ist ein Produkt aus
nachhaltiger Forstwirtschaft.

1. Auflage 2015

Herausgeber: Dryas Verlag, Frankfurt am Main

Herstellung: Dryas Verlag, Frankfurt am Main
Lektorat: Vera Baschlakow
Korrektorat: Dr. Rainer Schöttle
Umschlaggestaltung: Eden & Höflich, Berlin
Umschlagmotiv: Tatyana_K / Jason Salmon / Shutterstock (Montage)
Graphik „Floral Design": © life_artist - Fotolia.com
Satz: Dryas Verlag, Frankfurt am Main
Gesetzt aus der Palatino Linotype
Druck: CPI books GmbH, Ulm

Dieses Werk wurde vermittelt durch die Michael Meller Agency GmbH,
München

Bibliografische Information der Deutschen Bibliothek:
Die Deutsche Bibliothek verzeichnet diese Publikation in der Deutschen
Nationalbibliografie, detaillierte bibliografische Daten sind im Internet
über http://dnb.ddb.de abrufbar

ISBN 978-3-940855-60-2
www.dryas.de

Kapitel 1

Lancroft Abbey, Tunbridge Wells, Kent,
April 1811

„Er ist da! Penelope, er ist gekommen! Ist das nicht aufregend?" Frederica hatte kaum das Zimmer betreten, das sie mit ihrer zwei Jahre jüngeren Schwester teilte, da riss sie auch schon die Tür des wuchtigen Kleiderschranks mit heftigem Schwung auf, dass diese laut in den Angeln knarrte. „Unsere Trauerzeit ist vorbei. Endlich ist Schluss mit diesen tristen, hässlichen Kleidern!"

Penelope sah nur kurz auf, um sich dann wieder der kleinen getigerten Katze zuzuwenden, die auf ihrem Schoß lag und die sie hingebungsvoll streichelte.

„Von wem sprichst du, Frederica? Ich wusste gar nicht, dass Mama Besuch erwartet."

Etwas Weiches landete neben ihr auf der bestickten Bettdecke. Es war ein schlichtes Tageskleid in düsterem Violett, der Kragen hochgeschlossen, nicht die kleinste Spitze am schmalen Ärmel. Gleich darauf folgte ein schwarzes Leinenkleid, grob, einfach und ohne jeden Zierrat.

Frederica hielt kurz inne. „Aber natürlich weißt du das, Lämmchen! Es ist nur so, dass es dich nicht interessiert.

Mr Grittleton ist eingetroffen. Das ist der Vermögensverwalter, den Mamas Halbbruder, Onkel Chedworth, zu uns geschickt hat. Endlich werden wir erfahren, wie viel Geld für mein Debüt zur Verfügung steht. Cousine Agatha und ich können nun nach London aufbrechen. Und endlich, endlich brauchen wir diese Scheußlichkeiten nicht mehr zu tragen. Findest du das nicht herrlich, Penelope?"

Ihre Schwester schüttelte den Kopf: „Ich habe die Trauerkleidung eigentlich recht praktisch gefunden. Man wurde im Stall nicht so schnell schmutzig."

„Wie dem auch sei, nun wird alles anders!", rief Frederica, während ihre Wangen voll Vorfreude glühten. „Fast habe ich das Gefühl, mein Leben würde erst jetzt richtig beginnen."

Die kleine Katze auf Penelopes Schoß rekelte sich ausgiebig, bevor sie wohlig zu schnurren begann. Für einen kurzen Augenblick war Frederica von ihrem eigentlichen Thema abgelenkt. „Mama mag es nicht, wenn du Tiere mit in unser Schlafzimmer bringst, Lämmchen."

Der Protest folgte umgehend. „Aber das ist doch kein *Tier*! Das ist bloß ein Kätzchen. Sieh nur, wie sauber es ist. Und wie süß. Außerdem wirst du mich sicher nicht bei Mama verpetzen."

Frederica lachte. „Nein, natürlich nicht."

Sie griff zum nächsten Kleiderbügel, und ein schlichtes dunkelgraues Kleid landete neben den beiden anderen auf dem Bett.

„Weißt du, wie lange ich schon von meinem Debüt in London geträumt habe? Seit meinem sechzehnten Geburtstag. Seit sage und schreibe sechs Jahren male ich mir alle Einzelheiten aus. Wie oft habe ich Papa darum gebeten, aber er wollte bekanntlich nichts davon hören. Er hasste die Hauptstadt ebenso sehr, wie Mama sie hasst. Wenn es nicht Cousine Agatha gäbe, die bereit ist, mich als Chaperone zu begleiten, käme ich wohl nie im Leben dazu, vor der Königin und unserem neuen Prinzregenten einen Knicks zu machen."

„Ich stecke mein Geld lieber in Edwards Ausgrabungen, als es den Putzmacherinnen für Rüschen und Tand in den Rachen zu werfen." Penelope imitierte die tiefe Stimme ihres Vaters so gekonnt, dass Frederica laut auflachen musste.

„Wer braucht schon neue Stiefelchen, wenn man ein Stück des Schuhs von Ramses II. haben kann?", ergänzte sie.

Nun lachten sie beide.

Doch Frederica wurde schnell wieder ernst. „Du weißt, dass ich Papa geliebt habe, Lämmchen. Und doch hätte ich mir gewünscht, er hätte sich mehr für seine eigenen Kinder interessiert als für Cousin Edwards Ausgrabungen. Der war schließlich nicht einmal sein echter Neffe, sondern bloß der Gatte von Mamas Nichte."

„Ich denke, er hat Edward für seine Leistungen bewundert", wandte Penelope ein. „Dafür, dass er seine Gesundheit und ein bequemes Leben aufs Spiel setzte, um im Wüstensand nach Schätzen längst vergangener Tage zu graben."

„Wenn er Edward bewunderte, dann hätte er Cousine Agatha noch viel mehr bewundern müssen", antwortete Frederica. „Sie ist schließlich eine Lady. Und doch hat sie mit ihrem Gatten in Ägypten gelebt und ihn bei seiner Arbeit unterstützt."

„Das ist richtig. Und jetzt nimmt sie auch noch das Abenteuer auf sich, dich als Anstandsdame nach London zu begleiten. Sie ist wirklich unerschrocken, das muss ich zugeben."

Penelope hatte bei den letzten Worten zu lachen begonnen. Ihre Schwester ließ sich neben ihr auf dem Bettrand nieder und stimmte in das Lachen ein.

„Ich denke, es wird wirklich ein Abenteuer. All die Gesellschaften, Theater, Museen, ich kann es kaum mehr erwarten." Sie hielt kurz inne: „Möchtest du nicht doch mit uns kommen, Lämmchen?"

Erschrocken riss Penelope die Augen auf und schüttelte energisch ihre blonden Locken.

„Oh nein, meine Liebe, es gibt nichts, was mir die Hauptstadt reizvoll erscheinen lässt. Hast du Mamas Erzählungen vergessen? Wie laut es in London ist und wie schmutzig? Die Luft ist schlecht, und häufig löst sich der Nebel tagelang nicht auf." Angeekelt verzog sie das Gesicht.

„Das wird mir nichts ausmachen ..."

„Warte nur ab! Papa reiste stets widerwillig zu den Sitzungen des *House of Lords*. Und Mama hasste es geradezu, wenn sie ihn begleiten musste."

„Ja, aber London hat sicher auch seine gute Seiten", ließ sich Frederica in ihren hoffnungsfrohen Zukunftsträumen nicht beirren.

„Das mag schon sein, doch sicher nicht für mich. Warum sollte ich in eine stinkende, große Stadt wollen, wenn es auf dem Lande so schön ist? Hier habe ich Natur ringsherum. Ich kann alles zu Pferd erkunden. Bunte Blumenwiesen, duftendes Heu! Und dann sind da noch die vielen anderen Tiere. Vögel, Kühe und die Schafe. Habe ich dir schon erzählt, dass Aphrodite, das hübsche, schwarze Schaf mit den besonders dunklen Augen, Nachwuchs erwartet, Freddy?"

„Ach, tatsächlich?", fragte Frederica mehr ihrer Schwester zuliebe als aus wirklichem Interesse. Sie stand auf und wandte sich wieder dem Schrank zu, um das nächste Kleid kritisch in Augenschein zu nehmen.

„In London soll es auch große Parks mit blühenden Wiesen geben, in denen man ausreiten kann", sagte sie. „Und dazu noch viele andere verlockende Dinge."

Eine graue Pelerine landete auf dem Kleiderstapel.

„Denk doch nur an die wunderbaren Buchgeschäfte, Penelope. Prall gefüllt mit den interessantesten Reisebeschreibungen und den aufregendsten Romanen. Am Piccadilly soll es einen besonders großen Laden geben, der dir jedes Buch besorgt, das du lesen möchtest. Willst du es dir nicht doch noch einmal überlegen? Immerhin bist du auch schon zwanzig Jahre alt und damit längst im passenden Alter für ein Debüt."

„Ich will aber nicht!", beharrte Penelope trotzig und so laut, dass das Kätzchen erschrocken von ihrem Schoß sprang und sich unter das Bett verkroch. „Ich hoffe darauf, dass ich in nicht allzu ferner Zukunft hier in Tunbridge Wells einen Landedelmann kennen- und lieben lerne. Dann könnte ich für immer in der Nähe von Lancroft Abbey bleiben, und ein Aufenthalt in der Hauptstadt bliebe mir erspart."

Frederica sank wieder aufs Bett und ergriff die Hand ihrer Schwester: „Wenn du dir das so sehr wünschst, dann wünsche ich es dir natürlich auch." Sie seufzte.

„Obwohl es in London ohne dich schrecklich einsam sein wird.“

Penelope drückte ihr einen kleinen Kuss auf die Wange. „Auch wenn ich nicht mitkommen möchte, finde ich es lieb von dir, dass du das sagst.“

„Ich nehme Papa übel, dass er unsere Debüts immer wieder hinausgeschoben hat“, meinte Frederica nach kurzem Überlegen. „Vermutlich wären wir beide sonst längst unter der Haube. Wie schade, dass ihn seine Kinder so wenig interessiert haben.“

Ihre Schwester widersprach ungewohnt energisch: „Oh, das stimmt so nicht, Freddy! Für unsere Brüder Bertram und Niki hat er sich doch stets interessiert. Er war mehrfach in Eton, um nach dem Rechten zu sehen. Weißt du noch, wie glücklich er war, als Bertram sein Studium in Cambridge aufgenommen hatte? Noch nie habe ich ihn so stolz gesehen wie an diesem Tag.“

Frederica gab ihr recht. „Also gut, dann finde ich es eben schade, dass sich Papa für seine drei Töchter so wenig interessierte. Findet diese Formulierung Gnade vor deinen gestrengen Ohren?“

Penelope nickte ernst. „Wir drei Töchter konnten Papas Aufmerksamkeit wohl tatsächlich nie lange fesseln.“

„Wobei es dir noch am ehesten gelang, Lämmchen, denn euch verband die Liebe zu Tieren“, revidierte Frederica ihr harsches Urteil.

„Wir dürfen aber auch nicht vergessen, dass er dich Schach spielen gelehrt hat und dir erlaubte, jedes Buch aus der Bibliothek auszuleihen.“

„Das stimmt allerdings …“, gab Frederica zu.

„Weißt du noch, als wir Kinder waren? Papa hat eigenhändig den Efeu ausgerissen, der den Boden rund um die kleine Kapelle bedeckte", erzählte Penelope.

Und ob sich Frederica daran erinnerte: „Wir hatten Fangen gespielt, ich war hingefallen und mit dem Gesicht mitten im Efeu gelandet. Wie schrecklich ich die nächsten Tage ausgesehen habe! Die vielen Pusteln an Gesicht und Händen."

„Du hast uns allen mit deinem schlimmen Ausschlag so leidgetan, Freddy. Dein Gesicht war rot wie Feuer, die Augenlider geschwollen ..."

„Und wie das juckte! Ich durfte mich nicht kratzen, weil Miss Wollbridge sagte, das würde schlimme Narben hinterlassen."

„Ach, die gute Miss Wollbridge", seufzte Penelope. „Wir hatten großes Glück mit unserer Gouvernante."

Frederica gab ihr unumwunden recht. „Das stimmt! Und dass Papa den Efeu ausgerissen hat, damit ein weiteres Missgeschick verhindert wurde, war wirklich sehr väterlich von ihm."

„Ja, und es zeigt, dass wir drei Mädchen ihm wohl doch nicht egal waren. Manchmal fand er sogar Vivians stürmisches Temperament amüsant, auch wenn Mama sie dafür tadelte."

Frederica ergriff wieder die Hand ihrer Schwester. „Ich vermisse ihn", sagte sie leise.

„Ich vermisse ihn auch", gab Penelope zu. Doch als sie Fredericas traurige Miene sah, wollte sie die trüben Gedanken ihrer großen Schwester verscheuchen. „Wie stellst du dir denn dein Debüt in London vor? Wirst du mit Cousine Agatha viele Bälle besuchen? Und dann gibt es ja noch diesen berühmten Almack's Club, in dem sich jede junge Debütantin unbedingt sehen lassen muss. Denkst du, Agatha kann euch Eintrittskarten dafür besorgen?"

Kapitel 2

Mr Grittleton saß auf der vorderen Kante des Sessels, den man ihm angeboten hatte, doch er hatte das Gefühl, als säße er auf Nadeln. Gut, er hatte geahnt, dass seine Mission heikel war, aber er hatte nicht gewusst, wie schwer sie tatsächlich werden würde. Er nahm die Teetasse, die ihm Ihre Ladyschaft persönlich eingegossen hatte, dankend entgegen, griff zu einem Stück Shortbread, das auf einer silbernen Etagere bereitstand, und wünschte sich weit weg.

Dafür gab es mehrere gute Gründe. Zum einen hatte er die beschwerliche Reise von London hierher nördlich von Tunbridge Wells mit nur einer Übernachtung in Hidenborough hinter sich gebracht. Jetzt war er müde und sehnte sich nach einem sauberen, ruhigen Zimmer. Außerdem hatte er gehofft, Lady Panswick würde ihrem Bruder, seinem Auftraggeber, ähneln. Wenn ihn irgendjemand direkt darauf angesprochen hätte, dann hätte er über Archibald Dalfort, den Baron of Chedworth, nur anerkennende Worte gefunden. Seine Lordschaft war ohne Zweifel ein Ehrenmann, Baron in bereits neunter Generation, der Kunst ebenso zugetan wie edlen Portweinen. Da Mr Grittleton sich selbst für einen recht passablen Schachspieler hielt, konnte er die Meisterleistungen, die der Baron auf dem Schachbrett vollführte, mit aufrichtiger Anerkennung würdigen. Und er hatte sich gefreut, als dem Baron diese Fertigkeit sogar bewundernde Worte des Prince of Wales eingetragen hatte. Als Mr Grittleton nun daran dachte, musste er sich in Gedanken korrigieren. Prince George war nicht länger nur der Prince of Wales, nein, seit 6. Februar dieses Jahres war er Herrscher über das Königreich, da er als Prinzregent die Geschäfte seines Vaters führte. Armer King George! Von einer schlimmen Krankheit geplagt und dann auch noch solch einen verschwenderischen Stellvertreter!

Mr Grittleton biss in sein Shortbread, seufzte und dachte erneut über seinen Auftraggeber nach. Insgeheim hielt er ihn für einen trägen, weinerlichen Tagträumer, der sich nur für sich selbst interessierte. An seine Vorliebe für exaltierte Westen aus geblümter chinesischer Seide wollte er erst gar nicht denken. Was für modische Torheiten eines jungen Stutzers, der noch nie den Ernst der wirklichen Welt kennengelernt hatte. Aber er bezahlte ihn gut und sorgte dafür, dass ihm die Arbeit nicht ausging. Selbst wenn er immer jammerte und ihm mit seinen Allüren wertvolle Zeit stahl, so tat er letzten Endes doch stets das, was er, Grittleton, ihm geraten hatte. Der Baron war, wie er erst kürzlich im kleinen Kollegenkreis unter dem Siegel der Verschwiegenheit stolz erklärt hatte, Wachs in seinen Händen. Was auch gut war, denn sein Auftraggeber hatte von der Verwaltung seiner Besitztümer keine Ahnung. Und er wollte sich auch gar nicht damit befassen. Als dem Baron vor gut einem Jahr die Verwaltung des Vermögens seines verstorbenen Schwagers und die Vormundschaft über fünf unmündige Neffen und

Nichten übertragen worden war, hatte er keinen Augenblick gezögert und alles in seine bewährten Hände gelegt. Mr Grittleton seufzte. Es hatte geraume Zeit gedauert, bis seine Angestellten alle Unterlagen so weit aufbereitet hatten, dass er sich ein klares Bild von den Vermögensverhältnissen der Hinterbliebenen machen konnte. Und dieses Bild war alles andere als erfreulich.

Während seiner ihm endlos vorkommenden Kutschenfahrt nach Lancroft Abbey zur Halbschwester seines Auftraggebers hatte er genügend Zeit gehabt, seine Wortwahl mit Bedacht zu treffen. Er erwartete eine Gesprächspartnerin, die ihrem Bruder glich, hoffte darauf, dass sie weniger anstrengend sein würde, und ging davon aus, dass auch sie widerspruchslos all das umsetzen würde, was er ihr vorschlug.

Als Erstes hatte ihn der Anblick des Herrenhauses aus der Bahn geworfen. Lancroft Abbey war so groß! Vier zweigeschossige Gebäudeflügel, die von vier achteckigen Ecktürmen flankiert waren, umschlossen einen Innenhof. Es würde viel mehr finanzielle Mittel erfordern, dieses aus Backstein errichtete Bauwerk aus der Tudorzeit zu erhalten, als er gehofft hatte. Was ihn als Nächstes aus der Bahn warf, war seine Gastgeberin selbst, die alles andere als die weinerliche, zartbesaitete Elfe war, die er erwartet hatte. Er saß einer robusten, korpulenten Witwe gegenüber, die ihn soeben mit lauter Stimme unverblümt fragte: „Warum in aller Welt haben Sie sich so lange Zeit gelassen, um uns diesen Besuch abzustatten, Mr Grittleton? Wir hatten Sie bereits vor Monaten erwartet."

Er schreckte aus seinen Gedanken auf.

„Ja, äh, also" war alles, was er herausbrachte. Wie hätte

er der resoluten Lady auch klarmachen können, dass es nicht einfach gewesen war, ihren Bruder zu überreden, dieser Reise überhaupt zuzustimmen.

„Schreiben Sie ihr, was zu tun ist, das reicht", hatte er gesagt und dabei dem Kammerdiener die Hand zur Maniküre gereicht. „Das Weib hat sich nach Ihren Befehlen zu richten. Kein Grund, sich wegen einer Reise zu echauffieren. Ich brauche Sie hier in London."

„Seine Lordschaft hielt es nicht für angebracht, Mylady während der Trauerzeit mit finanziellen Angelegenheiten zu behelligen", sagte Mr Grittleton nun, während er sich im Stillen zu seinem diplomatischen Geschick beglückwünschte.

Eine Augenbraue schnellte in die Höhe. Seine Gastgeberin kannte ihren Halbbruder offensichtlich zu gut, als dass sie diesen Worten Glauben schenken konnte. Keine Frage, Lady Panswick war aus einem anderen Holz geschnitzt als der Baron. Sie unterschied sich allerdings auch von all den adeligen Damen der Londoner Gesellschaft, die er kannte. Als sie ihm eine Tasse Tee gereicht hatte, war sein Blick auf ihre Hände gefallen. Diese Hände konnten zupacken, und wenn man sich die Schwielen und Risse ansah, dann taten sie es auch.

„Reichst du mir die Liste herüber, Agatha?", fragte sie.

Lady Panswicks Stimme klang rau und ungewöhnlich tief. Ihre Worte waren an die große, hagere junge Frau gerichtet, die aufgerichtet neben ihr auf dem ausladenden Diwan saß. Sie trug ein hochgeschlossenes, äußerst schlichtes Kleid. Die dunkelblonden Haare waren streng aus dem Gesicht gekämmt, zu einem Zopf geflochten und am Oberkopf festgesteckt. Sie war ihm als Lady Alverston vorgestellt worden. Anscheinend war sie die Nichte von Lady Panswick. Er hatte da so eine Geschichte im Hinterkopf. War es nicht Lord Alverston gewesen, der ein gefährliches Fieber aus Ägypten mitgebracht hatte, von dem letztlich nicht nur er selbst, sondern auch der Viscount of Panswick, der Herr dieses Anwesens, dahingerafft wurde? Mr Grittleton war ganz in Gedanken versunken. Er hatte es immer schon gewusst. Reisen brachten unkontrollierbare Gefahren mit sich und sollten daher vermieden werden. Im schönen Königreich hatte man alles, was der Mensch begehrte. Und was es hier nicht gab, das brauchte man auch nicht. Ja, er war ein Mann mit festen Grundsätzen. Erschrocken zuckte er zurück. Um Himmels willen, was war denn das?

Ihre Ladyschaft wedelte mit einem Bogen Papier vor seiner Nase herum.

„Hier, Mr Grittleton, habe ich Ihnen all die Ausgaben notiert, die ich in den nächsten Monaten zu tätigen beabsichtige. Es wird höchste Zeit, dass wir bei den Häusern unserer Pächter ein paar Dächer ersetzen. Im Nordturm regnet es herein, einige Fenster bedürfen eines neuen Anstrichs, und meine Älteste muss dringend ihr Debüt in London geben. Wenn Sie sich also die Zahlen ansehen … Warum entgleiten Ihnen denn die Gesichtszüge?“, fragte sie überrascht.

Der Vermögensverwalter nahm ihr das Blatt ab und versuchte sich auf die Zahlen zu konzentrieren, doch bald schon verschwammen sie vor seinen Augen. Die Ausgaben schienen alle wohldurchdacht und höchst berechtigt zu sein, allein es stand kein Geld dafür zur Verfügung. Nicht ein einziger Shilling. Wie sehr fürchtete er sich davor, diese Worte laut auszusprechen!

Die raue Stimme seiner Gastgeberin riss ihn erneut aus seinen Gedanken. „Ich habe Sie hoffentlich nicht dadurch schockiert, dass ich so frei und offen über Geld spreche? Mein seliger Panswick hätte das nie getan. Wenn ihn eines nicht interessierte, dann waren das die Verwaltung dieses Landsitzes und finanzielle Dinge. Er fand beides zu bourgeois."

Oh ja, dachte der Vermögensverwalter, *das glaube ich gern.*

„Geld ist zum Ausgeben da, hat er immer wieder gepredigt, und nicht dazu, sich den Kopf darüber zu zerbrechen!", fuhr Ihre Ladyschaft auch schon fort.

Mr Grittleton glaubte ihr, dass auch diese Worte der Wahrheit entsprachen, denn er kannte die Zahlen.

„Meinen verstorbenen Gatten haben nur zwei Dinge interessiert", fuhr sie gut gelaunt fort, „seine Familie und die Archäologie. Darum hat er ja auch die Grabungen, die mein Neffe und meine Nichte, hier zu meiner Linken, in Ägypten durchführten, großzügig unterstützt."

Die große, hagere Frau neben ihr seufzte.

„Das Studium der griechischen, römischen und altägyptischen Antike war sein Lebensinhalt. Und es hat ihm dann den Tod gebracht. Indirekt natürlich nur, aber doch!", merkte Lady Alverston traurig an.

Jetzt seufzte auch Lady Panswick.

„Sie haben mehrere Kinder, Lady Panswick?" Mr Grittleton, der die Wahrheit so lange es ging hinauszögern wollte, beeilte sich, sie auf andere Gedanken zu bringen.

Der Versuch glückte.

„Wir haben fünf Kinder“, erwiderte seine Gastgeberin und klatschte in die Hände, sodass ihre Spitzenmanschetten raschelten. Sie trug ein blasslila Kleid mit kleinen Knöpfen an der Brust und den Ärmeln. Nicht mehr das tiefe Schwarz, das ihre Nichte trug, obwohl ihre beiden Gemahle in derselben Woche gestorben waren.

„Frederica ist die älteste. Mit ihren zweiundzwanzig Jahren hätte sie natürlich längst in die Londoner Gesellschaft eingeführt werden müssen. Doch durch die Erkrankung ihres Vaters hat sich dieses Vorhaben verzögert. Da das Trauerjahr nun vorüber ist, wird das umgehend nachgeholt. Penelope, die zweitälteste, wäre mit ihren zwanzig Jahren ebenfalls alt genug dafür. Sie soll im nächsten Jahr folgen.“

„Ich denke ja immer noch, dass es angebracht wäre, beide Schwestern gemeinsam in diesem Jahr ...“, begann ihre Nichte, wurde aber brüsk unterbrochen.

„Nein, Agatha, mein Entschluss steht fest! Penelope ist zu schön, sie würde Fredericas Chancen auf dem Heiratsmarkt zunichtemachen.“

„Ich finde Frederica auch sehr hübsch, und daher ...“, ließ Lady Alverston nicht locker, doch sie wurde abermals unterbrochen.

„Gewiss ist sie das, meine Liebe, aber wir wollen doch die Realität nicht leugnen“, entgegnete Lady Panswick resolut.

Mr Grittleton griff zum nächsten Stück Shortbread.

„Nach meinen beiden Töchtern folgt im Alter Bertram“, fuhr Lady Panswick fort, als hätte es diesen Wortwechsel nicht gegeben, „der Erbe und derzeitige Viscount. Er ist siebzehn Jahre alt und studiert in Cambridge. Ich darf sagen, dass er sich zu einem ernsthaften jungen Mann entwickelt, der es wahrlich wert ist, in die Fußstapfen seines verstorbenen Vaters zu treten. Er sichert die Zukunft von Lancroft Abbey und all den dazugehörenden Ländereien."

Wohl kaum, dachte Mr Grittleton, der sich bei jedem Wort seiner Gastgeberin unwohler fühlte.

„Sicherlich", entgegnete er stattdessen laut.

„Und dann sind da noch Vivian und Nicolas, mein Jüngster. Vivian ist ab Anfang Mai in Mrs Cliffords Institut für Höhere Töchter eingeschrieben. Und natürlich besucht mein Jüngster das Internat in Eton."

„Natürlich!"

„Nun kennen Sie unsere familiären Verhältnisse, Mr Grittleton. Also kommen wir zurück zu meiner Liste. Da mein Sohn noch zu jung ist und unser langjähriger Verwalter vom selben Fieber hinweggerafft wurde wie unsere Gatten, habe ich die Zügel auf Lancroft Abbey in die Hand genommen. Mein werter Bruder zieht es ja bekanntlich vor, sich um nichts zu kümmern, was nicht seinem eigenen Wohlbefinden dient."

Die letzten Worte klangen bitter. Ihre Ladyschaft atmete tief durch. Gerade als sich der Vermögensverwalter verpflichtet fühlte, etwas zur Verteidigung seines Auftraggebers einzuwenden, setzte sie fort: „Sprechen wir zuerst über Fredericas Debüt, Mr Grittleton. Ihre vordringlichste Aufgabe wird sein, den Mietern unseres Stadtpalais Lancroft House am Grosvenor Square umgehend zu kündigen. Meine Nichte Agatha wird meine Älteste nach London begleiten. Die beiden brauchen eine standesgemäße Unterkunft. Außerdem ist unsere Reisekutsche in die Jahre gekommen und muss dringend ersetzt werden. Ich darf Sie bitten, sich auch darum zu kümmern. Und dann gibt es, wie gesagt, noch einige Dinge, die wir hier auf Lancroft Abbey renovieren und verbessern müssen. Ich halte zwar nichts von modischem Firlefanz, möchte aber meine Augen auch nicht ganz vor den modernen Errungenschaften verschließen."

Jetzt hielt Mr Grittleton den Augenblick für gekommen, Lady Panswick die Augen ganz zu öffnen.

Kapitel 3

Es wurde ein sehr langer Nachmittag für Mr Grittleton, und die Rückkehr in sein ruhiges Zimmer in der Poststation rückte in immer weitere Ferne. Lady Panswick hatte die Botschaft, die er ihr zu überbringen gezwungen war, mit heftigem Widerstand vernommen. Sie standen am Rande des Ruins? Das wollte sie nicht glauben, was Mr Grittleton ihr nicht verdenken konnte. Wer hörte denn schon gern, dass das vorhandene Geld lediglich für das nackte Leben reichte – und das auch nur für zwei weitere Jahre. Unter der Voraussetzung, dass sich alle äußerster Sparsamkeit befleißigten, die Diener bis auf ein Hausmädchen und die Köchin entlassen wurden und Bertram und Nicolas ihre teure Schulausbildung abbrachen, um auf den Ländereien mitanzupacken.

„Mein Sohn Bertram ist ein Viscount!", hatte Ihre Ladyschaft ausgerufen und den bedauernswerten Überbringer der schlechten Nachricht angestarrt, als hätte er den Verstand verloren. „Er wurde nicht geboren, um *anzupacken.*"

„Dann, Mylady, so leid es mir tut, Ihnen das so schonungslos sagen zu müssen, ist er dazu geboren, im Schuldturm zu enden."

Mr Grittleton erschrak selbst am meisten über diese

Worte. Lady Panswick war nun wohl doch zu erschüttert, um ihn zurechtzuweisen.

„Gibt es denn gar keinen anderen Weg?", murmelte sie mehr zu sich selbst als zu den beiden anderen.

„Nein, keinen." Bedauernd schüttelte Mr Grittleton den Kopf, bevor ihm plötzlich etwas einfiel. „Es sei denn", räumte er ein, während ein Quäntchen Hoffnung in seiner Stimme mitschwang, „Sie haben Verwandte, die Ihnen unter die Arme greifen könnten, Mylady."

Sein Blick streifte die schwarz gekleidete, schmale Gestalt auf dem Diwan, die sich auch sofort angesprochen fühlte. „Ich würde Tante Louise jeden Shilling, den ich habe, geben, glauben Sie mir, Mr Grittleton. Ich stehe tief in ihrer Schuld. Doch leider hat mich mein lieber Edward nahezu unversorgt zurückgelassen. Ich bin daher selbst auf die Großzügigkeit von Verwandten angewiesen."

Auch das noch! *Ein Mund mehr zu stopfen,* dachte Mr Grittleton, und auch Lady Panswicks folgende Worte waren nicht geeignet, das kleine Flämmchen der Hoffnung, das kurz aufgeflackert war, tatsächlich zum Brennen zu bringen.

„Nein, diese Idee müssen Sie sich aus dem Kopf schlagen. Mein seliger Gatte hatte einen jüngeren Bruder, doch der ist tot. Es gibt einen Sohn, der als Soldat in Spanien kämpft. Bei dem ist mit Sicherheit nichts zu holen. Ich hatte eine Schwester, die gemeinsam mit ihrem Mann bei einem Kutschenunfall ums Leben kam. Das Erbe ging an irgendeinen entfernten Cousin, zu dem wir keinen Kontakt haben. Agatha hat kein Geld, ihre Schwester Cecilia noch weniger. Bleibt nur mein Halbbruder Lord Chedworth, den Sie ja selbst am besten kennen. Er ist gute zwölf Jahre jünger als ich, denn er entstammt der zweiten Ehe meines Vaters. Wir standen uns nie sehr nahe." *Weil er schon immer ein verzogener, verweichlichter Bengel war, der zu nichts nütze ist,* setzte sie in Gedanken dazu.

Das verstand Mr Grittleton auch ohne Worte.

„Natürlich bin ich ihm sehr dankbar, dass er die Vormundschaft für meine Kinder übernommen und Sie mit der Prüfung unserer finanziellen Lage betraut hat", fühlte sich Lady Panswick verpflichtet, hinzuzufügen.

„Warum verkaufst du nicht Landbesitz?", schlug ihre Nichte vor und bewies damit ihren pragmatischen Verstand. „Damit müssten sich doch die Schulden meines Onkels abdecken lassen."

Doch auch hier konnte der Vermögensverwalter nur den Kopf schütteln: „Laut Erbverfügung, die der vierte Viscount anno 1690 anlässlich der Geburt seines Erstgeborenen erließ, darf das Land, das damals bereits zu Lancroft Abbey gehörte, nur gemeinsam mit dem Herrenhaus veräußert werden. Und das ist so gut wie alles, denn die späteren Viscounts haben kaum Landbesitz dazu erworben. "

„Lancroft Abbey verkaufen? Haben Sie den Verstand verloren? Das Anwesen, auf dem die Familie meines seligen Mannes seit acht Generationen lebt? Das ist undenkbar! Dazu gebe ich nie meine Zustimmung!"

„Gemäß derselben Erbverfügung wurde festgelegt, dass nur der jeweilige Inhaber des Titels einen solchen Verkauf veranlassen könnte", setzte Mr Grittleton fort, eisern bemüht, sich Lady Panswicks strenge Bemerkung nicht so sehr zu Herzen zu nehmen. „Und dies auch nur nach Erlangen seiner Großjährigkeit."

„Cousin Bertram ist noch nicht einmal achtzehn", rechnete Lady Agatha vor. „Da dauert es noch ein paar Jahre bis zu seiner Großjährigkeit. Wenn die finanziellen Lage so verheerend ist, wie Sie ausführten, dann können wir wohl kaum so lange warten."

„Schluss jetzt!" Die Hand der Viscountess schlug so laut auf den kleinen Beistelltisch, dass sich Mr Grittleton erschrocken zu ihr umwandte. „Lancroft Abbey wird nicht verkauft! Das ist mein letztes Wort! Das bin ich meinem verstorbenen Gatten schuldig."

„Ich darf einwenden, dass er es war, der durch seine Entscheidungen diese missliche Lage erst herbeigeführt hat", entgegnete der Vermögensverwalter mit einem scharfen Unterton in der Stimme, was ihm die nächste Rüge einbrachte.

„Nein, das dürfen Sie nicht! Sie sind nicht hier, um über uns zu urteilen. Sie sind hier, um Lösungen für unser unerfreuliches Schicksal zu finden." Lady Panswick blieb hart.

„Wenn ich daran denke, dass es unsere Expeditionen waren, die Lancroft Abbey in den Ruin gestürzt haben, dann plagt mich das schlechte Gewissen, Tante Louise. Wie könnt ihr mir das je verzeihen?" Lady Alverston seufzte tief.

„Kein Grund, melodramatisch zu werden, meine Liebe. Das war eine Übereinkunft unter Männern, an der du ohnehin nichts hättest ändern können." So streng Lady Panswicks Tonfall auch war, ihre Rechte tätschelte begütigend die Hand ihrer Nichte. Es war auch für Mr Grittleton nicht zu übersehen, dass die beiden Frauen einander herzlich zugetan waren.

„Oh, es waren nicht nur Ihre Expeditionen, Mylady", fühlte sich auch der Besucher verpflichtet, die schmale junge Witwe zu beruhigen. „Der verstorbene Viscount hatte unerfreulicherweise höchst selten Glück am Spieltisch."

Damit hatte er vielleicht sein Ziel erreicht, das Gewissen der jungen Witwe zu besänftigen, dafür zog er sich endgültig den Unmut der älteren Witwe zu. Diese schnappte empört nach Luft.

„Das ist doch allerhand!", brauste sie auf. „Über Tote spricht man kein schlechtes Wort, das sollte Ihnen Ihre Mutter beigebracht haben, Mr Grittleton."

Der Vermögensverwalter war in seiner Ehre gekränkt und konnte seine Empörung nur mühsam unterdrücken. „Selbstverständlich hat sie das, Mylady", sagte er und presste die blassen Lippen zusammen.

Seine Gastgeberin reagierte versöhnlich. „Gut, nachdem wir das also geklärt haben, kommen wir …"

„… wieder auf den Boden der Tatsachen zurück", ergänzte er ihren Satz, bevor sie sich abermals in Wunschvorstellungen hineinsteigerte, die keine Aussicht auf Erfüllung hatten. „Möchten Sie die Schuldscheine sehen, die ich in den Unterlagen gefunden habe?"

Lady Panswick schnaufte unwillig, sagte jedoch kein Wort. Ganz offensichtlich wollte sie das nicht.

„Was ist mit dem Haus in London?", warf Lady Agatha ein. „Kannst du das nicht verkaufen, liebe Tante? Es stellt sicher einen erheblichen Wert dar, und ihr nutzt es ohnehin nicht."

„Das wäre eine Idee …", gab Lady Panswick zu.

„… aber keine, die sich umsetzen lässt", machte Mr

Grittleton auch diese Hoffnungen umgehend wieder zunichte. „Gemäß Erbverfügung des vierten Viscount …"

„Das hätte ich mir denken können", unterbrach seine Gastgeberin ihn bitter. „Es scheint, als hätte dieser Vorfahre meines Gatten nicht an Notsituationen in der Zukunft gedacht."

Oder er hat genau das getan, dachte Mr Grittleton. *Er wollte seinen Nachfahren ihr Erbe sichern.* Laut sagte er: „Grämen Sie sich bitte nicht allzu sehr, Mylady. Ihr Stadtpalais ist sehr gut vermietet und bringt Ihnen ein erfreuliches monatliches Einkommen ein."

„Na, wenigstens etwas." Es klang nicht so, als wäre Ihre Ladyschaft tatsächlich begeistert. Dann herrschte Stille im hochherrschaftlichen Wohnzimmer. Nur die große Standuhr schlug laut und vernehmlich vier Mal.

Es war, als würde dieser Glockenschlag Lady Panswicks Lebensgeister wieder wecken: „Die Uhr gehörte meiner Großmutter mütterlicherseits! Wie konnte ich das nur vergessen? Bertram hat von ihr ein beträchtliches Vermögen geerbt. Das wird uns jetzt retten."

Mr Grittleton seufzte vernehmlich. „Sie vergessen, Mylady, dass Ihre werte Großmutter testamentarisch festlegte, dass Ihr Sohn erst mit Vollendung seiner Großjährigkeit über das Geld verfügen kann."

„Aber das ist erst in über drei Jahren!", fuhr Lady Agatha auf.

„Sehr richtig, Mylady", bestätigte Mr Grittleton.

Nachdem diese letzte Hoffnung also rasch wieder im Keim erstickt worden war, schwiegen alle drei.

„Es bleibt uns nichts anderes übrig", sagte die Hausherrin schließlich, und auch ein unbeteiligter Beobachter hätte erkannt, wie schwer ihr das fiel. „Wir müssen eine Hypothek aufnehmen."

Mr Grittleton schüttelte den Kopf: „Es ist bereits alles belehnt, was belehnt werden konnte. Ich habe diesbezüglich mit dem Direktor Ihrer Bank gesprochen."

Dann herrschte wieder Schweigen, das von Minute zu Minute erdrückender wurde. Mr Grittleton wagte es nicht mehr, seiner Gastgeberin ins Gesicht zu blicken. Es erschien ihm wie der Todeskampf eines waidwunden Rehs. Es gab nichts mehr, das helfen konnte. Angestrengt betrachtete er die Szenen auf dem großen Gobelin an der Wand vor ihm. Er zeigte eine Gruppe Männer auf der Jagd. *Wie passend,* dachte er.

Nach einer gefühlten Ewigkeit – Mr Grittleton fürchtete schon, die Nacht hier im Sitzen zubringen zu müssen – räusperte sich Ihre Ladyschaft laut und vernehmlich und sagte dann mit einer resoluten Stimme, die so gar nichts mit einem waidwunden Tier gemeinsam hatte: „Wie viel Barmittel hätten wir zur Verfügung, wenn wir die dringendsten Schulden beglichen haben, Mr Grittleton?"

Er nannte ihr die Summe, die für die nächsten Monate reichen sollte, wenn sie alle äußerst sparsam …

„Papperlapapp!", unterbrach sie ihn, „Denken Sie doch nach! Was nützt uns ein sparsames Leben, wenn wir es damit nicht schaffen, die Zeit bis zu Bertrams Großjährigkeit im Juni 1814 zu überbrücken?"

Der Blick, den sie Mr Grittleton zuwarf, war ebenso erwartungs- wie vorwurfsvoll.

„Ja, also, äh, Mylady … Niemand kann genau sagen, was die Zukunft bringt. Wir sollten die Hoffnung nicht aufgeben, dass …"

„Pah, Hoffnung! Heute Morgen hatte ich Hoffnung. Das letzte Jahr hatte ich Hoffnung. Mein ganzes Leben lang hatte ich Hoffnung. Und wohin hat mich diese Hoffnung gebracht? An den Rand des Abgrunds! Nein, Mr Grittleton, ich gründe meine Zukunft, die Zukunft von Lancroft Abbey und die meiner Kinder nicht länger auf Hoffnung. Meinen Söhnen die bestmögliche Ausbildung zu verwehren, kann nicht die Lösung unserer Probleme sein. Die Diener, die seit Jahren treu in unseren Diensten stehen, zu entlassen, um ein paar Guinees zu sparen, das kann nicht der Weisheit letzter Schluss sein."

Es klang so energisch, dass er kaum wagte, ihr zu widersprechen, allein seine Rechtschaffenheit ließ nichts anderes zu. „Ich bedaure es inständig, mich wiederholen zu müssen, Mylady, aber ich fürchte, Sie haben keine andere Wahl!", entgegnete er.

„Und ob ich die habe!" Lady Panswick sprang von ihrem Sessel auf und zog am Klingelstrang. „Ich werde alles auf eine Karte setzen."

Kapitel 4

Der Butler erschien noch in derselben Minute.

„Ah, Shipton, richten Sie Lady Frederica und Lady Penelope aus, sie mögen zu uns in den Salon kommen. Umgehend, ohne Aufschub!“

„Sehr wohl, Mylady.“ Der Diener machte sich sogleich auf den Weg, um die Anweisung seiner Herrin auszuführen.

„Was hast du vor, Tante Louise?“, wollte Agatha wissen.

„Das erzähle ich dir, sobald die Mädchen sich zu uns gesellt haben. Bist du immer noch bereit, mit Frederica nach London zu reisen?“

Lady Agatha nickte: „Aber selbstverständlich.“

Die Tante tätschelte ihr wieder die Hand und sank in ihrem Sessel zurück. „Das ist gut!“, sagte sie. „Das ist sehr gut!“

Als Erste betrat Frederica den Raum. Sie hatte sich umgezogen und trug nun ein Tageskleid aus feinem Musselin. Das zarte Violett der Halbtrauer ließ sie etwas blass erscheinen. Die braunen Haare waren locker aufgesteckt, die dunklen Augen strahlten vor Vorfreude. Ihr Kinn war vielleicht etwas zu energisch, doch das war ein Makel, über den man gern hinwegsehen konnte.

Was für ein hübsches Mädchen, dachte der Vermögensverwalter. Doch dann ging die Tür abermals auf, und Penelope betrat den Raum. Mr Grittleton hielt den Atem an. Die zweite Miss Barnett war eine wahre Schönheit! Dabei war ihr Kleid zerknittert und die Unterarme zeigten vereinzelte Kratzspuren. Anders als bei ihrer Schwester harmonierte das Violett ihres zarten Oberteils perfekt mit dem Teint ihres fein geschnittenen Gesichtes. Hatte er jemals so tiefblaue Augen gesehen? Eine so schmale, wohlgeformte kleine Nase? Einen herzförmigen, rosa Mund? Die jungen Männer in London würden sich überschlagen, dieser jungen Lady den Hof machen zu dürfen. Dabei war sie blond und trug ihre Haare offen, während die herrschende Mode dunkelhaarige Damen bevorzugte, die ihre Haarpracht im griechischen Stil, aufgesteckt mit kleinen Stoppellöckchen an der Seite, trugen.

Nachdem Lady Panswick dem Verwalter ihre Töchter vorgestellt und die beiden aufgefordert hatte, Platz zu nehmen, ließ sie die Katze aus dem Sack.

„Was ich euch jetzt zu erzählen habe, ist sehr ernst, meine Lieben. Darum möchte ich, dass ihr mir ganz genau zuhört und mich nicht unterbrecht, so schwer es euch vielleicht auch fallen mag. Ich habe eine Entscheidung getroffen, an der es nichts zu rütteln gibt, also versucht erst gar nicht, mit mir darüber zu diskutieren."

Das Lächeln war aus den Gesichtern der Mädchen gewichen. Gespannt und voll banger Vorahnung warteten sie auf die nächsten Worte. Damit erweichten sie endgültig das Herz des Vermögensverwalters. Wenn er nur irgendetwas tun könnte, um das Schicksal der beiden jungen, hoffnungsvollen Frauen zu erleichtern!

„Euer lieber Vater“, begann Lady Panswick, „war, wie ihr beide selbst am besten wisst, ein herzensguter Mensch. Doch seine Gabe, mit Geld umzugehen, war nicht sehr ausgeprägt. Wie wir heute von Mr Grittleton erfahren mussten, haben wir nicht nur kaum Barmittel, nein, euer lieber Bruder Bertram sitzt auf einem Berg Schulden. Und wir mit ihm.“

Penelope ließ einen kleinen Aufschrei des Entsetzens vernehmen.

„An sein Vermögen, das ihm meine Großmutter mütterlicherseits vermacht hat, kommt Bertram erst an seinem einundzwanzigsten Geburtstag“, fuhr ihre Mutter fort. „So lange können wir nicht warten. Wir haben daher nur eine Chance, um Lancroft Abbey und damit uns alle zu retten: durch die Heirat mit einem reichen Gentleman.“

Frederica zog scharf die Luft ein. Sie wusste, was das bedeutete. Die Liebesheirat, die sie sich immer in ihren Träumen ausgemalt hatte, würde nicht stattfinden. Sie musste ihr persönliches Glück der Familie opfern. Was für schlimme, ganz und gar enttäuschende Zukunftsaussichten! Gleich darauf rief sie sich streng zur Ordnung. Wie könnte sie je glücklich sein, wenn ihre Familie am Rand des Abgrunds stand? Und außerdem: Wer sagte denn, dass ihr nicht dennoch Glück beschieden war? Eine ihrer Freundinnen hatte vor zwei Jahren auf Befehl ihres Onkels den reichsten Erben des Landkreises geheiratet, und inzwischen liebte sie ihn ehrlich und aufrichtig. Also würde es vielleicht gar nicht so schlimm werden. Gespannt und mit wiedergekehrter Zuversicht wartete sie auf die nächsten Worte ihrer Mutter. Was sie zu hören bekam, ließ diese Zuversicht allerdings schlagartig verschwinden.

„So leid es mir tut, Frederica, wir müssen dein Debüt um ein weiteres Jahr verschieben."

„Ja, aber warum denn? Du hast doch eben gesagt …"

„Penelope wird mit Agatha nach London reisen, ihren Knicks vor der Königin und diesem, diesem … also diesem Prinzregenten machen und einen der reichsten Männer des Landes heiraten. Wer als passender Gemahl infrage kommt, werden wir noch festlegen."

Natürlich regte sich nun erst recht Widerspruch.

„Aber Mama!", riefen Frederica und Penelope wie aus einem Mund.

„Aber Tante Louise!", protestierte Agatha.

Wo Mylady recht hat, da hat sie recht, dachte hingegen der Verwalter bewundernd, während er im Kopf bereits die möglichen Kandidaten durchging.

„Warum darf nicht ich mit Agatha nach London fahren, so wie wir es geplant haben?" Fredericas Stimme klang flehentlich. „Ich freue mich nun schon seit Jahren auf mein Debüt. Ich kann doch den reichen Mann heiraten, der dir vorschwebt, Mama. Penelope bleibt ohnehin viel lieber hier bei all den Tieren, nicht wahr, Lämmchen?"

„Freddy hat recht, Mama. Bitte lass mich hierbleiben. Du magst die Großstadt doch auch nicht, mit all dem Lärm und dem Gestank und all den …"

„Bisweilen müssen wir Opfer bringen", unterbrach ihre Mutter sie ungerührt.

„Wenn du gestattest, dass ich mich einmische, Tante Louise … Ich verstehe nicht, warum wir nicht bei unserem ursprünglichen Plan bleiben können. Was spricht dagegen, dass ich mit Frederica nach London reise? Damit wären die Wünsche aller erfüllt."

Zwei Augenpaare wandten sich ihr zuerst mit dankbarem Lächeln zu, bevor sie sich erwartungsvoll auf Ihre Ladyschaft richteten.

„Es geht hier nicht mehr darum, wer sich was wünscht", sagte diese so streng, dass jeder weitere Widerspruch im Keim erstickt wurde. „Wenn ich gesagt habe, wir setzen alles auf eine Karte, dann meine ich das auch so. Wir werden all das Geld, das uns zur Verfügung steht, in dieses Debüt investieren. Dabei dürfen uns keine Fehler unterlaufen, und wir müssen jedes unnötige Risiko vermeiden. Binnen zwei Monaten muss der passende Ehemann gefunden sein, sonst landen wir alle im Schuldturm. Penelopes Schönheit erhöht unsere Chancen."

Frederica traute ihren Ohren kaum, wobei sie nicht wusste, was sie schlimmer finden sollte – den drohenden Schuldturm oder die Tatsache, dass Mama sie offensichtlich nicht hübsch genug fand, um auf einen vermögenden Gentleman anziehend zu wirken. Penelope nahm ihre Rechte, und dann drückten sie einander fest die Hand, um sich gegenseitig zu trösten.

„Frederica ist auch sehr hübsch", meldete sich Agatha zu Wort. Ihre Cousinen hatten sie immer schon gemocht, jetzt verehrte Frederica sie geradezu.

Auch Lady Panswick selbst fand offensichtlich Gefallen an diesem Einwand, was sie durch ein weiteres Tätscheln der Hand Agathas und den folgenden Worten zum Ausdruck brachte: „Das ist sehr freundlich von dir, dass du das sagst, aber wenn du ganz ehrlich bist …"

„Sie ist hübsch, denn sie sieht meiner kleinen Schwester Cecilia sehr ähnlich", beharrte Agatha.

Das Tätscheln von Lady Panswicks Rechter verstärkte

sich: „Das weiß ich doch, meine Liebe! Und niemand versteht so gut wie ich, dass du sie vermisst. Aber wir müssen bei den Tatsachen bleiben."

„Frederica *ist* hübsch", beharrte Agatha noch einmal.

Ihre Ladyschaft zog die Hand zurück. „Natürlich ist sie das. Kein Mensch, der Augen im Kopf hat, würde das bestreiten", sagte sie nun, und Frederica horchte auf. „Aber sie ist keine Schönheit wie Penelope, das werdet ihr alle zugeben."

Die Anwesenden nickten, außer Penelope. So schön fand sie sich gar nicht. Und sie hätte viel darum gegeben, weniger gut auszusehen, wenn ihr damit das erspart geblieben wäre, was Mama offensichtlich plante.

„Also, hört gut zu", wiederholte diese auch schon, „Lady Penelope Barnett wird von ihrer Cousine Lady Alverston in die Gesellschaft eingeführt. Ich würde es ja selbst tun, wenn ich nicht auf Lancroft Abbey unabkömmlich wäre."

Wie gut, dass es Agatha gibt, dachte Ihre Ladyschaft im Stillen. *Das erspart mir einen mühsamen Aufenthalt in der grässlichen Stadt.* Und viele unselige Konversationen mit exaltierten Damen der Londoner Gesellschaft, deren Ansichten sie nicht teilen konnte. Laut ergänzte sie: „Außerdem genießt Agatha, wie ihr alle wisst, mein vollstes Vertrauen."

Die schmale Witwe in Schwarz errötete und sah mit einem Mal gar nicht mehr so unscheinbar aus: „Ich danke dir für diese Worte, Tante Louise, sie bedeuten mir viel."

Lady Panswick nickte ihr zu. „Wie gesagt, wir werden das gesamte Geld, das wir zur Verfügung haben, in dieses Debüt investieren. Jeden einzelnen Shilling. Penelope braucht die beste Ausstattung. Sie soll, nein, sie muss London im Sturm erobern."

Mr Grittleton hielt die Luft an. Wie überaus riskant, doch sollte es gelingen, wäre es ein Geniestreich.

„Niemand darf Wind davon bekommen, dass wir uns am Rande des Ruins bewegen. Penelope wird nicht nur als Schönheit für Furore sorgen, sie wird auch als vermögend gelten. Natürlich nicht als reich, aber doch als gut versorgt. Hat erst einmal der Richtige angebissen, dann wird immer noch Zeit für die Wahrheit sein."

Es lag ihren Töchtern auf der Zunge zu protestieren, doch da hatte der Verwalter das Wort ergriffen. „Weise gesprochen, Mylady, ein sehr kluger Schachzug. Arme Mädchen gelten in London leicht als beschädigte Ware, wenn Sie mir diesen Ausdruck gestatten."

Lady Panswick nickte. „Das ist bitter, aber es besteht kein Grund, die Wahrheit zu verleugnen. Die Londoner Gesellschaft kennt kein Pardon. Bleibt die Frage, wo Agatha und Penelope wohnen werden. Lancroft House steht uns ja bekanntlich nicht zur Verfügung, und es würde seltsam wirken, wenn die beiden im Hotel logierten. Außerdem wäre das auf die Dauer viel zu teuer."

„Vielleicht ergibt sich die Gelegenheit, dass wir bei Lord Chedworth, deinem Bruder, unterkommen, Tante Louise", schlug Lady Alverston vor, die sich anscheinend in den Plan gefügt hatte. „Er ist schließlich Penelopes Vormund. Was könnte passender sein?"

Erschrocken riss der Vermögensverwalter die Augen auf, doch Lady Panswick kam ihm zuvor. „Das ist ausgeschlossen, Agatha. Mein Bruder hat das Haus unserer Vorfahren am Hanover Square schon vor einiger Zeit verkauft. Das Dach war desolat, und er hatte wohl keine Lust, sich den Mühen und Kosten von Umbauarbeiten zu unterziehen." Sie verzog unwillig den Mund. „Jedenfalls ist er erst kürzlich in eine dieser modernen Junggesellenwohnungen am Piccadilly gezogen. Albany nennt sich die Wohnanlage östlich der Royal Academy of Arts. Sie befindet sich im Albany Court Yard, also in Fußnähe seines Clubs. In einer derartigen Wohnung ist sicher kein Platz für junge Damen."

Als Frederica den Straßennamen Piccadilly hörte, wäre sie am liebsten in Tränen ausgebrochen. Wie sehr hatte sie sich doch schon darauf gefreut, dort die bekannte Buchhandlung *Hatchard* zu besuchen! Sie seufzte tief. Daraus wurde nun nichts. Auch wenn Mama sicher am besten wusste, was zu tun war, konnte das Frederica nicht davon abhalten, fürchterlich traurig und enttäuscht zu sein.

Mr Grittleton beeilte sich, seiner Gastgeberin zuzustimmen: „Das ist sicher richtig, Mylady. Aber ich hätte da eine Idee, wenn Sie gestatten. Meine Schwester Eleonore hat einen Baronet geheiratet und ist jetzt eine Lady Daglingworth. Sie unterhält die besten Kontakte zu Mitgliedern der Londoner Gesellschaft. Seit dem Tod meines Schwagers lebt sie allein in einem großen Haus in der Henrietta Street. Ich bin sicher, sie wäre nur allzu glücklich, die beiden jungen Damen bei sich aufzunehmen."

„Das ist sehr freundlich von Ihnen", erwiderte Ihre Ladyschaft und wollte soeben ihre Skepsis äußern, als der Gong ertönte.

„Oh, ist es schon so spät? Der Nachmittag ist in Windeseile vergangen. Wir speisen in einer halben

Stunde, Mr Grittleton. Sie sind selbstverständlich unser Gast."

„Zu gütig, Mylady, aber ...", begann der Verwalter, der völlig vergessen hatte, wie zeitig man auf dem Lande das Dinner einzunehmen pflegte.

Lady Panswick ließ ihn nicht ausreden: „Oh nein, ich akzeptiere keinen Widerspruch. Es wird nur ein kleines Abendessen sein, nichts Großartiges. Keine Sorge um Ihre Abendkleidung, wir werden heute ebenfalls darauf verzichten. Sie brauchen sich also nicht unwohl zu fühlen."

Sie erhob sich, während die anderen sich beeilten, es ihr gleichzutun.

„Nun brauche ich eine kurze Pause. Alles Weitere besprechen wir bei Tisch", fügte Ihre Ladyschaft hinzu.

Kapitel 5

Etwa zur selben Zeit, als Mr Grittleton den Vorschlag unterbreitete, Agatha und Penelope könnten im Haus seiner Schwester Lady Daglingworth wohnen, bekam eine andere Londoner Lady unerwarteten, aber durchaus erfreulichen Besuch. Der Türklopfer wurde so energisch betätigt, dass die verwitwete Countess of Derryhill erschrocken zu ihrem Stickzeug griff, das sie achtlos auf die Chaiselongue neben sich gelegt hatte. Wer auch immer der unerwartete Besucher war, es machte einen besseren Eindruck, wenn sie zumindest so tat, als sei sie mit einer Handarbeit beschäftigt, als sich dabei ertappen zu lassen, Löcher in die Luft zu starren. Um der Wahrheit die Ehre zu geben, Ihre Ladyschaft langweilte sich. Ja, natürlich, sie war am Nachmittag ausgeritten, aber das tat sie jeden Tag. Ja, natürlich, sie war am Abend zu vier verschiedenen Veranstaltungen eingeladen, aber auch das war nichts Neues. Konnte nicht einmal ein Tag anders sein als der vorhergehende? Nein, es wäre nicht besser gewesen, wäre ihr seliger Derryhill noch am Leben. Seine Lordschaft war siebzehn Jahre älter gewesen als sie. Wenn ihn eines interessiert hatte, dann war das die Jagd gewesen, und seine große Liebe galt seinen Hunden. Beides waren die Gründe dafür, dass Mylady während ihrer Ehe kaum je von ihrem Landsitz in Cornwall weggekommen war und sich schwor, irgendwann einmal in London zu leben, und zwar für immer. Dieser Zeitpunkt war vor vier Jahren eingetreten, als ihr Gatte sie zur Witwe machte. Er hatte sie wohlversorgt zurückgelassen und ihr ermöglicht, sich ein eigenes Haus in der Brook Street im vornehmen Stadtteil Mayfair zu kaufen. So lebte sie zwar nahe genug von Derryhill House, aber doch nicht so nahe, dass sie und ihr Sohn, der nunmehrige Earl, sich gegenseitig auf die Nerven gehen konnten. Ein sehr kluger Schachzug, wie sich längst herausgestellt hatte. Wer weiß, ob ihre Beziehung sonst auch so harmonisch und innig verlaufen wäre. In der Zwischenzeit war Ihre Ladyschaft achtundvierzig Jahre alt geworden, doch hätte ihr Sohn nicht schon die dreißig überschritten, niemand hätte ihr ihr Alter angesehen. Ihre Haare waren feuerrot und glänzend wie eh und je. Und sollten sich doch einmal weiße Strähnen zwischen diese Pracht mischen, so wusste ihre findige Kammerfrau umgehend für Abhilfe zu sorgen.

An diesem Nachmittag trug Lady Derryhill ein elegantes Häubchen aus grüner Seide mit kunstvollen Schleifen an der Seite, das perfekt mit dem Tageskleid aus grüner Schurwolle harmonierte. Sie hatte es in kürzester Zeit geschafft, zu den tonangebenden Damen der Gesellschaft zu zählen. Die Countess von Lieven, eine der Patronessen des Almack's Club, gehörte zu ihren engsten Freundinnen. Von Mr Brummell, den alle Gentlemen, die etwas auf sich hielten, zu ihrem modischen Vorbild auserkoren hatten, hatte sie nicht erst einmal ein Kompliment für ihre stilsicheren Kreationen bekommen.

„Guten Abend, Bowles", hörte sie eine wohlbekannte

Stimme aus der Eingangshalle. „Ist meine Mutter zu Hause?“

„Sehr wohl, Mylord. Mylady befinden sich im Blauen Salon!“, antwortete der Butler.

Schon war sie bei der Tür. „Jetzt nicht mehr!“, rief sie fröhlich und eilte ihrem Sohn entgegen, um ihn so heftig in die Arme zu schließen, als hätte sie ihn seit Monaten nicht gesehen. Dabei waren sie sich am Vortag bei einer Ausfahrt im Hyde Park begegnet.

Seine Lordschaft hatte ein ebenso herzliches Lachen wie seine Mama. Sonst war die Ähnlichkeit eher bescheiden. Sein Haar war dunkel, und er überragte sie um mindestens zwei Köpfe. Als seine Mutter ihn wieder losgelassen hatte, übergab Seine Lordschaft zuerst den hohen Reithut und dann den dunkelbraunen Kutschiermantel in die Obhut des Butlers. Die Vielzahl der Schulterkragen wies ihn als Mitglied des renommierten Four-Horses-Clubs aus. Lady Derryhill betrachtete ihn voll mütterlichem Stolz. Einen würdigeren Vertreter der modischen Dandys, die derzeit das gesellschaftliche Leben der Hauptstadt bestimmten, konnte es nicht geben. Seine biskuitfarbenen Beinkleider saßen ebenso hauteng wie die glänzenden Stiefel und der dunkelblaue Rock. Das weiße Halstuch war im Osbaldeston Stil geknüpft und ließ ihm damit genügend Bewegungsfreiheit, um den Kopf drehen zu können. Ein Luxus, den sich viele junge Stutzer nicht gönnten. Ihr Sohn Anthony stand Beau Brummell, wie sie fand, an Stil und Eleganz in nichts nach. Während Lady Derryhill ihren einzigen Sohn ansah, dankte sie Gott zum wiederholten Mal, dass ihn die Natur nicht mit ihren zierlichen Maßen ausgestattet hatte, sondern dass er im Aussehen seinem verstorbenen Vater glich. Er war nicht nur groß, sondern auch breitschultrig, was daran lag, dass er regelmäßig im Boxclub von *Gentleman* John Jackson in der Bond Street trainierte. Außerdem war er nicht nur ein begnadeter Reiter, sondern ein geübter, wenn auch reichlich ungestümer Fechter. Vom Charakter her eine gelungene Mischung beider Elternteile. Er war rechtschaffen und gebildet wie sein Vater und konnte manchmal in erschreckender Weise dessen spöttische Arroganz an den Tag legen. Andererseits war er aber auch fröhlich und bisweilen leichtsinnig wie sie selbst und wie sie ein Freund geschliffenen Wortwitzes. Es konnte keine Mutter geben, die stolzer auf ihr erwachsenes Kind war als die Countess of Derryhill.

„Wie schön, dass du bei mir vorbeikommst, mein Sohn", sagte sie laut und wandte sich dann dem Butler zu: „Bowles, bitte servieren Sie uns Tee!"

Anthony Farrensby, der vierte Earl of Derryhill, der nun seiner Mutter zur Sitzgruppe vor dem Kamin folgte, war vor einer Woche zweiunddreißig Jahre alt geworden. Die Tatsache, dass er immer noch unverheiratet und kinderlos war, brachte zwei für ihn sehr unangenehme Folgen mit sich. Da war vor allem das immer stärker werdende Gefühl, keinen Schritt mehr vor die Haustür setzen zu können, ohne dass ihm eine ehrgeizige Mutter ihre Tochter vor die Füße geschoben hätte. Bälle waren ihm schon seit Längerem ein Gräuel. Dabei tanzte er eigentlich sehr gern. Aber das ganze Drumherum langweilte ihn unendlich. Ebenso ging ihm das Geschnatter der Debütantinnen auf die Nerven. „Dumme Gänse in Pastell!", wie es sein Freund Archi so treffend ausdrückte. Die zweite unangenehme Tatsache war ebenfalls weiblich, doch bereits um die vierzig und der Grund seines heutigen Besuchs im Hause seiner Mutter.

Ihre Ladyschaft setzte sich auf das zierliche, mit blaugold gestreifter Seide überzogene Sofa vor dem Kamin. Es war ungewöhnlich warm für Mitte April, sodass der darin befindliche Stapel Buchenscheite noch nicht angezündet worden war. Sie klopfte einladend auf den Platz neben sich: „Nun sag schon, Anthony, gibt es einen besonderen Anlass für deinen Besuch? Oder bist du bloß gekommen, um deine arme, alte Mutter von ihrer unerträglichen Langeweile zu befreien?“

Der Earl lachte laut auf: „Arme, alte Mutter!“, wiederholte er mit liebevollem Spott und zog es vor, sich in den breiten Lehnstuhl fallen zu lassen, der seiner Mutter gegenüberstand. „Spricht so eine der unangefochtenen Königinnen der Londoner Gesellschaft? Ich hoffe, du verzeihst, dass sich mein Mitleid in Grenzen hält. Ganz im Gegenteil, ich bin gekommen, um dein Mitleid zu erheischen, denn von uns beiden bin ich zweifellos momentan der Ärmere.“

Ihre grünen Augen blitzten interessiert auf. „Was ist passiert, mein Sohn? Ärger mit einer deiner Mätressen?“

„Mama!“ Es war eine Mischung aus gespielter und durchaus aufrichtig empfundener Empörung, die Seine Lordschaft zu diesem Aufschrei veranlasste. „Was ist denn das für ein ungehöriges Gesprächsthema zwischen Mutter und Sohn! Außerdem: Was weißt du denn von meinen Mätressen?“

„Nicht viel“, musste Lady Derryhill zugeben und zog einen Schmollmund. „Leider. Du erzählst mir ja nichts über sie. Dabei wäre das eine willkommene Abwechslung zu all den anderen öden Themen, mit denen ich mich tagtäglich beschäftigen muss!"

Er lachte wieder, beugte sich vor, nahm ihre Hand und drückte einen kleinen Kuss darauf. „Du bist unschlagbar, Mama. Und deshalb liebe ich dich so sehr. Aber untersteh dich bitte, mit irgendjemandem über meine Mätressen zu sprechen. Noch dazu in der Mehrzahl! Man könnte mich doch glatt für einen … einen …"

„Casanova halten?", schlug Ihre Ladyschaft vor, die sichtliches Vergnügen an der ungewöhnlichen Konversation hatte.

Seine Lordschaft nickte: „Richtig. Und das bin ich keineswegs. Darum habe ich auch immer nur eine Mätresse, und derzeit nicht einmal das, wenn du es schon so genau wissen willst."

„Wo liegt denn dann dein Problem?"

„Das Weib hat sein Kommen angekündigt. Sie will mit Marcus eine Woche in London bleiben."

„Du lieber Himmel!"

Das Weib, von Lady Derryhill auch gern *das schreckliche Weib* genannt, war niemand anderes als Mrs Serena Farrensby, die Mutter seines hoffnungsvollen Erben. Derryhills Vater hatte einen um einiges jüngeren Bruder, der vor acht Jahren gestorben war. Er hinterließ einen Sohn und eine Frau, deren einziges Bestreben es war, diesen Sohn, Marcus, zu einem würdigen Erben für den Earl of Derryhill zu erziehen. Dabei hatte sie ganz eigene Vorstellungen davon, wie sich ein würdiger Erbe zu benehmen hatte. Nämlich arrogant und voller Standesdünkel und mit einer Sprache, die man eher als gestelzt denn als vornehm bezeichnen konnte. Jedes Jahr, das ins Land zog, ohne dass sich der jetzige Inhaber des Titels vermählt hatte, ließ ihre Hoffnungen steigen, dereinst die Mutter eines Earls zu sein.

Als der Butler den Tee servierte, sprachen Mutter und Sohn über das milde Wetter, doch als er das Zimmer verlassen hatte, wollte Ihre Ladyschaft sofort wissen, ob das Weib etwa gedenke, wieder Derryhill House am Berkeley Square in Beschlag zu nehmen.

„Davon kannst du ausgehen, Mama. Was bleibt mir anderes übrig, als das zu gestatten? Ich kann meinen Erben doch nicht vor die Tür setzen, nicht wahr?"

„Nein, das kannst du nicht. Wie ich das schreckliche Weib kenne, würde es dafür sorgen, dass sich die Hyänen die Mäuler darüber zerreißen."

Resigniert hob er beide Hände. „Meine Worte! Du siehst, liebe Mama, ich bin ihr auf Gedeih und Verderb ausgeliefert."

„Bist du nicht", widersprach Lady Derryhill vehement. „Du müsstest nur endlich für einen eigenen männlichen Nachkommen sorgen."

„Das kann ich gern tun", erwiderte ihr unverbesserlicher Sohn und grinste frech. „Allerdings dachte ich immer, illegitime Kinder hätten keinen Erbanspruch."

„Anthony!" Seine Mutter schnappte nach Luft, und es hätte wohl nicht viel gefehlt, dann hätte sie eines der Sofakissen nach ihm geworfen. „Du weißt genau, was ich meine. Du bist jetzt zweiunddreißig Jahre alt. Such dir endlich eine passende Ehefrau!"

Er seufzte auf: „Eine passende Ehefrau? Das sagt sich so leicht. Hast du irgendwann eine junge Dame kennengelernt, die du dir als passende Gemahlin für mich vorstellen könntest? Unter all den Gänsen in Pastell, die derzeit die Ballsäle unsicher machen, ist mit Bestimmtheit keine dabei. Ich habe neulich versucht, mich im Theater mit zweien von ihnen zu unterhalten. Es war schrecklich ermüdend, kann ich dir sagen. Die eine bekam vor lauter Ehrfurcht den Mund kaum auf. Aus „Ja, Mylord!", „Gewiss, Mylord!" kann sich keine vernünftige Unterhaltung ergeben. Die andere wiederum war jetzt schon laut und schrill. Wie wird sie erst werden, wenn sie die vierzig überschritten hat?"

Lady Derryhill musste ihm insgeheim recht geben.

„Was ist mit der kleinen Timsbury? Die scheint mir sehr vernünftig zu sein."

„Ja, durchaus. Doch du kennst ihre Mutter, Mama. Gegen sie ist das schreckliche Weib ja fast eine Wohltat."

Bei diesem Vergleich mussten Mutter und Sohn herzlich lachen.

„Die Tochter des Duke of Leisterfield ist bildhübsch!", schlug sie vor.

„Sehr richtig, Mama. Doch sie ist auch strohdumm. Das wiederum reduziert ihre Attraktivität nun doch sehr deutlich."

„Ich dachte, ihr jungen Dandys würdet dumme Frauen bevorzugen. Sie lassen euch dann umso klüger erscheinen." In ihren Augen blitzte der Schalk.

„Dieser Angriff verfehlt sein Ziel, Mama. Wer mit einer klugen Mutter gesegnet ist wie ich, der gibt sich nicht mit einer hübschen Fassade zufrieden."

„Schön gesagt, mein Sohn", erwiderte Ihre Ladyschaft und freute sich. Sie schlug ihm noch eine Reihe anderer junger Mädchen vor, die er allesamt mit guten Argumenten ablehnte.

„Das Einzige, was mir übrig bleibt, Mama", sagte er schließlich, wohl wissend, dass umgehender Protest folgen würde, „ist darauf zu warten, bis eine der Damen von Format Witwe geworden ist."

Sie setzte sich kerzengerade auf: „Schon eine bestimmte Dame im Auge, mein Sohn?"

Er lachte und schüttelte den Kopf. „Nein, keine. Ich wollte dich bloß schockieren. Aber wie ich bemerke, benötigte ich schärfere Geschütze, um das zu schaffen. Also zurück zu Serena. Darf ich auf deine Hilfe zählen? Nimmst du sie zu deinen Unternehmungen mit, damit ich mein Haus zumindest stundenweise für mich habe?"

Seine Mutter seufzte tief. „Ich habe mich zwar inständig nach Abwechslung gesehnt, aber so hatte ich sie mir nicht vorgestellt. Ich wünschte mir Unternehmungen mit einer Lady, um meine Langeweile zu vertreiben. Allerdings dachte ich dabei an eine Dame mit Esprit und keinesfalls an das schreckliche Weib. Andererseits: Wie könnte ich dich je im Stich lassen?"

Seine Lordschaft erhob sich und ergriff ihre Hand, um einen Kuss darauf zu hauchen. „Vielen Dank, Mama, ich stehe in deiner Schuld. Und nun muss ich gehen. Archi wartet. Wir wollen noch eine Partie Schach spielen, bevor wir zu einer Kartenpartie im Carlton House aufbrechen. Seine Hoheit, der Prinzregent, hatte die Gnade, uns zu sich zu zitieren."

Kapitel 6

Als man sich auf Lancroft Abbey zu Tisch begab, hatte sich auch die dritte Schwester im Bunde eingefunden. Mr Grittleton konnte nur staunen. Drei so hübsche Mädchen in einer Familie! Und jede sah vollkommen anders aus. Die Jüngste hieß Vivian, wie man ihm gesagt hatte, und war ungefähr fünfzehn Jahre alt. Auch sie hatte dunkle Haare, doch ähnelten sie denen ihrer älteren Schwester kaum, da sie einen deutlichen Stich ins Kupferfarbene aufwiesen. Dass sie ein rothaariger Typ war, zeigte sich auch in der besonders hellen Haut mit einzelnen Sommersprossen rund um die Nase. Vivian schien ein fröhliches, offenes Wesen zu haben, und er erschrak darüber, mit welcher Vehemenz sie gegen die Pläne ihrer Mutter protestierte.

„Das kann doch nicht dein Ernst sein, Mama! Wie schrecklich für Freddy! Die jüngere Schwester debütiert vor der älteren! Was für eine Schmach!"

Mit diesem Argument hatte sie bei ihrer energischen Mutter den wunden Punkt getroffen. Für einen kurzen Augenblick wusste Lady Panswick nicht, was sie darauf erwidern sollte.

„Ist schon gut, Vivian!", versuchte Frederica ihre Schwester zu beruhigen. Doch dieser Versuch, so tapfer er auch war, klang halbherzig und verfehlte vollkommen seine Wirkung.

„Nichts ist gut!", fuhr ihre Schwester auf. „Du hast dich doch schon so lange auf dein Debüt gefreut! Du bist die klügste und fleißigste von uns Schwestern, du hast dir eine aufregende Zeit in London ehrlich verdient. Und Penelope will doch ohnehin nicht in die Hauptstadt, die interessiert sich doch nur für ihre Viecher."

Lady Panswick wusste, dass Vivian recht hatte, und für einen kurzen Augenblick war sie schon geneigt gewesen, dies auch zuzugeben, doch das letzte Wort, so salopp ausgesprochen, gab ihr die Möglichkeit, ihre Jüngste in die Schranken zu weisen. „Vivian Clara Gabrielle", sagte sie streng. „Du langweilst unseren Gast!"

Wenn Mama alle Vornamen aussprach, war das für ihre Kinder ein deutliches Zeichen dafür, dass man den Bogen überspannt hatte.

Doch Vivian blieb hartnäckig. „Ich sage nichts als die Wahrheit, Mama, und wie könnte die Wahrheit je langweilig sein?"

Erschrocken hielten die anderen die Luft an.

„Noch ein Wort, Vivian", bestimmte Ihre Ladyschaft, „und du nimmst dein Mahl im Schulzimmer ein!"

Diese Drohung hatte noch jedes Kind zum Schweigen gebracht und tat es auch heute. Wer wollte denn schon das Spannende verpassen, das sich bei Tisch noch ereignen konnte?

Lady Panswick hatte vor dem Abendessen die wenigen ruhigen Minuten in ihrem Schlafgemach dazu genutzt, die Idee mit Mr Grittletons Schwester gründlich zu überdenken. Hatte sie im ersten Impuls noch ablehnen wollen, so war sie nun doch geneigt, die überraschende Einladung anzunehmen. Gut, sie hatte den Namen Daglingworth noch nie zuvor gehört, und es hatte sich beim verstorbenen Schwager des Vermögensverwalters lediglich um einen Baronet, also um ein Mitglied des niederen Adels, gehandelt. Aber immerhin war er von Adel gewesen. Also war seine Witwe wohl durchaus respektabel. Darüber hinaus hatte sie beste Kontakte zur Londoner Gesellschaft. Das würde sich als durchaus hilfreich erweisen. Außerdem war ja Agatha auch noch da, um nach dem Rechten zu sehen. Die liebe Agatha, was für eine große Stütze in dieser schwierigen Zeit!

„Ihre Schwester wohnt in der Henrietta Street, sagten Sie, Mr Grittleton?", erkundigte sie sich nun, während sie sich etwas gedünstetes Gemüse von der Silberplatte nahm. „Ist das noch Mayfair?"

Durch diese Frage völlig überrascht, flüchtete sich Mr Grittleton in eine Gegenfrage: „Wie gut kennen Sie sich denn in der Hauptstadt aus, Mylady?"

Als seine Gastgeberin ehrlich zugab, nicht viel mehr als die Umgebung des Grosvenor Square zu kennen, nahm er es nicht ganz so genau mit der Ehrlichkeit: „Mayfair direkt ist es wohl nicht", sagte er zwar, um dann hinzuzusetzen: „Man kann die Henrietta Street aber durchaus als in der Nähe befindlich bezeichnen."

Richtige Londoner hätten über diese Aussage sicher vor Überraschung die Augen aufgerissen, aber Mr Grittleton wollte die Hoffnung, seiner Schwester einen erfreulichen Zusatzverdienst zu verschaffen und gleichzeitig Lady Panswick und ihren bezaubernden Töchtern helfen zu können, nicht durch unnötige Ehrlichkeit zunichtemachen.

Nachdem man einige Zeit gegessen und sich dabei über die Vor- und Nachteile der Hauptstadt unterhalten hatte, überraschte Lady Panswick den Vermögensverwalter mit der nächsten freimütig gestellten Frage, wer denn seiner Meinung nach als passender Heiratskandidat in Frage käme.

„Wir müssen einen Heiratsplan schmieden", sagte sie. „Sie leben in London und beschäftigen sich mit Vermögen. Was also könnte näher liegen als anzunehmen, dass Sie wissen, wer ebenfalls in London lebt und über ausreichend Vermögen verfügt, um Lancroft Abbey zu retten."

Sie wandte sich dem Diener zu, der regungslos vor der Anrichte auf Wünsche und Befehle wartete. „William, bring mir Papier und Feder von meinem Schreibtisch. Ich möchte etwas notieren!"

Während der Diener davoneilte, um das Gewünschte zu holen, hatte Mr Grittleton Zeit zu überlegen.

„Ich nehme an, dass ein reicher Kaufmann nicht infrage kommt?", erkundigte er sich schließlich.

Lady Panswick zog scharf die Luft ein. „Nein, natürlich nicht! So verzweifelt unsere Lage auch sein mag, wir wollen doch zuerst versuchen, einen Mann von Stand für Penelope zu gewinnen. Die Vorgaben für den gewünschten Gatten lauten daher: Vermögen und Adel. Am besten nehmen wir einen ganz jungen Mann, der sich von Penelopes Schönheit zu einem schnellen Antrag hinreißen lässt. Oder einen Älteren, dem das Interesse eines jungen, bildschönen Mädchens wie ein Geschenk des Himmels erscheinen muss. Wer fällt Ihnen ein, der diese Bedingungen erfüllt, Mr Grittleton?"

Mein Zukünftiger muss vor allem Tiere lieben, hätte Penelope gerne eingeworfen, der ganz bang ums Herz geworden war. Doch sie schwieg lieber. Zum einen wagte sie es nicht, Mama auch noch zu erzürnen. Vivian hatte das, wie so oft, bereits zur Genüge getan. Zweitens kannte dieser Mr Grittleton sicher nicht alle Vorlieben der infrage kommenden Männer, und zum Dritten hätte sie wohl ohnehin niemand beachtet. Was zählten schon ihre eigenen kleinen Wünsche, wenn es um etwas so Großes ging, wie Lancroft Abbey vor dem Untergang zu bewahren und damit ihrer gesamten Familie und auch Cousine Agatha eine standesgemäße Zukunft zu ermöglichen? Diese Verantwortung begann, schwer auf ihren Schultern zu lasten, doch sie wusste, dass es kein Entkommen gab. Wenn Mutter etwas entschieden hatte, dann war das in Stein gemeißeltes Gesetz.

„Nun", antwortete der Vermögensverwalter, der von Penelopes Gedanken natürlich nichts ahnen konnte, „die Vertreter des höchsten Adels, den die Hauptstadt zu bieten hat, sind die Söhne des Königs. Natürlich nicht der Prinzregent selbst, aber seine Brüder. Der Herzog von Clarence ist bis dato unverheiratet …"

Während die Mädchen nicht so genau Bescheid wussten, meldete Lady Agatha umgehend Protest an: „Mr Grittleton, Seine Königliche Hoheit ist ein Mann weit über vierzig und hat, wie man hört, bitte verzeihen Sie meine Offenheit, nahezu ein Dutzend illegitimer Kinder."

Penelope ließ einen erschrockenen Aufschrei hören. Das wurde ja immer schlimmer!

„All das würde mich nicht stören", sagte ihre Mama und steigerte damit kurz ihr Entsetzen, um sie dann sofort wieder zu beruhigen: „Aber wir brauchen einen wahrlich *vermögenden* Mann. Damit scheiden die Söhne unseres Königs allesamt aus. Das letzte Geld, was die noch übrig hatten, hat unser Prinzregent sicher verschwendet."

„Das steht natürlich zu befürchten, Mylady. Außerdem wäre es wohl zu vermessen, von einer royalen Verbindung zu träumen. Wenn wir uns also den im Rang folgenden Dukes zuwenden, so muss ich leider gestehen, dass ich derzeit von keinem unverheirateten Herzog Kenntnis habe. Kommen wir also zu den Earls", überlegte Mr Grittleton weiter. „Da fällt mir natürlich sofort einer der reichsten Männer Londons, wenn nicht gar Englands ein, Anthony Farrensby, der Earl of …"

„Wie alt ist denn dieser Herr?", beeilte sich Penelope zu fragen, bevor Mama einen alten Mann für passend erachten konnte. Natürlich fing sie sich damit einen rügenden Blick ihrer Mutter ein.

„Kaum über dreißig, würde ich schätzen. Er hat den Titel relativ jung von seinem Vater übernommen und damit dem Vermögen, das ihm ein unverheirateter Onkel schon vor Jahren vermacht hatte, ein noch größeres hinzugefügt."

Lady Panswick nickte und wollte eben den Namen des Earls auf das Blatt Papier schreiben, das der Diener gebracht hatte, als sie die nächsten Worte zurückhielten.

„Wobei man natürlich erwähnen muss, dass sich Mylord nichts aus jungen Damen zu machen scheint, wie ich gehört habe. Die Freizeit verbringt er meist mit Seiner Lordschaft dem Baron of Chedworth, Ihrem verehrten

Bruder, Mylady, oder im Gefolge des Prinzregenten. Bälle und andere Veranstaltungen, bei denen junge Mädchen im Mittelpunkt stehen, werden von ihm konsequent gemieden."

„Gut, dann hat es wohl auch keinen Sinn, ihn auf unsere Liste passender Kandidaten zu setzen", beschied die Viscountess, die sich fragte, ob Mr Grittleton mit seinen Worten tatsächlich das Unvorstellbare ausdrücken wollte, was sie vermutete. Nämlich dass dieser Earl an Frauen überhaupt kein Interesse hatte, egal wie alt sie waren. Aber natürlich war es ausgeschlossen, näher nachzufragen. Darüber hinaus war dieser Farrensby ein Freund ihres Halbbruders. Das allein war schon Grund genug, dass sie ihn nicht zum Schwiegersohn haben wollte.

Am Ende des Abends, kurz bevor sich Mr Grittleton verabschiedete, um noch vor vollständigem Einbruch der Dunkelheit die Poststation zu erreichen, hatten sie drei aussichtsreiche Kandidaten auf ihrer Liste. Ein gewisser Honorable Mr Alfred Pucklechurch schien die verlockendste Wahl zu sein. Nach Mr Grittletons Angaben war er nicht nur unverheiratet und reich, sondern noch keine dreißig Jahre alt und ein unverkennbarer Experte in modischen Dingen. Außerdem hatte er einen Schoßhund, der ihn überall hin begleitete. Ein Umstand, für den sich Penelope besonders begeistern konnte.

Ihm folgte auf der Liste der Viscount of Westerleigh, der vor einem Jahr seine Frau an ein ähnliches Fieber verloren hatte, das auch den Viscount of Panswick und Agathas Gatten Edward dahingerafft hatte. Anscheinend hatte die Gattin, die einer reichen Kaufmannsfamilie entstammte, ein großes Vermögen als Mitgift in die Ehe gebracht.

Andererseits hinterließ sie nicht nur Geld, sondern auch zwei Kinder, an deren Alter sich Mr Grittleton nicht erinnerte.

Der dritte ahnungslose Kandidat war ein gewisser Mr Christian Pingham-Fawles, zweiter Sohn des Earls of Cumings, der, wie man munkelte, sein ohnehin schon beachtliches Vermögen am Spieltisch ständig vermehrte.

Lady Panswick war mit dieser *Ausbeute,* wie sie es nannte, nicht vollkommen zufrieden. Aber drei potenzielle Ehegatten waren besser als keiner, und schließlich konnten Agatha und Penelope diese Liste während ihrer Anwesenheit in der Hauptstadt durch weitere gut betuchte Kandidaten ergänzen. Der Vermögensverwalter wunderte sich im Stillen über die Zuversicht, mit der Lady Panswick und anscheinend auch alle anderen anwesenden Damen davon ausgingen, dass Lady Penelope in den nächsten Wochen nicht nur einen passenden Heiratsantrag bekommen, sondern der Bräutigam auch bereit sein würde, für die Familie seiner Frau in die Bresche zu springen. Aber er dachte gar nicht daran, sich damit den Unmut zuzuziehen, indem er die Gedanken laut aussprach.

„Also, Mr Grittleton“, hörte er Ihre Ladyschaft sagen, „dann werden wir also alles so durchführen, wie wir das eben geplant haben. Sobald Sie nach London zurückgekehrt sind, informieren Sie Ihre Schwester und richten ihr unseren Dank dafür aus, dass sie meine beiden Lieben bei sich aufnehmen wird. Sie möge bitte alles entsprechend vorbereiten. Ich werde Lady Agatha auch noch ein kurzes Schreiben für sie mitgeben. Gleich morgen fahre ich mit Lady Penelope zu meiner Schneiderin in Tunbridge Wells, um sie entsprechend auszustatten. In drei bis vier

Wochen sollte dann einer Abreise nichts mehr im Wege stehen."

Es war so offensichtlich, dass Mr Grittleton gegen dieses Vorhaben Bedenken hatte, dass sie ihn umgehend bat, diese frei heraus zu äußern.

„Eine Abreise in drei Wochen erscheint mir für Ihr Vorhaben allzu spät zu sein, Mylady. Wir haben bereits Mitte April, die Season ist im vollen Gange. Ende Juni reisen die ersten adeligen Herrschaften schon wieder zu ihren Landsitzen ab. Käme Lady Penelope erst Mitte Mai in die Hauptstadt, bliebe ihr wohl zu wenig Zeit, um sich den Richtigen gewogen zu machen."

„Wie recht Sie doch haben, Mr Grittleton!", rief sie aus und schwieg dann nachdenklich. „Doch ich sehe keinen anderen Weg. Lady Penelope braucht neue Kleider, und die Näherinnen werden keinesfalls in kürzerer Zeit damit fertig."

„In London gibt es jede Menge Schneiderinnen, Mylady. Ich bin sicher, es wird meiner Schwester ein Vergnügen sein, ihre beiden Gäste zu dem Salon mitzunehmen, dem sie ihr Vertrauen schenkt. In der Hauptstadt gibt es viel mehr Näherinnen als hier auf dem Lande. Ich bin sicher, dass ein Kleid im Handumdrehen fertig ist."

Penelope nahm den Wortwechsel ohne sichtliche Regung zur Kenntnis. Eigentlich wollte sie nicht nach London, doch sie hatte sich in der Zwischenzeit in ihr Schicksal gefügt. Welche Schneiderin ihre neuen Kleider anfertigen würde, war ihr ziemlich egal.

Ganz anders sah es in Fredericas Innerstem aus. Es war schon bitter gewesen, aus Mamas Mund zu erfahren, dass sie sie nicht hübsch genug fand, um rasch einen Bräutigam zu finden. Es war schlimm, all ihre Träume von London, den Büchereien, dem bunten Gesellschaftsleben und den Theateraufführungen, auf die sie sich schon gefreut hatte, auf unbestimmte Zeit zu verschieben. Aber die Erkenntnis, wieder in ihre alten, von Cousine Agatha abgelegten, scheußlichen lila Kleider schlüpfen zu müssen, während Mama von Londoner Schneidersalons sprach, war zu viel des Guten.

„Kann ich nicht doch nach London fahren? Mama, bitte! Vielleicht finde ich dort ja auch einen passenden Bräutigam. Dann hätten wir noch mehr Geld, um Lancroft Abbey zu retten und …"

„Nein, Frederica, das kannst du nicht! Es ist teuer genug, Penelope und Agatha passend auszustaffieren. Für eine Dritte fehlt das Geld, also sei vernünftig!"

Als sie sah, dass ihrer Ältesten Tränen der Enttäuschung in die Augen stiegen, sagte sie etwas versöhnlicher: „Es dauert nicht mehr lange, dann kommt auch deine Zeit, Frederica. Wenn Penelope erst einmal eine standesgemäße Partie gemacht hat, dann hat sie sicher ein großes Stadtpalais mitten in Mayfair und wird dich mit Freuden im nächsten Jahr in die Gesellschaft einführen, nicht wahr, Penelope?"

Während sie ihrer jüngeren Tochter einen aufmunternden, erwartungsvollen Blick zuwarf, war Frederica endgültig vor den Kopf geschlagen. Von der eigenen kleinen Schwester in die Gesellschaft eingeführt zu werden, war eine noch viel schlimmere Schmach als die, von der Vivian gesprochen hatte. Mr Grittleton hatte insgeheim denselben Gedanken, und darum beschloss er, das Thema zu wechseln, um in unverfänglichere Gefilde zu gelangen.

„Seine Lordschaft, Ihr werter Bruder, hat mir völlig freie Hand gewährt, was Ihr Vermögen betrifft, Mylady. Wenn Sie es mir also gestatten, dann werde ich umgehend alle Maßnahmen in Bewegung setzen, damit den beiden Damen in London der größtmögliche Betrag zur Verfügung steht."

„Tun Sie das, Mr Grittleton. Meinen Auftrag haben Sie hiermit erhalten."

„Darf ich Sie noch einmal in aller Deutlichkeit auf die Konsequenzen hinweisen, Mylady? Wenn Lady Penelope keinen geeigneten Gatten findet, dann besitzen Sie alle in weniger als einem halben Jahr nicht einmal mehr das Allernötigste, um Ihren Lebensunterhalt zu bestreiten, geschweige denn ..."

„Wäre es nicht wichtig, Bertram nach seiner Meinung zu fragen?", brachte Vivian einen völlig anderen Gesichtspunkt in das Gespräch. „Schließlich gehört Lancroft Abbey jetzt ihm und ..."

Lady Panswick unterbrach sie mit einer strikten Handbewegung. „Das werden wir sicher nicht tun. Ich möchte, dass sich Bertram auf sein Studium konzentrieren kann, ohne sich über finanzielle Dinge Sorgen machen zu müssen. Er ist noch nicht großjährig. Es obliegt seinem Vormund, darüber zu befinden, was zu geschehen hat."

„Aber dieser Vormund ...", wollte Vivian erneut protestieren.

„Dieser Vormund hat Mr Grittleton beauftragt, mit mir gemeinsam eine Lösung zu finden", fiel ihre Mutter ihr ins Wort. „Und diese Lösung haben wir nun gefunden. Ich dulde keine weitere Widerrede mehr, Vivian. Habe ich mich klar ausgedrückt?"

Nach diesen strengen Worten und einem warnenden Blick in Richtung ihrer Jüngsten wandte sie sich wieder ihrem Gast zu: „Keine Sorge, Mr Grittleton, ich bin mir des Risikos völlig bewusst. Aber ich weiß auch, dass Penelope den Richtigen finden wird. Auf meine Tochter ist Verlass."

Frederica, Vivian, Agatha und Mr Grittleton schwiegen, wie ihnen aufgetragen worden war, und wünschten sich insgeheim, sie könnten diese Zuversicht teilen. Penelope wünschte sich gar nichts mehr. Ihr war, als hätte sie sich im Lauf des Abends, als über ihren Kopf hinweg über ihr Schicksal entschieden worden war, in eine gefühllose Marionette verwandelt, allein dazu da, den Plan ihrer Mutter in die Tat umzusetzen. Sie wunderte sich selbst darüber, dass es ihr nicht noch schlechter dabei ging.

„Wenn ich die Banken beauftragt habe, dann gibt es kein Zurück mehr!", gab Mr Grittleton zum Schluss zu bedenken.

„Auch das weiß ich. Und nun müssen Sie aber wirklich los, Mr Grittleton! Die Dämmerung ist bereits hereingebrochen, und wir wollen nicht riskieren, dass Sie auf dem Weg zu Ihrem Nachtquartier in die Dunkelheit geraten. Seien Sie versichert, dass wir jetzt kein Zurück wollen und auch künftig nicht", bekräftigte Lady Panswick.

Kapitel 7

Zwei Stunden später nahm Lady Agatha einen der bereitgestellten Kerzenleuchter vom Tischchen in der Halle und ging die Treppe hinauf zu ihrem Schlafgemach. Es war ein ereignisreicher Tag gewesen, und sie sehnte sich nach der Stille ihres Zimmers, um mit Edward, ihrem so früh verstorbenen Gatten, Zwiesprache zu halten. Sie war wohl schon zu sehr in Gedanken, denn auf der vierten Stufe der steilen Holztreppe stolperte sie über den Saum ihres Kleides. Es war ihr, wie viele andere Kleidungsstücke auch, in der Trauerzeit zu weit geworden und schleifte nun, von ihr unbemerkt, am Boden. Mit einem Aufschrei stürzte Lady Agatha die Treppe hinunter und kam auf dem Marmorboden der Vorhalle zu liegen. Zum Glück blieb ihr Kopf bis auf eine kleine Schramme an der Schläfe unverletzt. Doch ihr rechtes Bein war gebrochen.

Kapitel 8

Sie hatten die Stadtgrenze passiert, und die behäbige, alte Reisekutsche kam nur mehr langsam voran. Penelope und ihre Begleiterin drückten die Nasen an die außen mit Lehm bespritzten Fensterscheiben und konnten kaum glauben, was sie sahen. Auch das Hausmädchen Rosie, das ihnen in London als Kammerzofe dienen sollte und nun auf der gegenüberliegenden Bank saß, hatte seine lebhafte Plauderei eingestellt und war ganz still geworden. Die Aufregung der drei stieg mit jeder Meile, mit der sie sich der Henrietta Street näherten. So viele Menschen! Ja, natürlich, man hatte ihnen erzählt, dass London schmutzig war, aber so schmutzig? Sie hatten erwartet, dass es laut werden würde, aber so laut? Für junge Frauen wie sie, die noch nie aus der beschaulichen Idylle einer ländlichen Umgebung hinausgekommen waren, war dies hier eine völlig unbekannte Welt. Noch nie hatten sie so viele Geschäfte, solch ein Gewirr an noblen Kutschen, einfachen Wagen und Reitern gesehen! Dazwischen Fußgänger, die versuchten, die belebten Straßen mit heiler Haut zu überqueren. Dienstboten eilten, um ihre Verrichtungen auszuführen, Händler schoben ihre Karren und fluchten lautstark, wenn sich ihnen jemand unbeabsichtigt in den Weg stellte. Als die Kutsche zum Stillstand kam, beobachtete Penelope fasziniert einen Scherenschleifer, der ein Messer an den Stein seiner Maschine hielt. „Scheren zwei Penny!", rief er aus, „Taschenmesser nur ein Penny! Küchenmesser im Dutzend billiger!"

Da presste sich plötzlich von außen das schmutzige Gesicht eines etwa Zwölfjährigen an die Fensterscheibe. Penelope erschrak fürchterlich und fuhr zurück.

„Zündhölzer!", rief der Bursche, „Kaufen Sie Zündhölzer, Mylady, bitte!"

Das Kind erinnerte sie an ein junges, streunendes Hundebaby, und sofort bekam sie Mitleid. Sie hätte ihm gern eine Packung abgekauft, wagte es aber nicht, den Wagenschlag zu öffnen. Bevor sie Gewissensbisse bekommen konnte, setzte sich die Kutsche zu ihrem Glück wieder in Bewegung und rumpelte weiter über den unebenen, mit einzelnen, großen Steinen befestigten Lehmboden. Nach einer weiteren halben Stunde Fahrt waren die Straßen besser befestigt, die Häuser deutlich eleganter und das Geschrei ringsherum etwas leiser.

Vor einem schmalen Backsteinhaus mit Erker und weißen Sprossenfenstern blieb das Fahrzeug stehen. Der Kutscher sprang vom Bock und betätigte den Türklopfer. Sie hatten ihr Reiseziel erreicht. Die jungen Frauen waren so aufgeregt, dass ihnen das Herz bis zum Hals klopfte. Penelope ergriff die Hand ihrer Begleiterin, sie war ebenso eiskalt vor Aufregung wie ihre eigene.

„Glaubst du, es wird alles gut gehen, Freddy?", flüsterte sie. „Mir ist gar nicht wohl zumute! Was machen wir, wenn deine Maskerade auffällt? Was, wenn wir in der großen Stadt verloren gehen? Wie soll ich hier unter all den vielen Leuten bloß einen passenden Gatten finden?"

Frederica war glücklich, in London zu sein, und gleichzeitig wünschte sie sich weit weg.

Als Agathas Sturz entdeckt worden war, war Lady Panswick außer sich gewesen. Nicht nur aus Mitleid für die arme Nichte, die vor Schmerzen wimmerte, sondern vor allem weil ihr waghalsiger Heiratsplan zu scheitern drohte, bevor man überhaupt mit dem Umsetzen begonnen hatte. Mr Grittleton war längst abgereist und mit ihm ihre Aufforderung, alles verfügbare Geld von der Bank abzuheben. Daraus ergab sich für Lady Panswick nur eine einzige mögliche Konsequenz: Penelope musste trotz allem nach London reisen, komme, was da wolle. Wie sehr graute ihr vor dem Gedanken, ihre Tochter nun wohl selbst begleiten zu müssen. Sie hatte sich auf dem gesellschaftlichen Parkett der Hauptstadt immer fehl am Platz gefühlt. Eine dicke Truthenne inmitten zarter, gackernder, eleganter Hühner. Doch nun, so fürchtete sie, würde ihr nichts anderes übrig bleiben, als sich dieser Qual auszusetzen.

Am nächsten Morgen – der Arzt, den man bereits in der Nacht geholt hatte, um Agatha mit Laudanumtropfen zu versorgen, hatte soeben das verletzte Bein mit gehobelten Latten geschient und unter Hinterlassung zahlreicher Anweisungen das Haus wieder verlassen – überraschte Frederica alle mit einem Vorschlag: „Bitte, Mama, lass mich mit Penelope nach London reisen! Ich kann eine fast ebenso gute Chaperone sein wie Agatha."

Auch wenn diese Worte für Lady Panswick wie ein Lichtschein am Horizont erschienen waren, hatte sie umgehend widersprochen: „Rede keinen Unsinn, Frederica. Als Unverheiratete bist du völlig ungeeignet!"

„Ich könnte doch sagen, ich *sei* Agatha!", hatte Frederica vorgeschlagen, die ihre Hoffnung nicht gleich wieder begraben wollte. „Sie war doch all die Jahre im Ausland. Da erinnert sich sicher niemand mehr an sie."

„Du vergisst, dass sie im Trauerjahr des Öfteren Freunde besucht hat", wandte ihre Mama ein. „Außerdem glaubst du doch nicht allen Ernstes, dass dich jemand für dreiunddreißig Jahre halten könnte!" Mutters Protest klang jedoch nicht mehr ganz so vehement.

„Sie könnte sich als meine Schwester Cecilia ausgeben", meldete sich Agatha von der Chaiselongue her zu Wort. „Ich habe euch doch immer gesagt, dass Freddy meiner Schwester auffallend ähnlich sieht."

Ihre Ladyschaft erwog den Gedanken. „Das ist wahr", sagte sie schließlich, und dann, zu Frederica gewandt: „Denkst du wirklich, du könntest vorgeben, eine junge Witwe zu sein? Nimmst du dir da nicht zu viel vor?"

Ihre Tochter hatte den Funken Hoffnung in der Stimme ihrer Mutter vernommen und ohne zu zögern bestätigt, dass sie sich diesbezüglich keine Sorgen zu machen brauche.

Große Worte, die jetzt, als sie vor Aufregung zitternd Londoner Boden betrat, wie Hohn in ihren eigenen Ohren klangen. Keine Sorgen? Von wegen! Sie war mittlerweile ein wandelnder Ausbund an Sorgen.

Als sie jedoch den hilfesuchenden Blick ihrer Schwester auf sich spürte, atmete sie tapfer durch, zwang sich zu einem Lächeln und sagte mit viel mehr Zuversicht, als sie tatsächlich empfand: „Natürlich wird alles gut gehen, Lämmchen! Wenn wir uns erst einmal eingelebt haben, wird uns diese Stadt mit seinen vielen Menschen auch keine Angst mehr einjagen. Du wirst sehen, wir werden den Aufenthalt genießen."

Wie gern hätte sie ihren eigenen Worten geglaubt!

Zwei Diener kamen herbei und verbeugten sich. Einer führte Rosie zur Treppe, über die sie den Küchentrakt erreichen konnte. Im selben Augenblick erscholl eine laute, hohe Frauenstimme, und eine korpulente Dame in einer Kreation aus dunkelgelber Seide, über und über mit Schleifen und Rüschen besetzt, kam mit weit ausgestreckten Armen die kleine Vortreppe herunter.

„Willkommen, die Damen!", begrüßte sie die Schwestern.

Auf ihrem Turban in der gleichen Farbe wippten drei Pfauenfedern fröhlich im Takt. So etwas Überladenes hatte Frederica noch nie zuvor gesehen. Bangen Herzens fragte sie sich, ob das wohl der letzte Schrei in der Hauptstadt war. Trug man solche Kreationen am frühen Nachmittag? Musste Penelope am Ende auch solche Kleider tragen? Mit einem Mal erschien es ihr gar nicht mehr so schlimm, dass sie weiterhin Agathas Trauerkleider auftragen musste. Das violette Reisekleid, das sie an diesem Tag trug, war zwar hochgeschlossen und völlig schmucklos, aber es hatte zumindest Stil. Ein mit schwarzer Spitze besetztes Witwenhäubchen verdeckte ihr aufgestecktes Haar beinahe völlig. Die Wärme unter der Haube war ungewohnt, und sie hätte sich gern gekratzt, doch das war natürlich undamenhaft und damit undenkbar. Die dünne Nickelbrille trug sicher auch nicht dazu bei, ihre Erscheinung erfreulicher zu machen. Das einzig Schöne war der Brillantring an ihrer linken Hand. Mama hatte darauf bestanden, dass sie ihn trug. Er sollte den unwiderlegbaren Beweis darstellen, dass sie nicht nur verheiratet gewesen war, sondern auch Vermögen besaß.

„Willkommen, willkommen, willkommen“, wiederholte ihre neue Gastgeberin, während sie mit seltsamen Trippelschritten auf sie zutrat. „Willkommen in meinem bescheidenen Heim, Lady Alverston, seien Sie versichert, es ist mir eine Ehre!“

Für eine Sekunde fürchtete Frederica, die massige Gestalt würde sie in die Arme schließen. Doch stattdessen reichte sie ihr, den Konventionen entsprechend, die Hand zum Gruß und versank in einen Knicks. Im ersten Reflex wäre Frederica beinahe ihrem Beispiel gefolgt, doch dann erinnerte sie sich an Mamas intensive Schulung in den Benimmregeln, die für verheiratete Ladys und adelige Witwen galten. Lady Daglingworth war von viel niederem Stand als sie. Daher blieb sie, so schwer es ihr auch fiel, aufrecht stehen und neigte nur leicht den Kopf. Dann atmete sie tief durch, um sich selbst Mut zu machen, und sagte in einem Tonfall, der dem ihrer Mutter nicht unähnlich war: „Wir danken Ihnen für den freundlichen Empfang, Lady Daglingworth. Wie überaus zuvorkommend von Ihnen.“

Diese Worte schienen der älteren Dame zu gefallen. Ihr Lächeln vertiefte sich. Sie wollte sich an Penelope wenden, doch Fredericas nächste Bemerkung hielt sie zurück.

„Aber eines muss ich korrigieren, wenn Sie gestatten. Ich bin nicht Lady Alverston“, sagte Frederica schnell.

Die Dame fuhr herum. Das Lächeln war einem Ausdruck von Ratlosigkeit gewichen. „Ach, nein? Mein Bruder Thomas informierte mich, dass …“

„Nein." Frederica straffte ihren Rücken. „Der ... äh ... Gesundheitszustand von Lady Alverston erlaubte es ihr nicht, sich den Strapazen einer Reise auszusetzen. Darum hat man mich gebeten, ihre Stelle einzunehmen. Ich bin Lady Cecilia Winford, ihre jüngere Schwester."

Wie beiläufig streifte Frederica ihre violetten Kalbslederhandschuhe ab und gab den Blick auf den brillantbesetzten Ehering frei.

„Mein Gatte, der Honorable Peter Winford, starb vor drei Jahren." Ihre Gastgeberin sollte gar nicht erst auf die Idee kommen, sie sei als Anstandsdame ungeeignet. Penelope betrachtete ihre Schwester mit unverhohlener Bewunderung.

Lady Daglingworth war offensichtlich weit davon entfernt, Fredericas Fähigkeiten als Anstandsdame in Frage zu stellen. „So jung schon Witwe geworden? Sie arme, kleine Kreatur!", erwiderte Lady Daglingworth bedauernd.

Frederica errötete zutiefst. Zum Glück sprach ihre Gastgeberin ohne Unterbrechung weiter: „Ich hoffe, bei Ihrer Schwester ist es nichts Ernstes, Lady Winford. Sie sind mir natürlich genauso willkommen, wie es mir Ihre Schwester gewesen wäre. Das ist doch alles Jacke wie Hose, wie man in meiner Familie zu sagen pflegt."

Während sich Frederica noch fragte, was dieser Satz bedeuten mochte, reichte die korpulente Dame bereits ihrer Schwester die Hand. „Sie sind aber tatsächlich die kleine Barnett, oder hat man mir hier auch einen Ersatz geschickt?"

Diese Frage fand sie selbst so amüsant, dass sie in trällerndes Gelächter ausbrach.

Penelope ließ sich davon nicht beirren, knickste anmutig

und schenkte ihr dann ihr liebreizendstes Lächeln „Ich bin tatsächlich Penelope Barnett und danke Ihnen so sehr für Ihre großzügige Gastfreundschaft, Lady Daglingworth."

„Sie sind ja tatsächlich eine wahre Zuckerpuppe", rief die Gastgeberin begeistert aus „Da hat mein lieber Bruder ausnahmsweise einmal nicht übertrieben. So eine hübsche junge Lady! Die jungen Männer werden sich um Sie reißen, meine Liebe. Sie werden sehen, wir werden Sie mir nichts dir nichts unter der Haube haben."

Penelope errötete über diese unverblümten Worte und warf ihrer Schwester einen weiteren hilfesuchenden Blick zu. Die zermarterte sich das Hirn. Was würde Agatha in dieser Situation tun? Am besten war es wohl, das Thema zu wechseln.

„Was für ein schönes Haus Sie haben, Lady Daglingworth", sagte sie in einem, wie sie hoffte, selbstbewussten Tonfall. „Wir sind schon neugierig, wie es von innen aussieht!"

Kapitel 9

Als die beiden Schwestern kurze Zeit später allein in dem Gästezimmer waren, das die nächsten zwei bis drei Monate ihre Heimat sein sollte, fielen sie sich in die Arme.

„Freddy, du machst das großartig! Wie schaffst du es nur, dich so zu benehmen, als seist du wirklich schon einmal verheiratet gewesen?"

Obwohl sich Frederica über dieses Lob freute, schränkte sie es sofort ein: „Ach, Lämmchen, das war doch erst der Anfang. Wer weiß, welche Klippen noch auf mich zukommen werden."

„Das ist natürlich richtig", gab Penelope zu, während sie die Nadeln aus ihrem Strohhut zog. „Doch jetzt bin ich einfach nur froh, dass wir die Reise gut überstanden haben. Was hältst du denn von unserer Gastgeberin? Sie scheint sehr nett zu sein, wenn auch etwas laut …"

„… und eine Spur gewöhnlich", urteilte Frederica streng. „Ich hoffe, sie hat wirklich so viele gute Kontakte, wie Mr Grittleton Mama glauben ließ. Sonst wird unsere Situation noch viel schwieriger, als wir angenommen hatten." Sie seufzte. „Agatha hätte zwar auch nicht viele, aber doch zumindest ein paar Mitglieder der Gesellschaft persönlich gekannt. Ich kenne niemanden."

Jetzt seufzte auch Penelope, allerdings aus einem anderen Grund: „Die arme Agatha! Ich habe einen großen Schreck bekommen, als ich sie hilflos am Boden liegen sah."

Frederica nickte. „Ja, das war wirklich schlimm. Ich hoffe, ihr Bein heilt wieder gut, und es bleiben keine dauerhaften Schäden."

„Der Doktor schien recht zuversichtlich zu sein. Mama war trotzdem sehr aufgeregt. So habe ich sie noch nie gesehen."

Frederica hatte in der Zwischenzeit ihren Hut ebenfalls abgelegt und begann, Gesicht und Hände in der bereitgestellten Waschschüssel vom Reisestaub zu reinigen.

Es klopfte, und Rosie betrat den Raum.

„Darf ich die Koffer jetzt auspacken, Lady Fre… Lady Winford?", erkundigte sie sich.

Penelope klatschte in die Hände: „Das hast du dir gut gemerkt! Ich wusste immer, dass wir uns auf dich verlassen können."

Das Mädchen strahlte.

„Wie geht es dir unten in der Küche? Sind die Dienstboten nett zu dir? Mit wem teilst du dir die Kammer?"

„Soweit ich das jetzt schon beurteilen kann, habe ich es nicht schlecht getroffen, Mylady. Aber jetzt müssen Sie sich beide umkleiden, Ihre Gastgeberin erwartet Sie in Kürze zum Tee."

Kapitel 10

Und dann war es endlich so weit.

Die Schneiderin, zu der Lady Daglingworth die beiden Mädchen mitgenommen hatte, hatte für jedes von ihnen ein neues Tageskleid genäht und an diesem Morgen in die Henrietta Street geliefert. Der Plan, auch ein Kleid für sie anzuschaffen, hatte sich in Fredericas Ohren nur allzu verlockend angehört. Wie gerne hätte sie sofort laut „Ja, bitte!" gerufen. Doch sie war eine gehorsame Tochter, und Mutters Befehl, keine unnötigen Ausgaben zu machen, klang nur allzu deutlich in ihren Ohren. Also hatte sie die Lippen zusammengepresst und den Kopf geschüttelt. Lady Daglingworth hatte sich davon nicht beirren lassen. „Wie wollen Sie der Gesellschaft erklären, um wen Sie trauern, Mylady? Ihr Mann ist seit Jahren unter der Erde. Trauer um Ihren Schwager und um einen Onkel? Ich bitte Sie, da ist ein Jahr mehr als genug."

„Meine Garderobe ist schlicht und stilvoll", hatte Frederica tapfer erwidert. „Außerdem trage ich violett und nicht schwarz. Also ist diese Kleidung meiner Trauer um … meine lieben Verwandten durchaus angemessen."

„Wie stellen Sie sich denn das vor, Lady Winford?", hatte ihre Gastgeberin daraufhin ausgerufen und die Hände so theatralisch zum Himmel gehoben, dass ihre goldenen Armreifen laut klimperten. „Keiner wird auch nur ein Auge auf Ihren Schützling werfen, wenn man von Ihrer Erscheinung irritiert ist. Niemand wird es wagen, in Ihrer Gegenwart zu lachen, also wird man Sie meiden. Wir sind hier in London, es ist mitten in der Season. Die noble Gesellschaft will das Leben genießen und nicht ständig an das drohende Ende erinnert werden."

Also hatte sich Frederica überzeugen lassen, und die Vorfreude auf die neuen Kleider war bei beiden Schwestern riesengroß gewesen.

Doch als sie nun in ihren dünnen Kleidchen in den offenen Landauer stiegen, um sich bei ihrer ersten Ausfahrt in den Hyde Park Mitgliedern der Londoner Gesellschaft zu zeigen, war die Freude bereits erheblich gesunken. Die Kleider waren zwar in hübschen, schmeichelnden Pastelltönen gehalten, aber aus dünnen, transparenten Stoffen genäht. Sie waren ein Hauch von nichts und viel zu kalt für die Jahreszeit. Es hatte zwar den ganzen Tag die Sonne geschienen, aber doch war es erst Mitte April. Daher waren die kleinen Puffärmelchen noch völlig unpassend. Die Farben hatten sie sich selbst ausgesucht. Penelope trug cremefarbenen, Frederica blauen, indischen Baumwollmusselin. Doch die Schnitte hatte Lady Daglingworth mit der Schneiderin besprochen. Und darum schimmerte unter dem Oberkleid ein hauchzartes, fast durchsichtiges Unterkleid hindurch, das weder für Blickdichte noch für Wärme sorgte. Mama wäre entsetzt gewesen. Die beiden Mädchen waren es ebenfalls, auch wenn sie das sich nicht einmal voreinander eingestehen wollten. Wenn solche Kleider in London en vogue waren, dann hatten sie sich eben daran zu gewöhnen. Und immerhin trugen sie Strohhüte mit Satinbändern in passenden Farben, und die waren außergewöhnlich hübsch. Und für Wärme würden die Schals sorgen, die sie von zu Hause mitgebracht hatten.

Lady Daglingworth stieg zu den beiden Mädchen in den Wagen. Sie hatte darauf bestanden, gegen die Fahrtrichtung zu sitzen, damit Lady Winford und vor allem Penelope besser präsentiert werden konnten, wie sie es ausdrückte. Als sie bemerkte, dass ihre beiden Gäste die Schultern mit Kaschmirschals bedeckt hatten, die sie fröstelnd vor der Brust zusammenhielten, sah sie sich wieder einmal zu einem lautstarken Protest veranlasst.

„Oh nein, oh nein! Wie sieht denn das aus? Diese Schals sind ganz schrecklich gewöhnlich. Niemand, der in London etwas auf sich hält, trägt so etwas!"

„Auch wenn es ein sonniger Tag ist, Lady Daglingworth, so ist es noch sehr frisch. Wir wollen doch nicht, dass sich Penelope erkältet", antwortete Frederica mit so viel Autorität, wie sie aufbringen konnte. Ihre Gastgeberin war alles andere als beeindruckt.

„Besser krank als unelegant!", sagte sie streng und riss Penelope mit einem Ruck den Schal von den Schultern. „Sie wollen doch nicht, dass man Ihren Schützling für ein Landei hält!"

Frederica wollte nicht aufgeben: „Was wäre schlimm daran? Wir stammen doch tatsächlich vom Lande, also …"

Ihre Gastgeberin ließ sie nicht ausreden: „Es wäre nicht nur schlimm", sagte sie rigoros, „glauben Sie mir, Lady Winford, es wäre das Schlimmste!"

Frederica seufzte und legte sich nun auch ihren Schal auf den Schoß. Wenn sie doch nur irgendeinen Erwachsenen zur Seite hätte, der Lady Daglingworths Worte besser hätte einschätzen können. Übertrieb sie oder sprach sie tatsächlich die Wahrheit?

„Nun zu unserem Schlachtplan“, unterbrach diese nun ihre Gedanken. „Ich gehe davon aus, dass wir bereits heute der Kutsche von Lady Jersey begegnen werden, einer der gestrengen Patronessen des Almack's Club.“

Frederica war begeistert, doch sie merkte auch, wie ihre Aufregung wuchs. „Das wäre natürlich großartig! Wie gut sind Sie mit Lady Jersey bekannt? Sind Sie sicher, dass Sie Penelope und mich dieser Dame heute schon vorstellen können?“

Lady Daglingworth nickte. „Ich habe letzte Woche die Routen ausspioniert, die Lady Jersey üblicherweise durch den Hyde Park nimmt. Wir positionieren uns am besten am nördlichen Ende der Serpentine. Dort ist der Weg etwas enger, und ihre Kutsche kann nur ganz langsam an unserer vorbeifahren. Dabei werde ich sie ansprechen und auf Lady Penelope aufmerksam machen.“

„Das ist außerordentlich freundlich von Ihnen, dass Sie sich so viel Mühe gemacht haben“, bedankte sich Penelope.

Frederica wurde hingegen ganz bang ums Herz. Sie hatte angenommen, Lady Daglingworth sei mit einer der Patronessen zumindest flüchtig bekannt. Und jetzt würden sie einer der gestrengen Damen auflauern. *Auflauern*! Was, wenn Lady Jersey dieses Verhalten unverschämt fand? Das würde Mamas hochfliegendem Heiratsplan viel mehr schaden als nützen. Doch hatten sie eine andere Wahl?

„Und die drei Herren auf Mamas Liste?", fragte sie dann, ohne auf Lady Daglingworths strategische Vorschläge näher einzugehen. „Werden wir denen auch auflau… ich meine, werden wir die Chance haben, auch einem von ihnen im Park zu begegnen?"

Vor zwei Tagen war Frederica entsetzt gewesen, als sie festgestellt hatte, dass Mr Grittleton seine Schwester in sämtliche Details ihrer Pläne eingeweiht hatte. Nun fand sie es praktisch, offen sprechen zu können.

Ihre Gastgeberin erwog den Gedanken. „Wenn wir Glück haben, begegnen wir tatsächlich Mr Pucklechurch, unserer Nummer eins, wenn ich ihn so bezeichnen darf." Sie lachte laut über ihren eigenen Scherz. „Er führt seinen Hund gern im Park spazieren. Ein lästiger Kläffer und nicht der richtige Umgang für einen Gentleman, wenn Sie mich fragen."

„Aber warum denn nicht?", kam umgehend Penelopes Protest. „Ich finde Hunde entzückend!"

„Den nicht!", befand Lady Daglingworth. Sie überlegte kurz und sagte dann: „Den Viscount of Westerleigh habe ich noch nie im Park gesehen. Der sitzt wahrscheinlich um diese Zeit in seinem Club und spült seine Trauer mit Brandy hinunter. Seine Gattin ist erst seit zwölf Monaten unter der Erde. Es wird schwierig sein, an ihn heranzukommen. Aber keine Sorge, meine Lieben, da finde ich auch noch einen Weg. Wie pflegte mein seliger Daglingworth immer zu sagen? Meiner lieben Eleonore ist kein Problem zu groß! Sie hat ein findiges kleines Köpfchen." Sie seufzte bei der Erinnerung. „Ja, das pflegte er immer zu sagen, mein lieber Daglingworth."

Frederica bemühte sich um ein bewunderndes Lächeln

und fragte sich im Stillen, wo Seine Lordschaft die Augen gehabt hatte. Wie konnte man das breite, rote Gesicht mit den hochaufgetürmten Haaren und den ausladenden Hutkreationen nur ernsthaft als *Köpfchen* bezeichnen?

„Bleibt noch der junge Pingham-Fawles. Dem werden wir eher bei einem Ball über den Weg laufen als im Grünen."

Sie hatten in der Zwischenzeit den Hyde Park erreicht und fuhren nun durch das große Tor mitten ins Grüne hinein.

„Sieh nur, wie hübsch es hier ist." Penelope klatschte begeistert in die Hände. „Freddy, sieh nur! Wiesen, richtige Wiesen! Und so viele Bäume! Ach, wie sehr habe ich die Natur vermisst!"

Lady Daglingworths Hand schoss vor und umklammerte Penelopes Arm. „Sagen Sie so etwas nie wieder, meine Liebe", rügte sie streng. „Man mag es hier nicht, wenn einer jungen Lady sozusagen Landluft anhaftet. Natur ist nichts, was man zu erwähnen hat."

Penelope, die eben noch so fröhlich gelacht hatte, zog erschrocken den Kopf ein: „Ich bitte vielmals um Entschuldigung. Das werde ich mir merken."

Ihre Gastgeberin ließ den Arm los und tätschelte stattdessen ihre Hand. „Braves Mädchen. Was ich aber noch wissen möchte: Warum nennen Sie Ihre Cousine Freddy? Das ist mir gestern schon aufgefallen. Sie heißt doch Cecilia!"

Penelope ärgerte sich so sehr, dass ihr dieser dumme Fehler unterlaufen war, dass sie errötete und nur ein erschrockenes „Oh!" herausbrachte.

Frederica hatte sich schneller wieder gefangen. „Das ist ein Kosename aus unserer Kindheit. Wir liebten es, Theaterstücke aufzuführen, und dabei verkörperte ich die Rolle eines jungen Mannes namens Freddy. Dieser Name ist dann an mir hängen geblieben!"

Während Penelope sie wieder einmal bewundernd ansah, war Lady Daglingworth skeptisch. „Sie beide trennt ein Altersunterschied von sechs Jahren, und trotzdem haben Sie miteinander gespielt?"

„Selbstverständlich", lautete Fredericas Antwort. „Wir standen uns schon immer sehr nahe."

Es musste ja keiner wissen, dass sie die richtige Cecilia kaum je zu Gesicht bekommen hatten.

„Seht nur, ein Kätzchen!", rief Penelope und zeigte mit der ausgestreckten Rechten zu einigen Bäumen am Rande einer Rasenfläche.

„Wo denn?" Frederica konnte beim besten Willen kein Tier erkennen.

„Dort drüben, direkt vor der hohen Buche! Sieh nur, ich glaube, es humpelt ein wenig. Oh, das arme Kätzchen! Sicher hat es sich verletzt."

Frederica kannte ihre Schwester. Sie war imstande, sich aus einem fahrenden Wagen zu stürzen, um ein Tier zu retten. Also befahl sie, ohne lange nachzudenken: „Kutscher! Anhalten!"

Der Mann war über diesen unerwarteten Befehl völlig überrascht, sodass er die Zügel straffte und die Pferde so abrupt zum Stehen brachte, dass die Insassinnen der Kutsche beinahe von ihren Bänken gerutscht wären.

„Sind Sie wahnsinnig geworden?", schrie Ihre Ladyschaft und hatte Mühe, sich mit einer Hand an der Lederbank festzuhalten und mit der anderen den Hut am Davonfliegen zu hindern.

Dann überschlugen sich die Ereignisse.

Penelope riss den Wagenschlag auf und sprang mit einem: „Hab vielen Dank, Freddy!“ völlig undamenhaft ins Gras hinunter. Sie hörte das darauffolgende Gezeter von Lady Daglingworth nicht mehr, da sie mit geschürzten Röcken zum Rand der Rasenfläche lief, um die kleine Katze zu retten.

Ihre Ladyschaft konnte sich nicht beherrschen und ließ ihre Wut an der vermeintlichen Lady Winford aus. „Wohin rennt denn dieses Gör? Das ist doch nicht die Möglichkeit! Man muss …“

Das konnte Frederica nicht unwidersprochen hinnehmen und – da sie ja nun eine Witwe war – musste es auch nicht.

„Sie sprechen von Miss Penelope Barnett“, sagte sie würdevoll und genoss es. Es würde ihr dereinst großen Spaß machen, eine verheiratete Frau zu sein, schon allein deshalb, weil man sich nicht mehr alles gefallen lassen musste. Für heute jedoch machte Lady Daglingworth den Spaß erst einmal zunichte.

„Das weiß ich, und dennoch finde ich das Verhalten in höchstem Maße empörend. So wie Ihr eigenes auch, wie ich zu meinem Bedauern anfügen muss. Hätten Sie wohl künftig die Güte, mich vorzuwarnen, bevor Sie meinem Kutscher Befehle erteilen? Ich hätte mir beinahe das Genick gebrochen!“

„Es tut mir leid, das wollte ich nicht“, erwiderte Frederica nun etwas kleinlauter.

„Nur durch meine äußerste Geistesgegenwart konnte

ich verhindern, dass mein neuer Hut in hohem Bogen im Gras gelandet ist!"

„Das tut mir auch leid", murmelte Frederica, obwohl es nicht ganz stimmte. Lady Daglingworth konnte sie mit diesen Worten ohnehin nicht besänftigen.

„Er ist ein Meisterwerk englischer Hutmacherkunst! Ich habe ihn bei Locks erstanden, Lady Winford. Bei Locks! Ich weiß natürlich nicht, ob Ihnen dieser Name überhaupt etwas sagt."

Frederica verneinte und nahm aus den Augenwinkeln wahr, dass eine Kutsche ansetzte, an ihrem stehenden Gefährt auf der Wiese vorbeizufahren.

„Locks ist Hutmacher in der St. James Street. Londons erste Adresse für Hüte aller Art. Oh, mein Gott!"

Der letzte Ausruf bezog sich, wie Frederica ebenfalls erschrocken feststellte, nicht mehr auf den Hut. Er bezog sich vielmehr auf die offene Kutsche, die soeben an ihnen vorbeigelenkt wurde. In ihr saß eine vornehme Dame im etwa gleichen Alter wie Lady Daglingworth, nur bei Weitem eleganter gekleidet. Ihre Lippen waren zu einem ärgerlichen Strich zusammengepresst, während sie ihre Stirn runzelte.

„Das hätte übel ausgehen können, M'Lady", meldete sich in diesem Augenblick Lady Daglingworths Kutscher zu Wort. „Hätt nicht so rasch bremsen sollen! Hat nicht viel gefehlt, und der Wagen da wäre in uns hineingeknallt. Ist ein verdammt guter Kutscher, dass muss man wohl sagen, Mylady. Ein verdammt guter Kutscher ist der."

„Machen Sie so etwas nie wieder!", fuhr seine Herrin ihn an. „Ihre Befehle haben Sie nur von mir entgegenzunehmen, haben Sie mich verstanden?"

„Ja, M'Lady. Natürlich, M'Lady!" Der Mann drehte sein Gesicht wieder in Fahrtrichtung und schwieg.

„Wissen Sie, wer die Dame war, die eben so ungehalten an uns vorübergefahren ist?"

Frederica hatte zwar keine Ahnung, aber es beschlich sie ein ungutes Gefühl, das mit Lady Daglingworths nächsten Worten zur Gewissheit wurde.

„Das kann ich Ihnen genau sagen! Lady Jersey war das, Lady Winford. Niemand anderes als die wichtigste Patronesse des Almack's. Sie hätten sie durch Ihren Leichtsinn beinahe in einen folgenschweren Unfall verwickelt."

Betreten blickte Frederica zu Boden: „Das tut mir leid, aber ich …"

„Oh, das kann Ihnen auch leidtun! Denn folgenschwer ist der Vorfall auch ohne Zusammenprall. Für den nächsten Mittwochabend bekommen wir mit Sicherheit keine Karten für die Almack's Assembley Rooms. Und ich bezweifle, ob wir überhaupt … was zum Teufel?"

Diese ungehaltenen Worte bezogen sich auf Penelopes Aufschrei: „Wem gehört denn dieses Ungeheuer? Kann irgendjemand den Hund unter Kontrolle bringen? Das Kätzchen ist verletzt."

Frederica fuhr herum und sah, dass bereits das nächste Unglück auf sie oder genauer gesagt auf Penelope zusteuerte. Dieses Mal in Gestalt eines mittelgroßen, zotteligen Hundes, der in rasendem Tempo die Wiese überquerte, um schnurstracks auf das Kätzchen loszugehen. Dieses versuchte verzweifelt zu fliehen, was aufgrund seines verletzten Beines nur sehr langsam gelang. Sein Miauen wurde immer jämmerlicher. Knapp bevor der Hund sein Ziel erreicht hatte, gelang es Penelope, das Kätzchen einzuholen und es vor der Schnauze des Hundes zu retten. Natürlich war dieser nicht bereit, die Beute kampflos aufzugeben. Er bellte und kläffte und sprang an Penelope hoch.

„Gehst du wohl weg, du Köter! Wer ist denn dein Herrchen?“, rief sie, während sie versuchte, ihn mit der freien Hand zu verscheuchen. Die Mühe war vergeblich. Außerdem war es höchst riskant. Es hätte nicht viel gefehlt, und der Hund hätte nach ihr geschnappt.

Nichts hielt Frederica mehr im Wagen. Mit geschürztem Kleid lief nun auch sie über die Wiese, bereit, den Kampf mit dem Hund aufzunehmen. Sie war die große Schwester, sie trug die Verantwortung für Penelopes Wohlergehen. Doch sie kam nicht weit. Da war die Wurzel eines hohen Baumes, die etwa zehn Zentimeter hoch über die Erde hinausragte. Frederica jedoch hatte nur die dramatische Szene im Blick, stolperte und fiel bäuchlings in den Efeu, der an dieser Stelle den Boden bedeckte. Die Stirn landete auf einem Ast, den wohl der Sturm der Vorwoche abgerissen hatte.

„Aua!“, war alles, was sie herausbrachte. Dann blieb sie benommen liegen.

Es dauerte einige Minuten, bis Lady Daglingworth an ihrer Seite war. Ihren Gemütszustand als ungehalten zu bezeichnen, wäre eine maßlose Untertreibung gewesen.

„Um Himmels willen, Lady Winford, was ist denn nun schon wieder in Sie gefahren?“, zischte sie. Sie ergriff Frederica am Arm und begann diesen hochzuziehen. „Erheben Sie sich! Schlimm genug, dass sich Ihr Schützling wie ein Wildfang aufführt, Sie müssen es ihm nicht auch noch gleichtun!"

Frederica hörte die Stimme zwar, konnte sich aber keinen rechten Reim darauf machen. Wer war denn diese Frau? Woher nahm sie sich das Recht, in einem derart strengen Tonfall mit ihr zu sprechen? Es wurde noch fester an ihrem Arm gezogen.

„So stehen Sie doch auf, Lady Winford", fuhr die zischende Stimme fort, offensichtlich bemüht, nicht durch Lautstärke noch mehr Aufsehen zu erregen. „Sie machen uns zum Gespött der Leute. Und wischen Sie sich, um Himmels willen, das Blut vom Gesicht! Sie wollen doch nicht, dass man Sie als *Horrorgestalt im Efeu* bezeichnet. So etwas macht in London schnell die Runde!"

Efeu? Mit einem Schlag war Frederica wieder hellwach. Lieber Gott, bitte lass es nicht Efeu sein! Sie unternahm mehrere Versuche, sich aufzusetzen, doch es dauerte einige Zeit, bis es ihr endlich gelang. Sie blickte um sich und stellte fest: Es war tatsächlich Efeu, der hier wuchs. Ein tiefer Seufzer entrang sich ihrer Kehle. Auch das noch. Der intensive Hautausschlag, der in wenigen Stunden folgen würde, verkomplizierte ihre ohnehin schon schwierige Aufgabe. Eine warme Flüssigkeit rann ihre Wange entlang. Irritiert tastete sie danach, und der dünne Stoff ihrer Handschuhe färbte sich rot. Sie blutete also wirklich. Auch das noch! Rasch nestelte sie in der eingenähten Tasche ihres Kleides nach dem Taschentuch und drückte es an die Schläfe, bis das Blut gestillt war. Dann streckte sie die Hand aus: „Wären Sie wohl so freundlich, mir aufzuhelfen?"

Lady Daglingworth schnaufte unwillig und ging einen

Schritt zurück. „Es ist doch hoffentlich nicht Ihr Ernst, dass ich mir die Hände schmutzig machen soll? Ich bin eine Lady!"

Während Frederica noch dachte: *Wenn Sie das extra betonen müssen, dann sind Sie wohl keine,* ließ sie ein gestöhntes „Auch das noch!" den Kopf wenden.

Aua, das tat immer noch weh. Sie folgte dem Blick ihrer Gastgeberin und schaute zu Penelope hinüber, die den Hund weiterhin mit tadelnden Worten bedachte. Dieser hatte sich offensichtlich beruhigt. Er saß nun gehorsam vor ihr und blickte sie mit erwartungsvollen Augen an, als würde er für sein Wohlverhalten das Kätzchen als Belohnung erwarten.

In der Zwischenzeit war auch der Eigentümer des Hundes ins Blickfeld gekommen. Trotz des Vorfalls schlenderte er langsam den mit Kies bestreuten Weg entlang und ließ in aller Seelenruhe seinen Spazierstock kreisen.

Überrascht hielt Frederica die Luft an. Einen so schönen und eleganten Mann hatte sie noch nie in ihrem Leben gesehen. Er trug einen Frack aus dunkelgrünem Schurwolltuch mit geschlossenen Ärmelaufschlägen. Darunter eine taillenkurze Weste aus grün-cremefarbenem Damast. Das Halstuch war kunstvoll gebunden und so hoch, dass es bis zum kleinen dunklen Backenbart reichte. Das gelockte, ebenfalls dunkle Haar unter einem hohen Zylinder war vorn ins Gesicht gekämmt und gab ihm ein verwegenes Aussehen. In Windeseile war Frederica auf den Beinen, steckte das blutige Taschentuch ein und versuchte, so gut es ging, ihre Haare zu richten und das Hütchen geradezurücken. Doch er sah ohnehin nicht zu ihr herüber.

Penelope war das Aussehen des Mannes ganz offensichtlich egal. Sie hatte nur das Wohl des Kätzchens im Sinn, das noch immer jämmerlich miaute, während der Hund zwischen ihr und seinem Herrn hin und her lief, wieder laut zu kläffen begann und abermals lehmige, braune Pfotenabdrücke auf ihrem neuem Kleid hinterließ.

„So pfeifen Sie doch endlich Ihren Hund zurück, Sir!“, forderte Penelope streng. „Sehen Sie nicht, was Ihr Köter anrichtet?“ So ruhig Penelope für gewöhnlich auch war, wenn es um das Wohl eines Tieres ging, verstand sie keinen Spaß.

Der Gentleman ignorierte diesen Befehl: „Sie sprechen von einem Cavalier King Charles Spaniel, Miss“, sagte er stattdessen, „einem erklärten Favoriten unseres Königshauses.“

„Das ändert nichts an der Tatsache, dass Ihr Hund mein Kätzchen bedroht. Also legen Sie ihn bitte endlich ans Halsband“, verlangte die aufgebrachte Penelope.

Während Frederica wie angewurzelt stehen blieb, hielt Lady Daglingworth den Zeitpunkt für gekommen, um einzugreifen. Mit ihren schnellen Trippelschritten eilte sie näher und rief noch im Gehen: „Oh, Mr Pucklechurch, wie schön, Sie zu treffen. Darf ich Ihnen meine Schützlinge vorstellen?“

Sie gab Frederica mit der Hand ein ungeduldiges Zeichen, ihr zu folgen. Diese blieb jedoch wie angewurzelt stehen. Ausgerechnet dieser Gentleman war der Favorit auf Mamas Liste? Nein, in diesem derangierten Zustand wollte sie ihm keineswegs unter die Augen treten.

Der so Angesprochene interessierte sich aber ohnehin nicht für sie. Und, wie sie gleich darauf feststellen musste, leider auch nicht für Penelope. Stattdessen zog er indigniert eine Augenbraue nach oben und musterte Lady Daglingworth mit einem derart abschätzigen Blick, dass sogar sie kurz verstummte. Dann ließ er einen Pfiff hören, bevor er rief: „Spencer, bei Fuß!", und setzte seinen Weg fort, als habe es diese lästige Unterbrechung nie gegeben. Der Hund folgte ihm schwanzwedelnd.

An diesem Abend lag Frederica noch lange wach. Sie hörte die regelmäßigen Atemzüge ihrer kleinen Schwester, die ruhig und selig schlief, das Kätzchen liebevoll im Arm haltend.

Frederica seufzte. So konnte es nicht weitergehen! Entgegen den Beteuerungen von Mr Grittleton war Lady Daglingworth ganz offensichtlich kein Mitglied der vornehmen Gesellschaft. Ihre stümperhaften Anbiederungsversuche würden dazu führen, dass auch Penelope und sie selbst dort nie Fuß fassen konnten. Mama hatte ihr, Frederica, das Vertrauen ausgesprochen. Sie verließ sich darauf, dass sie binnen zwei oder nötigenfalls drei Monaten einen reichen Gatten für Penelope finden würde. Mit Lady Daglingworth an ihrer Seite hatte dieser Plan, da war sie sich inzwischen sicher, keine Aussicht auf Erfolg. Es war Zeit, einen anderen Weg einzuschlagen. Während sie sich ruhelos im Bett wälzte, wünschte sie sich inständig, sie hätte auch einen anderen Weg eingeschlagen, als sie heute Penelope vor dem Hund retten wollte, und wäre nicht in diesen vermaledeiten Efeu gestürzt. Ihre Augen brannten, und die Haut hatte stark zu jucken begonnen. Tapfer schob sie ihre Hände unter die Bettdecke. Nein, sie würde nicht kratzen! Laut und deutlich hatte sie die Worte ihrer Gouvernante im Ohr: „Kratzen ergibt böse Narben, Miss Frederica. Und Sie wollen doch ein hübsches Fräulein sein, wenn Ihr Papa Sie dereinst vor den Traualtar führt!"

Frederica seufzte abermals. Die liebe Miss Wollbridge! Sie war schon lange tot – wie Papa auch. Und von einem Bräutigam, mit dem sie vor dem Traualtar hätte stehen können, war ohnehin weit und breit nichts zu sehen. Mit einem Mal fühlte sie sich ungeheuer einsam in ihrem fremden Bett. Energisch wischte sie die Tränen aus den Augenwinkeln, die sich dort eingeschlichen hatten, und schalt sich, keine Närrin zu sein. Dann drehte sie sich wieder auf die andere Seite. Sie würde jetzt schlafen. Und morgen, nach einer erholsamen Nacht, sah die Welt sicher gleich wieder viel fröhlicher aus.

Kapitel 11

„Schachmatt!", verkündete der Baron of Chedworth zufrieden und zog den Turm auf die entsprechende Position. „Was ist denn los? Du wirkst unkonzentriert."

„Ich weiß auch nicht." Der Earl of Derryhill lehnte sich in seinem Sessel zurück. „Vielleicht liegt es an Lady Farrensby, der Witwe meines verstorbenen Cousins, du weißt schon. Wir hatten gestern eine höchst unangenehme Auseinandersetzung, bei der ich bedauerlicherweise den Kürzeren gezogen habe."

„Du *sprichst* mit der Witwe eines Cousins? Warum denn dieses?", näselte sein Gastgeber und nestelte die Schnupftabakdose aus seiner geblümten Seidenweste. „Ich rede noch nicht einmal mit meiner Schwester."

„Du, mein Lieber", entgegnete der Earl mit unverkennbarem Spott, „bist auch etwas ganz Besonders. Ich hingegen habe Familiensinn, falls du weißt, was dieses Wort bedeutet. Und dieser Familiensinn befiehlt mir, mich um meinen potenziellen Erben zu kümmern. Da dieser erst dreizehn Jahre alt ist, habe ich so natürlich auch seine Mutter am Hals."

Der Baron hatte seine Linke zu einer Faust geballt und streute nun ein Häufchen Schnupftabak an die Stelle oberhalb des Daumens.

„Ich sage doch, du bist selbst schuld!“ Er zog die Priese geräuschvoll hoch. „Und wer weiß, ob der Bursche tatsächlich dein Erbe sein wird, wenn der Tag gekommen ist. Wir sind jetzt zweiunddreißig, mein Lieber. Du solltest die Hoffnung nicht aufgeben, dass vielleicht doch eines Tages eine Lady bereit sein wird, beide Augen zuzudrücken und dich zum Gatten zu nehmen.“

Der Earl lachte laut auf. „Das mag schon sein. Ich möchte jedoch Marcus in jedem Fall entsprechend vorbereiten. Es besteht immer noch die Möglichkeit, dass ich unverheiratet bleibe oder die Natur es mir verwehrt, einen Sohn zu zeugen.“

„Ich werde es bereuen, gefragt zu haben, weil es mich ja eigentlich auch gar nicht interessiert, aber wo ist denn dein derzeitiges Problem?“

„Lady Farrensbys Tochter wird in einem Monat niederkommen und …“

„Um Himmels willen, das ist ja noch viel uninteressanter, als ich befürchtet habe …“ Seine Lordschaft hob theatralisch seine Handrücken zu den Augen.

Der Earl kannte diese Allüren viel zu lange, um sie noch einer Bemerkung für würdig zu erachten. „Gerade in dieser Zeit beginnen in Eton Ferien. Das schreckliche Weib, also meine verehrte Cousine meine ich natürlich, geht davon aus, dass es meine Pflicht und Schuldigkeit wäre, meinen Erben in dieser Zeit bei mir aufzunehmen. Was mache ich bloß mit einem Dreizehnjährigen? Ich habe doch keine Ahnung, was ihn interessiert.“

„Mein Mitleid hält sich in Grenzen, alter Freund. Schmeiß die Frau hinaus, und damit ist das Problem gelöst. Ja, Hawick, was gibt es?“

Die letzte Frage galt seinem Kammerdiener, der leise den Raum betreten hatte.

„Dr Bellingham ist soeben eingetroffen, Mylord."

Sein Herr stemmte beide Arme gegen die Lehnen seines dunkelbraunen Ledersessels und erhob sich. „Du entschuldigst, Derryhill, mein Quacksalber meint, es sei höchste Zeit, meinen armen Körper wieder einmal von Giften zu befreien."

„Ja selbstverständlich, mach nur! Hast du etwas dagegen, wenn ich noch hierbleibe? Ich habe keine Lust, meiner Cousine über den Weg zu laufen, bevor sie zur Ausfahrt in den Hyde Park aufbricht."

„Aber nicht doch, du Hasenfuß, du kannst so lange bleiben, wie du möchtest. Dort drüben auf dem Sideboard steht mein Whisky, auf dem Schreibtisch liegen die aktuellen Zeitungen, und wenn du sonst noch etwas benötigst, gib einem der Diener Bescheid. Fühle dich ganz wie zu Hause!"

Eine Viertelstunde später war der Earl of Derryhill so in seine Lektüre vertieft, dass er das Betätigen des Türklopfers überhörte und erst aufsah, als der zweite Hausdiener eintrat: „Draußen steht eine Lady Winford, Sir! Sie wollte sich nicht abschütteln lassen und sagte, es sei dringend …" Erst dann erkannte er offensichtlich, dass es nicht der Hausherr war, den er vor sich hatte. „Ich bitte vielmals um Entschuldigung, Mylord, ich wusste nicht …"

Dem Earl war die ungezwungene Sprache, mit der die Diener in diesem Haushalt mit ihrem Herrn verkehrten, längst bekannt. Sein Freund Archi hasste gedrechselte Floskeln. Er fand sie degoutant und enervierend, wie er es gern ausdrückte. Also hatte auch der Earl nichts daran auszusetzen. Außerdem hatte ihn etwas hellhörig gemacht.

„Lady Winford?", wiederholte er ungläubig. „Lady Winford ist tatsächlich hier? Dann bitten Sie die Dame umgehend herein."

Dem Diener ging es zwar durch den Kopf, dass die Dame sicher nicht gekommen war, um den Earl zu sehen, wagte aber keinen Widerspruch zu äußern und verkündete deshalb im Eingangsbereich der Wohnung: „Lady Winford, Seine Lordschaft lässt bitten!"

Derryhill faltete die Zeitung zusammen, legte sie auf den Schreibtisch zurück und stand auf, um der Witwe seines alten Kameraden entgegenzugehen.

„Cecilia, was für eine Überraschung!", begrüßte er sie.

Die junge Frau, die nun eintrat und sich etwas unsicher umsah, hatte dunkle Haare, die sie locker aufgesteckt trug. Sie war groß und schlank. Ihre Haut war über und über mit roten Pusteln übersät. Ihr hochgeschlossenes, violettes Kleid war das Uneleganteste, das er je in einem Salon zu Gesicht bekommen hatte. Es stammte mit Sicherheit von keiner der begehrten Londoner Schneiderinnen. Die junge Frau stand etwas unschlüssig vor ihm und musterte ihn mit einem Blick, der durchaus als kritisch zu bezeichnen war. Dabei schob sie sich mit dem Finger die kleine Nickelbrille auf der Nase zurecht.

Eine Vielzahl an Gedanken schoss ihm durch den Kopf. Waren diese Augen vom Weinen geschwollen, oder sah sie immer so aus? Waren die roten Pusteln schmerzhaft? Was aber noch viel wichtiger war: Wer war sie und was wollte sie hier? Wenn man sich ihren schlimmen Hautausschlag wegdachte, dann bestand tatsächlich eine gewisse Ähnlichkeit mit Lady Winford. Und doch war er sich sicher, dass diese Frau nicht Cecilia war.

Während die Besucherin einen leichten Knicks andeutete und er sich pflichtgemäß zur Begrüßung über ihre Hand beugte, kam ihm ein weiterer Gedanke. Das Lächeln, das er ihr bisher aus Höflichkeit geschenkt hatte, verschwand aus dem Gesicht. Es war doch allerhand, dass er nicht einmal hier, in der Junggesellenwohnung eines Freundes, seine Ruhe hatte! Die besonders unattraktiven, heiratswütigen Damen sahen offensichtlich keine andere Chance, sich bei ihm bemerkbar zu machen, als ihn bis hierher zu verfolgen. Aber da hatte sie die Rechnung ohne den Wirt gemacht. Er würde nicht in ihre Falle tappen.

„Lady Winford", sagte er weiterhin freundlich und ganz so, als würde er ihre Lüge glauben. „Was führt Sie zu mir? Sie sind allein, ohne Anstandsdame, gekommen. Ich muss zugeben, Ihr Vertrauen schmeichelt mir."

Die junge Dame tat ihm den Gefallen, zutiefst zu erröten. Was sie aufgrund der ohnehin schon roten Pusteln nicht eben hübscher machte. Dann sagte sie in auffallend ruhigem Tonfall: „Keineswegs, Mylord. Rosie, meine Zofe, wartet im Vorzimmer, und die Tür steht auch eine Hand breit offen, wie Sie sehen."

Das überraschte ihn allerdings. Hatte er vorgehabt, sie mit ein paar harschen Worten umgehend wieder zur Tür hinauszukomplimentieren, so war er nun doch neugierig geworden, wer sich hinter dem falschen Namen verbarg und warum sie gekommen war.

„Cecilia!", sagte er und registrierte zufrieden, dass sie zusammenzuckte. „Ich darf Sie doch noch Cecilia nennen, nicht wahr? Ihr verstorbener Gatte und ich waren enge Freunde, wie Sie sicher wissen. Bitte nehmen Sie Platz."

Sie setzte sich an den äußersten Rand des Sofas.

„Mylord, ich danke Ihnen, dass Sie die Güte haben, mich zu empfangen. Ich fürchtete schon, Sie würden ...", unterbrach sie sich. „Ich meine, ich möchte Ihre Zeit gar nicht über Gebühr in Anspruch nehmen. Darf ich gleich zum Grund meines Hierseins kommen ..."

Doch er ließ sie nicht ausreden. „Wissen Sie noch, wie Ihr seliger Gatte und ich uns damals kennengelernt haben, liebe Cecilia?"

Ratlos schwieg Frederica. Das Gespräch mit ihrem Onkel verlief völlig anders, als sie es erwartet hatte. Warum hatte Agatha mit keinem Wort erwähnt, dass er und der selige Mr Winford einander kannten? Warum bloß hatte sie sich nicht mit ihrem wirklichen Namen vorgestellt? Richtig, weil sie befürchtet hatte, ihr Onkel würde sie nicht vorlassen, wenn ihm der Name Barnett zu Ohren kam. Schließlich hatte er ihr kurzes Schreiben, mit dem sie ihn bat, bei ihm vorsprechen zu dürfen, gestern mit einer harschen Abfuhr beantwortet:

Nicht in meinem Interesse, Grittleton ist für alles zuständig! Chedworth

„Nun?" Die dunklen Augen ihres Gesprächspartners sahen sie erwartungsvoll an. Warum hatte man sie nicht vorgewarnt, dass ihr Onkel so außergewöhnlich attraktiv war? Wie hatten sie ihn beschrieben? Ein wenig dicklich, mit weinerlicher Stimme und exaltiertem Gehabe? Dieser Mann war groß, schlank und bewegte sich mit lässiger Eleganz. Wo hatten denn Mutter und Agatha ihre Augen und ihr gesundes Urteilsvermögen gehabt?

„Cambridge?", schlug sie vorsichtig vor, während sie unsicher zu ihm hinaufblickte. Warum stand er eigentlich immer noch?

„Aber, meine Liebe, Ihr verstorbener Gatte war doch gar nicht in Cambridge", lautete die Antwort in überraschend mildem Tonfall.

„Nicht?" Frederica war die Situation höchst unangenehm, und sie fragte sich, worauf ihr Onkel mit seinem seltsamen Verhör hinauswollte. Die Antwort darauf kam prompt, und der Tonfall war nun alles andere als sanft.

„Nein, meine liebe *Cecilia,* Peter und ich haben gemeinsam im 2. Bataillon unter General Sir Arthur Wellesley gedient. Unser Regiment ist am 1. August 1808 in Portugal gelandet, um gegen Napoleon, den Kaiser der Franzosen, zu kämpfen. Drei Tage später ist Peter gefallen. So war das, meine Liebe!"

Jetzt regte sich in Frederica Widerstand. Wie kam er dazu, sie von oben herab zu behandeln? Außerdem juckte ihre Haut, sie fühlte sich unwohl und wollte nichts mehr, als dieses Gespräch möglichst schnell zu einem hoffentlich erfolgreichen Ende bringen.

„Ich bitte um Verzeihung, Mylord", sagte sie im schneidenden Tonfall, der dem seinen nicht unähnlich war. „Ihre Schwester hat verabsäumt, mir zu erzählen, dass Sie im Krieg gewesen sind. Sie hat mich lediglich über Ihre Studienzeit informiert."

„Meine Schwester?", fuhr er auf. „Noch ein dummer Fehler, Lady Wer-immer-Sie-auch-sein-mögen! Ich habe gar keine Schwester."

Frederica schnaufte unwillig. „Jetzt seien Sie doch nicht so kleinlich, Sir, ich bitte Sie!"

Er nahm Ihre Antwort mit Verwunderung wahr, und auch der Tonfall ließ ihn aufhorchen. Ihre Empörung klang echt. Wieso glaubte sie, ihm zu Recht grollen zu dürfen?

„Dann eben Ihre Halbschwester, wenn Sie auf diesem Unterschied bestehen", fuhr sie fort, „Lady Louise Barnett, die Viscountess of Panswick!"

Der Earl of Derryhill riss in plötzlicher Erkenntnis den Mund auf, ließ sich auf das Sofa seinem Gast gegenüber fallen und schloss den Mund wieder. Was war er doch für ein eingebildeter Narr! Hatte er allen Ernstes angenommen, die fremde Lady wäre gekommen, um *ihn* zu sehen? Dass sie ihm hier, in der Junggesellenwohnung seines Freundes, Avancen machen wollte? Was für ein eindeutiger Fall von krasser Selbstüberschätzung! Nein, sie war natürlich gekommen, um Archi zu treffen. Sie kannte offensichtlich Lady Panswick näher, also schien sie, trotz ihrer einfachen Kleidung, eine hochgestellte, ehrbare junge Frau zu sein. Was natürlich immer noch nicht erklärte, warum sie sich für jemanden anderes ausgab. Er war viel zu neugierig, um darauf zu warten, bis sein Freund von der ärztlichen Behandlung zurückkommen würde, um erst dann das Gespräch fortzusetzen. Immer wenn er zur Ader gelassen worden war, fiel der gute Archi in einen tiefen Schlaf, und dieser konnte erfahrungsgemäß Stunden dauern.

„Also noch einmal von vorn, Mylady. Nachdem wir festgestellt haben, dass Sie nicht Lady Winford sind, wer sind Sie wirklich? Und was führt Sie hierher?"

Dass dies eine gute Gelegenheit gewesen wäre, nun auch seinerseits einen Irrtum aufzuklären und sich bei ihr vorzustellen, wie es sich gehört hätte, fiel ihm erst viel später ein. Und dann war es dazu zu spät.

Frederica seufzte und fügte sich ins Unvermeidliche. Sie erzählte dem vermeintlichen Onkel viel mehr, als sie eigentlich vorgehabt hatte. Ermutigt durch das unerwartete Interesse, mit dem er ihr zuhörte, berichtete sie die unumschränkte Wahrheit. Dabei wunderte sie sich nicht wirklich, wie wenig er über ihre Familie wusste. Wenn man seine kurzen Schreiben bedachte, dann hatte kein Zweifel daran bestanden, dass er bisher nicht die geringste Lust verspürt hatte, sich mit dem Schicksal seiner Halbschwester und deren Familie auseinanderzusetzen. Umso mehr freute es sie daher, dass sie jetzt auf offene Ohren stieß. Ja, es beflügelte sie geradezu. Er ließ sie erzählen und stellte nur ab und zu passende Zwischenfragen:

„Habe ich das richtig verstanden, Lady Barnett? Sie sind also in Wahrheit unverheiratet, geben sich aber als Witwe aus, um Ihrer jüngeren Schwester ein Debüt zu ermöglichen?"

Sie nickte: „Das ist richtig. Aber bitte nennen Sie mich doch Frederica."

„Gern, Frederica", erwiderte er lächelnd.

Von diesem Lächeln ermutigt, erkundigte sie sich: „Darf ich dich Onkel Archibald nennen?"

„Nein, mit Sicherheit nicht!", brach es aus ihm heraus, bevor er richtig nachgedacht hatte.

Sie schob kurz die Unterlippe vor, straffte den Rücken und sagte mit so viel Würde, wie sie nur aufbringen konnte: „Dann bevorzuge ich doch weiterhin die Anrede Lady Barnett!"

Sie hörte ein kleines, spöttisches Lachen. „Ist das nicht ein wenig lächerlich, Frederica?"

Sie wusste selbst, dass er recht hatte. Er war ihr Onkel,

er konnte bestimmen, wie er angesprochen werden wollte. Sie wünschte nur, er würde sie nicht gar so sehr verunsichern. Mama hat ihn *exaltiert* genannt, *vom Gehabe eher wie ein altes Weib*. Dieser Mann hatte so gar nichts von einem alten Weib. Er war unglaublich männlich und … hatte er sie tatsächlich soeben gelobt?

„Ich weiß nicht, ob eine andere junge Frau in meinem Bekanntenkreis den Mut aufbrächte, eine solche Maskerade auch nur in Erwägung zu ziehen“, hatte Seine Lordschaft tatsächlich gesagt, um jetzt fortzufahren: „Du hast meine tief empfundene Hochachtung! Allerdings verstehe ich nicht, dass deine Mutter, also Lady Panswick, eine derart riskante Vorgehensweise gutgeheißen hat. Es war doch vorauszusehen, dass der Schwindel über kurz oder lang ans Tageslicht kommen würde.“

„Aber warum denn?“, widersprach sie sofort. „Wir rechneten nicht damit, dass jemand in der Hauptstadt Cecilia kennt. Du musst wissen, dass sie seit Jahren bei Verwandten im Ausland lebt. Allerdings hat keine von uns an Freunde ihres verstorbenen Gemahls gedacht, das muss ich zugeben.“

„Warum begleitet deine Mutter deine Schwester nicht selbst zu ihrem Debüt?“

Frederica erzählte ihm von Mutters unaufschiebbaren Pflichten auf Lancroft Abbey und von Cousine Agatha, die eigentlich für diese Aufgabe vorgesehen gewesen war, und schloss mit den Worten: „Verstehst du denn nicht, Onk… Mylord? Wir hatten keine andere Wahl! Das Geld, das uns Papa hinterließ, reicht längst nicht aus, um die Zeit zu überbrücken, bis mein Bruder Bertram großjährig sein wird und an das Vermögen kommt, das Urgroßmama ihm hinterlassen hat. Wenn Penelope nicht binnen zwei Monaten einen reichen Mann findet, der bereit ist, Lancroft Abbey zu retten und Mama anschließend unter die Arme zu greifen, dann landen wir alle im Schuldturm!"

Reicher Ehemann, das war ein so wohlvertrautes Stichwort, das seinen logischen Verstand schlagartig wieder aussetzen ließ.

„Aha!", rief er aus. „Und jetzt denkt ihr wohl, ihr hättet in mir diesen reichen Idioten gefunden, den ihr nach Strich und Faden ausnehmen könnt? Aber ich denke gar nicht daran …" Er hielt irritiert inne, als sein Gegenüber anfing, laut zu lachen.

„Was ist denn an meinen Worten so witzig?"

„Mit dir haben unsere Pläne doch nicht das Geringste zu tun", rief sie aus. „Dich, also ihren Bruder, hatte Mama ganz bestimmt nicht auf ihrer Kandidatenliste."

Als sie sein fassungsloses Gesicht sah, konnte sie nicht anders, als noch einmal laut aufzulachen. Und weil das so ansteckend war, lachte er mit.

„Was denn für eine Kandidatenliste?", wollte er schließlich wissen.

„Mama hat deinen Vermögensverwalter so lange gequält, bis er ihr die Namen der reichsten Junggesellen der Stadt verraten hat. Die drei aussichtsreichsten Kandidaten hat sie auf eine Liste geschrieben. Sie geht ganz sicher davon aus, dass Penelope binnen zwei Monaten mit einem von ihnen verheiratet ist."

Er fand, dass das immer kurioser wurde Es erstaunte ihn, mit welch durchdachter Strategie Lady Panswick bei ihrer Planung vorgegangen war. Natürlich würde der Name Derryhill als Erster auf dieser Liste auftauchen. Da er sich dessen so sicher war, fragte er sie zunächst etwas anderes, das ihm spontan in den Sinn kam: „Du bist doch die Ältere und ebenfalls ledig, nicht wahr? Warum soll sich Penelope, deine Schwester, mit einem reichen Mann vermählen? Warum nicht du?“

Das war abermals ein Anlass für Frederica, rot zu werden. Er dachte kurz darüber nach, ob seine Frage nicht allzu indiskret gewesen war. Denn wenn er das Mädchen ansah, lag die Antwort ohnehin auf der Hand. Welcher reiche Gentleman sollte eine Vermählung mit einem so verunstalteten jungen Ding in Erwägung ziehen? Sie hatte zwar einen wachen Verstand, ein angenehmes Wesen und war ganz offensichtlich humorvoll, aber hübsch war sie leider nicht. Ganz im Gegenteil.

„Das stimmt natürlich.“ Obwohl Frederica versuchte, sich ihre Gefühle nicht anmerken zu lassen, nahm die Kränkung doch wieder von ihr Besitz. „Aber Mama meint, ich sei nicht hübsch genug!“

„Hat sie das gesagt?“ Der Earl of Derryhill verspürte plötzlich den starken Drang, sofort nach Tunbridge Wells zu fahren, um der Dame gehörig seine Meinung zu sagen. War es wirklich nötig, das Mädchen derart brüsk vor den Kopf zu stoßen? Gab es dafür keinen sanfteren Weg? Wie gedankenlos von ihm, dass er überhaupt gefragt hatte. Insgeheim hatte er wohl gehofft, dass ihr Hautausschlag vorübergehend sein würde, doch anscheinend musste Frederica auf Dauer damit leben. Armes Mädchen! Er stand auf, goss Whisky aus der Karaffe in ein bereitstehendes Glas und schüttete ihn mit einem Schluck hinunter.

„Sie sagte, ich sei zwar ganz hübsch“, setzte Frederica in der Zwischenzeit fort, „aber Penelope sei eine wahre

Schönheit! Sie hätte viel bessere Chancen, ihren Plan in die Tat umzusetzen."

„Eine wahre Schönheit?", wiederholte ihr Gegenüber und spitzte die Ohren. „Wenn das so ist, dann bin ich sehr gespannt, deine Schwester kennenzulernen."

Es hätte amüsiert klingen sollen. Er erschrak selbst darüber, wie uncharmant es klang. Weil er es nicht wagte, ihr ins Gesicht zu blicken, goss er sich noch einmal Whisky ins Glas.

Frederica wunderte sich selbst, wie sehr seine Worte sie schmerzten. Es war wie ein Stich ins Herz. Sofort schalt sie sich, nicht lächerlich zu sein.

„Jetzt komme ich zum eigentlichen Grund meines Hierseins", sagte sie, tapfer bemüht, ihre Stimme weiterhin unbefangen klingen zu lassen. „Du weißt wahrscheinlich, dass uns Mr Grittleton vorgeschlagen hat, bei seiner Schwester zu wohnen. Aber das ist ganz und gar nicht das Wahre."

„Mr Grittleton?", wiederholte er verständnislos.

„Ja, Mr Grittleton, dein Vermögensverwalter", rief sie aus. „Sag bloß, du weißt nicht einmal, wie der Mann heißt, dem du die Verwaltung deiner Besitztümer anvertraust?"

„Aber natürlich weiß ich das!", erwiderte er schnell. „Ihr habt also bei seiner Schwester Unterkunft gefunden? Wo wohnt denn diese Mrs Grittleton?"

„Sie wohnt in der Henrietta Street und heißt nicht mehr Grittleton, sondern Lady Daglingworth, für den Fall, dass du *diesen* Namen schon einmal gehört hast."

Seine Lordschaft hörte die Spitze sehr wohl, allein sie traf ihn nicht. „Nein, den Namen kenne ich nicht", gab er ehrlich zu. „Was kein Wunder ist, denn ich interessiere mich prinzipiell nicht für Menschen, die in der Henrietta Street wohnen."

Sie lachte schon wieder. „Was für ein bemerkenswerter Satz!", rief sie begeistert. „Und was für eine unglaubliche Arroganz sich darin versteckt!"

„Versteckt?", fragte er mit einem Augenzwinkern, woraufhin sie beide lachten.

„Wir Londoner Dandys haben alle den Ruf, arrogant zu sein. Ich denke, je früher du dich daran gewöhnst, desto besser ist es."

Sie stutzte. „Bist du denn ein Dandy?" Sie fragte sich abermals, seit wann sie den Worten ihrer Mutter so wenig trauen konnte.

„Man zählt mich allgemein dazu, ja", antwortete er schlicht. „Aber nun zurück zu dieser Lady ... Wie war noch mal ihr Name?"

„Daglingworth", half Frederica seinem Gedächtnis auf die Sprünge.

„Warum ist sie nicht die Richtige, abgesehen davon, dass sie in einer Gegend wohnt, die ich nicht wirklich als London bezeichnen würde?"

Jetzt war Frederica doch wieder ein wenig unsicher geworden. „Darf ich wirklich ehrlich zu dir sein?", fragte sie.

Er setzte sich und wandte sich ihr aufmerksam zu. „Ich bitte darum!"

„Ihre Ladyschaft ist so ... laut und ... etwas schrill. Und obwohl Mr Grittleton versicherte, sie sei mit Mitgliedern der guten Gesellschaft auf Du und Du, so stimmt das nicht. Sie versucht, ihnen durch peinliche Tricks irgendwie näher zu kommen. Aber ich denke, wir erweisen Penelope keinen guten Dienst, wenn wir Lady Jersey irgendwo auflauern, ganz abgesehen davon, dass das ohnehin bereits fürchterlich gescheitert ist."

Schockiert schaute er Frederica an. „Muss ich deinen Worten entnehmen, dass ihr tatsächlich Sally Jersey aufgelauert habt?"

Sie kicherte über sein Entsetzen, und dann fasste sie, von seinem Interesse beflügelt, alle Erlebnisse vom vorigen Tag noch einmal für ihn zusammen. Sie erzählte so lebhaft und schilderte ihm die Szenen so plastisch, dass er manches Mal laut auflachen musste, manchmal aber auch entgeistert den Kopf schüttelte. Sie ließ auch die Kleider nicht aus, die die Schneiderin für sie angefertigt hatte.

Fassungslos blickte er sie an. „Soll das heißen, ihr seid fast nackt gewesen?" wiederholte er ihre Worte.

Frederica spürte seinen amüsierten Blick, senkte die Lider und errötete. Ihre schnelle Zunge! Wenn sie so richtig in Fahrt kam, hatte sie leider die Angewohnheit, sich um Kopf und Kragen zu reden. Mutter hatte sie schon oft dafür gescholten, Papa hatte es meist amüsant gefunden. Bei ihrem Onkel schien das zum Glück auch der Fall zu sein.

„Ich meine, die Unterkleider sind nicht aus Baumwolle, wie wir das von zu Hause gewöhnt sind. Sie sind aus einem durchsichtigen Material, von dem ich nicht weiß, wie es heißt. Lady Daglingworth meinte, das gehöre sich so. Jede Lady, die etwas auf sich hält, würde in der Hauptstadt solche Kleider tragen. Sie seien absolut comme il faut."

„Das kommt auf die Art der Lady an", erwiderte er belustigt, um sich dann mit strengem Tonfall zu korrigieren: „Nein, Frederica, das ist es absolut nicht. Mir scheint, diese Dame ist wahrlich nicht die richtige Begleiterin für euer großes Vorhaben. Doch nun spanne mich bitte nicht länger auf die Folter: Wer sind die drei Männer auf eurer sogenannten ...", er hob die Hände in die Höhe, um Gänsefüßchen in die Luft zu zeichnen, „Kandidatenliste?"

Er hörte den ersten Namen, und seine Augen wurden immer größer. „Pucklechurch? Das ist euer Favorit und niemand anderes? Das verwundert mich."

„Ist er denn nicht reich? Mr Grittleton sagte ..."

„Nein, nein, er hat Geld, viel Geld sogar. Aber er hat auch so manch anderes, was bei Weitem weniger erfreulich ist."

„Du meinst sicher seinen Hund!", rief Frederica aus. „Diesen unangenehmen, kläffenden Köter."

„Wie heißt es doch so schön? Wie der Herr, so der Hund", entgegnete ihr Gegenüber. Sie wollte über diese ungeheuerliche Aussage nicht lachen, konnte es sich aber nicht verkneifen.

„Was hältst du von Lord Westerleigh?", fragte sie dann.

Ihr Gegenüber legte die Stirn in Falten. „Der trauernde Witwer?" Schweigend erwog er den Gedanken. „Ich weiß nicht, ob deine Schwester mit dem Viscount glücklich werden würde. Er ist um vieles älter als sie ..."

Frederica meinte sich zu erinnern: „Er ist so alt wie du, nicht wahr?"

Derryhill schluckte: „Vielen Dank! Aber nein, Westerleigh ist sicher mehr als fünfzehn Jahre älter als ich."

„Dann ist er ja uralt und könnte unser Vater sein, rein rechnerisch gesprochen."

„Das ist wohl wahr. Außerdem hat er seine Frau sehr geliebt. Andererseits braucht er dringend eine Ersatzmutter für seine beiden Kinder, also könnte der Plan tatsächlich klappen. Aber vielleicht haben wir ja doch noch einen geeigneteren Kandidaten auf der Liste. Wer ist denn der dritte?"

„Ein Mr Pingham-Fawles."

Seine Lordschaft lachte laut auf: „Der gute Pingi? Den kann ich mir allerdings erst in fünf oder besser zehn Jahren als verheirateten Mann vorstellen. Derzeit hat er nur allerlei Unfug im Kopf. Nachtwächter ärgern, Hahnenkämpfe besuchen, das viele Geld, das er letztes Jahr gewonnen hat, wieder zu verlieren, und allerlei anderen Unfug. Der taugt sicher noch nicht zum Ehemann."

„Du machst mir nicht eben Mut", erwiderte sie resigniert.

„Was mich wundert ...", er beugte sich interessiert vor. „Der Earl of Derryhill befindet sich nicht auf eurer Liste?" Sein Tonfall klang lauernd.

Sie stutzte, überlegte und schüttelte den Kopf. „Nein, diesen Namen habe ich noch nie gehört. Warum fragst du, hat er denn Geld?"

Was hätte er in diesem Augenblick tun sollen? Vor sie hintreten und stolz verkünden: „Darf ich mich vorstellen, Mylady? Ich bin der Earl of Derryhill persönlich und ja, ich habe Geld"?

Nein, das schien ihm völlig unpassend zu sein. Er hätte sich längst bei ihr vorstellen müssen. Jetzt, nach diesem langen Gespräch, würde das einen seltsamen Eindruck erwecken. Außerdem gefiel ihm genau die Tatsache, dass sie *nicht* wusste, wer er war. Noch nie in seinem bisherigen Leben hatte eine junge Frau so offen und frei von der Leber weg mit ihm gesprochen. Er war es gewöhnt, dass unverheiratete Ladys in seiner Gegenwart die Augen sittsam zu Boden schlugen und ihre schüchtern gestammelten Worte keinen rechten Sinn ergaben. Oder dass ihm verheißungsvolle Blicke unter gesenkten Wimpern zugeworfen wurden. Die einzige Frau, mit der er sich sonst so freimütig unterhalten konnte, war seine Mutter. Frederica war sicher nur deshalb bereit, sich ungezwungen zu benehmen, weil sie ihn für ihren Onkel hielt.

„Man sagt allgemein so, ja", antwortete er deshalb nur vage.

Dann schwiegen sie beide und hingen ihren Gedanken nach. Schließlich brach er dieses Schweigen. „Frederica, ich gebe dir recht, so kann es nicht weitergehen. Ich habe eine Idee, wie wir euer Problem lösen können. Doch es ist zu früh, dir diese zu offenbaren."

Sie wollte protestieren, doch er hob die Hand: „Ich muss erst ... noch andere Personen fragen, ob sie einverstanden sind, dieses Vorhaben durchzuführen. Fahr jetzt zu dieser Lady Daglingworth zurück und warte dort auf meine Nachricht."

„Was denn für eine Nachricht, Mylord? Es ist nicht fair, mich auf die Folter zu spannen." Sie schmollte wie ein neugieriges Kind.

Er musste lachen. „Ich versuche, eine neue Bleibe für euch aufzutreiben. Mit einer passenden Chaperone ..."

Sie unterbrach ihn sofort: „Lady Daglingworth ist doch nicht unsere Anstandsdame!", rief sie entrüstet. „*Ich* bin Penelopes ..."

„Du bist Penelopes Schwester, unverheiratet wie sie und als Anstandsdame ebenso ungeeignet wie mein Reitpferd", sagte er trocken. Frederica war so entrüstet und gleichzeitig so amüsiert, dass sie nicht die richtigen Worte fand.

„Ich werde mich umgehend daran machen, meinen Plan in die Tat umzusetzen. Sei bitte nicht ungeduldig, wenn ihr dennoch ein bis zwei Tage auf meine Nachricht warten müsst. Und noch etwas …" Er beugte sich vor und sah sie eindringlich an. „In Zukunft ist Schluss mit Lady Winford! Die bleibt in Ägypten oder Italien oder wo immer sie sich tatsächlich aufhält. Versprichst du mir das?"

Frederica zögerte: „Das ist nicht so einfach, Mylord. Gegenüber Lady Daglingworth kann ich meine wahre Identität keinesfalls enthüllen. Ich möchte nicht, dass ich und damit auch meine Mama und wir alle als Lügner dastehen."

Er nickte. „Einverstanden. Mit dieser Dame wirst du, wenn alles so läuft wie geplant, und davon gehe ich aus, in Zukunft ohnehin den Weg nicht mehr kreuzen. Und, Frederica …"

Sie wartete gespannt, was nun als Nächstes kommen würde. „Bitte bleibt im Haus, bis ihr meine Nachricht bekommen habt! Geht nicht mehr aus, sprecht mit niemandem und lasst euch von dieser seltsamen Schneiderin um Himmels willen keine neuen Kleider mehr anfertigen. Wir wollen doch nicht, dass ihr weiterhin fast unbekleidet durch London kutschiert …"

Er lachte frech, und sie warf das Sofakissen nach ihm.

Kapitel 12

Frederica konnte es kaum erwarten, ihre Schwester in alle Details dieses Gesprächs einzuweihen. Doch als sie beschwingt und glücklich in die Henrietta Street zurückkam, musste sie feststellen, dass Lady Daglingworth und Penelope ausgegangen waren. Die Diener wussten weder wohin, noch wann die Damen zurückerwartet wurden. Also blieb ihr nichts anderes übrig, als sich mit einem Buch in den Salon zu setzen und zu warten. Das Buch lag achtlos in ihrem Schoß. Zu aufregend waren die Gedanken und Träume, zu denen sie das Gespräch in der Wohnung ihres Onkels veranlassten. Ihr Onkel! Wie überaus freundlich er zu ihr gewesen war. Wie gut, dass sie ihn überzeugen konnte, die Dinge in die Hand zu nehmen. Er würde sicher eine geeignete Bleibe für sie beide finden. Und bestimmt kannte er eine passende Dame, die dafür sorgte, dass Penelope in die richtigen Kreise eingeführt wurde. Fredericas Wangen glühten vor Zuversicht. Nun würde sie Mamas ehrgeizige Pläne umsetzen können. Mit diesem tatkräftigen, verständnisvollen … ach, einfach großartigen Onkel an ihrer Seite, was sollte da noch schiefgehen? Seine Lordschaft war ein Gentleman, der wusste, was zu tun war – daran bestand kein Zweifel. Sie floss schier über vor Dankbarkeit. Wie konnte ihnen das Glück nur dermaßen hold sein, einen so wunderbaren Onkel zu haben? Wie sehr freute sie sich darauf, ihn wiederzusehen. Wie sehr war sie gespannt auf das, was er für sie plante! Wie glücklich war sie, London in absehbarer Zeit als Frederica Barnett entgegentreten zu dürfen – und nicht länger als falsche Lady Winford in unkleidsamen, violetten Leinensäcken.

Am späten Nachmittag brachte der Hausdiener das Teetablett, und Frederica fürchtet schon, dass ihr eine einsame Mahlzeit bevorstehen würde, als plötzlich wieder Leben in das stille Haus kam. Die Tür zum Salon schwang auf, und Lady Daglingworth erschien im Türrahmen. Die aufgesteckten Haare waren zerzaust, die üppigen Wangen gerötet. „Was für ein Spaß! Sie hätten mit uns kommen sollen, Lady Winford, wir hatten einen grandiosen Nachmittag! Nicht wahr, Lady Penelope, wir beiden Hübschen haben doch eine höchst vergnügliche Zeit erlebt?"

Penelope, die hinter ihr den Salon betreten hatte, zog ein Gesicht, das alles andere als ungeheuren Spaß verhieß. Doch noch viel schlimmer als die herabgezogenen Mundwinkel war der Hut auf ihrem Kopf.

Frederica war aufgestanden, um den beiden entgegenzugehen, doch nun blieb sie erschrocken stehen.

„Was, um Himmels willen, ist denn das für ein Monstrum auf deinen Locken, Lämmchen?", rief sie entsetzt aus. „Man sieht ja dein hübsches Gesicht gar nicht mehr!"

„Das, meine teure Lady Winford", antwortete ihre Gastgeberin würdevoll, „ist ein Bonnet-Hut aus Stroh, dessen oberes Ende, modebewusste Damen wie ich nennen es gern *Krone*, mit Seide überzogen ist. Drehen Sie sich doch einmal um, Lady Penelope, damit Ihre Cousine die Verzierungen bestaunen kann!“

Penelope gehorchte, doch es schien, als würde sie am liebsten in Tränen ausbrechen.

„Das sind doch nicht etwa echte Kirschen?“ Fredericas Tonfall bewies, dass die Früchte ihr strenges Urteil nicht hatten milder stimmen können. „Der Hut muss ein Vermögen gekostet haben.“

Ihre Gastgeberin schnappte nach Luft. „Wie können Sie bei einer solchen Pracht nur an Geld denken, Lady Winford? Außerdem sind die Kirschen aus Pappmaschee.“

„Und so viele Bänder! Und alle in verschiedenem Rot ...“

Lady Daglingworths Entrüstung wuchs. „Unterschiedlichste Rottöne sind der letzte Schrei. Und dann erst diese Schmuckstücke ...“ Ihr Zeigefinger schnippte an einer der goldenen Federn, die sofort auch alle anderen zum Schwingen brachte.

„Dazu finden wir hier einen Kranz an Lorbeerblättern, dem herrschenden griechisch inspirierten Stil entsprechend. Ich bin sicher, Sie haben noch nie etwas so Geschmackvolles gesehen.“

In meinem ganzen Leben habe ich noch nie etwas so Geschmackloses gesehen, dachte Frederica. Laut fragte sie, durch Lady Daglingworths Rüge vorsichtiger geworden: „Ist das nicht alles ein bisschen viel?“

Wie nicht anders zu erwarten war, brachten diese Worte die Entrüstung nicht zum Sinken. „Aber, nein, nein, wo denken Sie denn hin? Zu viel? Also ich bitte Sie! Der Hut einer vornehmen Lady kann gar nicht zu viel Aufputz haben, um die Herrenwelt in ihren Bann zu ziehen. Sie wollen doch nicht, dass Lady Penelope wie eine graue Maus durchs Leben geht, oder?"

Der Tonfall, mit dem diese Worte geäußert worden waren, und der Blick, den sie ihr dabei zuwarf, ließ Frederica ohne Zweifel erkennen, dass ihre Gastgeberin sie für eine graue Maus hielt. Frederica beschloss, nicht näher darauf einzugehen.

„Wie haben Sie denn den Hut bezahlt?", fragte sie stattdessen. „Hat er das Vermögen gekostet, das ich befürchte?"

„Aber selbstverständlich hat er das", verkündete Lady Daglingworth stolz. „Denn wie mein seliger Gatte immer zu sagen pflegte: ‚Was nichts kostet, ist auch nichts wert!'"

Penelope senkte den Kopf: „Es tut mir leid, Frederica."

Mit leiser Stimme nannte sie den Betrag.

Frederica schnappte nach Luft: „Woher hattest du denn so viel Geld?"

„Ach, wir haben einfach etwas von dem Beutel genommen, den mein Bruder am Vormittag vorbeibrachte", sagte Lady Daglingworth leichthin.

„Wie … wie konnten Sie nur!" Frederica war so fassungslos, dass ihr die Worte fehlten. Mama hatte die Gattensuche für Penelope und damit auch das Schicksal der gesamten Familie und Lancroft Abbeys in ihre Hände gelegt. Da hieß es, mit den finanziellen Mitteln klug hauszuhalten und sie nicht auszugeben für … es fehlten ihr die Worte. Sie fühlte sich furchtbar hilflos, während sie zugleich vor Wut schäumte. Sie zwang sich, tief durchzuatmen und Ruhe zu bewahren. Wenn Baron Chedworth nur hier wäre! Er hätte gewusst, wie man diese Frau in ihre Schranken wies. Der Gedanke an ihren Onkel und an die Änderungen, die er plante, halfen ihr, wieder Mut zu fassen.

„Es steht Ihnen nicht zu, sich unserer Mittel zu bedienen, Lady Daglingworth!“, sagte sie streng.

„Glauben Sie mir, der Hut ist jeden Shilling wert“, verteidigte sich Ihre Ladyschaft.

„Wie viel hat Ihr Bruder vorbeigebracht? Wo ist das Geld jetzt?“

Lady Daglingworth zögerte nur kurz, dann zog sie die Bänder ihres Retiküls auf und verstreute den Inhalt auf der Tischplatte. „Hier, bitte sehr. Morgen bringt er den Rest.“

Frederica machte sich sofort daran, das Geld zu zählen.

„Wir haben auch noch ein Kleid bestellt“, meldete sich Penelope mit leiser Stimme. „Es war nicht meine Idee, glaub mir Freddy, ich wollte …“

„Wir haben Ihnen auch etwas mitgebracht, Lady Winford“, wechselte Lady Daglingworth abrupt das Thema, wohl in der Hoffnung, die vermeintliche Witwe wieder etwas gnädiger zu stimmen. Sie stellte ein kleines, braunes Fläschchen auf den Tisch. „Das ist eine Tinktur gegen die Pusteln in Ihrem Gesicht. Der Apotheker meinte, damit wären sie im Nu verschwunden. Sie dürfen nur nicht vergessen, sie regelmäßig aufzutragen. Am besten fünf Mal am Tag.“

Das Vorhaben gelang. Diese Geste fand Frederica tatsächlich so nett und fürsorglich, dass es ihr schwerfiel, ihrer Gastgeberin weiter zu grollen.

Kapitel 13

„Was soll das heißen: Wie eine Schwester?“ Verständnislos sah Lady Derryhill ihren Sohn an. „Woher willst du denn wissen, wie man sich vertraulich mit seiner Schwester unterhält? Du hast doch keine.“

„Es gibt keinen Grund, jedes meiner Worte auf die Goldwaage zu legen, Mama.“ Der Earl unterstrich diese Aussage mit einer wegwerfenden Handbewegung. „Ich wollte damit lediglich andeuten, dass ich an Lady Frederica Barnett kein Interesse habe. Als Frau meine ich. Nichts steht mir ferner, als in dir die falsche Hoffnung zu wecken, sie könnte die passende Gattin für mich sein.“

„Wie überaus rücksichtsvoll von dir“, erwiderte Ihre Ladyschaft, bevor sie an ihrem Tee nippte. Er hatte die feine Ironie in ihren Worten sehr wohl bemerkt und grinste.

„Und obwohl sie nicht die passende Frau für dich ist“, setzte sie fort, „möchtest du, dass ich sie hier bei mir aufnehme. Das scheint mir nun doch etwas ungewöhnlich, Anthony, mein Lieber. Noch etwas Tee?“

Er nickte und reichte ihr die Tasse aus feinem, blauverziertem Wedgewood-Porzellan. „Mama, wenn du Frederica erst einmal kennengelernt hast, dann …“

„Frederica? So, so.“

„Lady Frederica Barnett. Nun dreh mir doch nicht die Worte im Mund herum. Sie hält mich für ihren Onkel, und deshalb hat sie mir gestattet, sie mit dem Vornamen anzusprechen, das ist alles."

Es verwunderte ihn nicht, dass seine Mutter, wie so oft an diesem späten Nachmittag, nach Luft schnappte. Nein, es erheiterte ihn vielmehr. Und dann erzählte er ihr haargenau, wie sich das Gespräch in der Wohnung seines Freundes zugetragen hatte.

„Glaub mir, Mama, so schwer es mir fällt, dies so unverblümt auszudrücken, aber Frederica ist tatsächlich in höchstem Maße unattraktiv. Wenn du sie erst einmal gesehen hast, dann wirst du mir nicht widersprechen. Ihre Augen erwecken den Anschein, als wären sie geschwollen. Ihr Gesicht ist mit roten Pusteln übersät. Doch sie ist eine intelligente, amüsante Gesprächspartnerin, was ich sehr erfrischend finde."

„Aha."

„Ihre Schwester soll eine wahre Schönheit sein."

„Ach, daher weht also der Wind! Anthony, du bist so schrecklich oberflächlich! Als ob es nur auf die äußere Schönheit ankäme."

Nun wurde seine Stimme spöttisch: „Wer sagt das? Die Lady, die ihren Phaeton mehrmals neu lackieren ließ, bis der Blauton genau ihren Vorstellungen entsprach? Mama, ich bitte dich!"

„Ich kann dir nicht folgen, mein Sohn. Was könnte wichtiger sein als die Farbe eines sportlichen Wagens?"

Dann lachten sie beide.

„Lass mich zusammenfassen", sagte sie schließlich, „du möchtest also, dass ich Lady Frederica und ihre Schwester bei mir aufnehme, um einen reichen Gatten für die Jüngere zu finden. Die beiden haben so gut wie kein Geld und stehen unter enormem Zeitdruck. Zu alledem muss der reiche Gatte in spe auch bereit sein, nicht nur seine Gemahlin und ihre vielköpfige Familie künftig durchzufüttern, nein, er muss sich auch verpflichten, einen ausgedehnten Landsitz zu erhalten."

Der Earl of Derryhill grinste etwas schief. „Du triffst wie immer den Nagel auf den Kopf, liebste Mama. Ich habe soeben erkannt, dass ich dir damit etwas Unmögliches zumuten würde ..."

Das sah seine Mutter offensichtlich anders. „Aber nein, gar nichts ist unmöglich! Ich liebe solche Herausforderungen. Wenn diese Frederica so charmant und sympathisch ist, wie du sie schilderst, dann ..."

„Ich habe nichts von charmant gesagt!"

„Ja, ich weiß", bestätigte Lady Derryhill und dachte sich insgeheim ihren Teil. „Wir werden jede Menge Spaß miteinander haben, da bin ich mir sicher. Du musst mir aber eines versprechen, mein Sohn: Wann immer wir deine Hilfe brauchen, dann bist du zur Stelle!"

Verwundert sah er sie an. „Meine Hilfe? Wozu solltet ihr denn meine Hilfe ..."

„Ja oder nein, Anthony?", unterbrach sie ihn.

Er seufzte. „Gut, dann sage ich dir meine Hilfe eben zu. Obwohl ich mir nicht vorstellen kann, dass ich bei der Suche nach einem reichen Bräutigam in irgendeiner Weise nützlich sein könnte. Wie du weißt, hasse ich alle gesellschaftlichen Anlässe, bei denen sich Debütantinnen tummeln."

Ihre Ladyschaft nickte: „Oh, das weiß ich nur zu gut.

Darum ist es mir ja auch ein Rätsel, warum du dich um das Wohlergehen dieser beiden jungen Damen kümmerst."

„Hatte ich denn eine Wahl?"

„Aber selbstverständlich hattest du die. Du hast keinerlei Verpflichtungen, denn du bist ja nicht wirklich ihr Onkel."

„Genau das ist es ja, Mama. Mein Freund Chedworth nimmt seine Pflichten als Vormund nicht ernst. Du kennst ihn, er ist mit nichts anderem als seinem Wohlbefinden und seinen skurrilen Ideen beschäftigt. Ach, da fällt mir ein: In einer Woche soll im Carlton House ein Schachturnier stattfinden. Der beste Spieler des Königreichs soll gekürt werden. Stell dir vor, Archie hat dazu nicht nur sich selbst, sondern auch mich angemeldet. Ich muss dringend üben, sonst endet das Ganze in einer großen Blamage."

„Anthony", forderte seine Mutter streng, „lenk nicht vom Thema ab! Meine Frage lautete: Warum sorgst du dich um das Schicksal zweier wildfremder Menschen? Es kann dir doch ganz egal sein, wen diese Miss Barnett heiratet und ob sie überhaupt jemanden findet."

Er zuckte mit den Schultern, bevor er antwortete: „Das kann ich dir nicht erklären, Mama, denn ich weiß es auch nicht. Es ist nur so, dass ich mich mit einem Mal verantwortlich gefühlt habe, das ist alles."

Seine Mutter sah ihn prüfend an, enthielt sich aber jedes weiteren Kommentars. „Habe ich dein Wort, dass du an meiner Seite bist, wenn ich dich um Hilfe rufe?", vergewisserte sie sich stattdessen noch einmal. Er versprach es ihr.

Kapitel 14

Die Atmosphäre, die am nächsten Vormittag im Salon von Lady Daglingworth herrschte, angespannt zu nennen, wäre noch untertrieben gewesen. Frederica saß am Fenster und versuchte, ihre Aufmerksamkeit auf die Stickerei zu lenken, die sie in den Händen hielt. Sie hatte vorgehabt, das Band ihres blauen Hutes mit kleinen Blümchen zu verzieren, konnte sich aber nur schwer auf diese Arbeit konzentrieren. Zu sehr quälte sie die Ungewissheit, ob ihr Onkel sein Versprechen, sie von hier fortzuholen, wahr machen würde. Noch nie hatte sie sich etwas so sehr gewünscht wie das. Lady Daglingworths unaufhörliches Geplapper war nur schwer zu ertragen. Ihre Gastgeberin echauffierte sich schon den ganzen Morgen, scheinbar ohne Luft holen zu müssen, über die Undankbarkeit, die ihr entgegengebracht wurde. Darüber, dass sie ihr Haus zwei mittellosen jungen Frauen zur Verfügung gestellt hatte. Uneigennützig und aus christlicher Nächstenliebe. Dass ihre Gutmütigkeit mit Füßen, nein mit festen Stiefeln getreten wurde. Dass sie gar nicht daran dachte, das Kleid, das sie gestern für Penelope in Auftrag gegeben hatte, auch noch selbst zu bezahlen. Dass es großer, nein immenser Überredungskunst und all ihres Einflusses bedurft hatte, die Schneiderin überhaupt so weit zu bringen, das Kleid bis nächsten Mittwoch fertigzustellen. Dass sie bereits all ihre Kontakte darauf angesetzt hatte, Karten für den Abend im Almack's zu bekommen. Dass sie nicht einsehe, warum Lady Winford sich plötzlich weigere, das Haus zu verlassen, und es auch ihrer Cousine verbot. Dabei wusste sie noch gar nichts vom Plan ihrer Gäste, die Bleibe überhaupt zu wechseln.

Frederica hatte schon lange aufgegeben, mit Lady Daglingworth diskutieren zu wollen. Sie zog bei den Wortgefechten ohnehin den Kürzeren. Also schwieg sie und wartete auf ein Lebenszeichen ihres Onkels. Penelope war auch keine Hilfe. Sie saß vor dem Kamin und streichelte gedankenverloren das Kätzchen.

Da, war das nicht der Türklopfer?

Frederica hielt den Atem an und lauschte den gedämpften Geräuschen, die aus der Eingangshalle in den Salon drangen. Der Butler kam und schloss die Tür hinter sich.

„Die Countess of Derryhill bittet Mylady, zu einem Vormittagsbesuch empfangen zu werden", verkündete er, und sein Tonfall zeigte deutlich, dass er sich der Tragweite dieser Ankündigung durchaus bewusst war.

Die Reaktion der drei Damen hätte unterschiedlicher nicht sein können. Während Penelope ihr Kätzchen weiterstreichelte, als habe sie nichts gehört, und sich Frederica den Kopf darüber zerbrach, in welchem Zusammenhang sie den Namen Derryhill schon einmal gehört hatte, sprang Lady Daglingworth von ihrem Sitz auf.

„Wer? Um Himmels willen!" Sie schnappte hörbar nach Luft. „Das kann doch nicht wahr sein! Haben Sie sich auch gewiss nicht verhört?"

Während der in seinem Stolz gekränkte Butler verneinte, begann sie, hektisch auf die Kissen auf dem Diwan einzuklopfen, zupfte ihre Röcke zurecht und forderte: „Auf, auf, meine Damen! Wir wollen die Countess nicht warten lassen. Ich habe zwar meine Beziehungen spielen lassen, aber doch nie damit gerechnet, dass ... Na, jedenfalls, ich hoffe, Sie behandeln mich ab sofort mit der Dankbarkeit, die mir zusteht! So, und jetzt das dumme Tier da hinein."

Ehe Penelope sich versah, hatte sie das Kätzchen genommen und hinter die Tapetentür geworfen, die den Salon vom Treppenhaus zur Küchenetage trennte. Als sie dann endlich zu dritt in einer Reihe standen, um der Countess einen würdigen Empfang zu bereiten, sagte Lady Daglingworth mit stolz erhobenem Haupt: „Ich lasse bitten!"

Der Butler verbeugte sich ebenso stolz, machte kehrt und kam kurz darauf mit einer zierlichen, lebhaften rothaarigen Dame zurück.

„Meine liebe Lady Daglingworth, wie überaus freundlich, dass Sie mich empfangen." Sie eilte auf die Gastgeberin zu und gewährte ihr die Ehre, ihr zwei Finger zum Gruß zu reichen.

Frederica hielt die Luft an. Eine so elegante Dame wie die Countess hatte sie noch nie in ihrem Leben gesehen. Wie sehr unterschied sich ihr exquisites, rauchblaues Tageskleid mit den breiten, Ton in Ton gewebten Bordüren und den aufgestickten schmalen Perlenranken an Ausschnitt und Ärmelkanten von all dem, was sie bisher zu Gesicht bekommen hatte. Wie himmelweit unterschied es sich von den Kleidern, die die Schneiderin in Tunbridge Wells anzufertigen in der Lage war. Wie wohltuend hob es sich von den monströsen Kreationen, die Lady Daglingworth bevorzugte, ab. Das rauchblaue Häubchen auf den roten Locken sah einfach hinreißend aus. Die nächsten Worte der Countess unterbrachen ihre Gedanken. Sie hatte inzwischen Penelope erreicht. „Meine liebe Lady Penelope, als ich von Ihrer Anwesenheit in London erfuhr, musste ich einfach sofort hierherkommen, um Sie willkommen zu heißen!"

„Wie haben Sie denn davon erfahren, Lady Derryhill?", erkundigte sich Lady Daglingworth, noch bevor Penelope ihren Knicks machen konnte. Der indignierte Blick ihres Gastes ließ sie ein schnelles „Wenn mir diese Frage gestattet ist" hinzufügen. Auch Frederica war auf die Antwort gespannt.

„Ein Bote von Lord Chedworth hat mir die frohe Kunde überbracht", lautete diese.

Ein warmes Gefühl der Dankbarkeit breitete sich in Fredericas Brust aus. *Er hat Wort gehalten!* Ihr Onkel hatte tatsächlich Wort gehalten. Entgegen all ihren Befürchtungen, die auf Mutters langjährigen schlechten Erfahrungen mit ihrem Halbbruder basierten, hatte er ihr gegenüber keine leeren Versprechungen gemacht. Jetzt würde alles gut werden. Diese Lady hier stand mit der obersten Londoner Gesellschaft auf besten Fuß, daran bestand für sie nicht der geringste Zweifel.

Inzwischen war Penelope errötet und in einen tiefen Knicks versunken. „Sie sind zu gütig, Mylady!", erwiderte sie.

Lady Derryhill nahm dieses bescheidene Benehmen mit wohlwollendem Lächeln zur Kenntnis. Ihr nächster Blick war bei Weitem kritischer. „Und Sie müssen ... Lady Winford sein, Lady Penelopes Begleiterin."

Er hat ihr nicht verraten, wer ich wirklich bin, dachte Frederica dankbar, während sie knickste. Als sie hochkam, meinte sie ein Zwinkern in Lady Derryhills grünen Augen erkannt zu haben. Sie war verwirrt. Bedeutete das, dass der Onkel ihr doch die Wahrheit gesagt hatte?

„Darf ich Ihnen einen Platz anbieten, verehrte Countess? Vielleicht dort drüben auf dem Lehnstuhl im griechischen Stil? Er ist meine neueste Errungenschaft. Ich bin der Ansicht, dass ein Haus erst dann mit Fug und Recht ein nobles Heim genannt werden kann, wenn wir uns an den alten Hochkulturen orientieren. Finden Sie nicht auch?"

Während sich Frederica in Grund und Boden schämte, sagte der vornehme Gast nichts als ein freundliches „Gewiss!" und setzte sich.

„Nun erzählen Sie mir, liebe Lady Penelope, wie lange gedenken Sie in London zu bleiben? Was haben Sie in der Hauptstadt alles vor?"

Penelope war mit der Aufmerksamkeit, die ihr der hochgestellte Gast überraschenderweise entgegenbrachte, offensichtlich überfordert. Sie warf ihrer Schwester einen hilfesuchenden Blick zu. Während sich diese nun ihrerseits das Hirn zermarterte, wie sie die Frage am besten beantworten sollte, war Lady Daglingworth schneller: „Die beiden bleiben bis Ende Juni hier, bis sie einen ... alles erledigt haben, was sie zu erledigen haben. Was mich zu der Frage bringt, Mylady: Ist Seine Lordschaft, Ihr ehrenwerter Sohn, in der Stadt? Wir planen eine kleine Soiree, nichts Besonderes, und es wäre uns eine große Freude, wenn Sie, verehrte Lady Derryhill, und Seine Lordschaft diesen Abend mit Ihrer Anwesenheit beehren würden."

Frederica erbleichte – soweit das mit einem von roten Pusteln übersäten Gesicht überhaupt möglich war – und wäre am liebsten vor Scham im Erdboden versunken. Jetzt war ihr eingefallen, wo sie den Namen Derryhill schon einmal gehört hatte. Ihr Onkel hatte Seine Lordschaft zu den reichsten Männern des Königreichs gezählt. Lady Daglingworth wusste anscheinend Bescheid. Wie plump von ihr, dieses Wissen so offensichtlich zur Schau zu stellen. Lady Derryhill ging mit keinem Wort auf die Einladung ein.

„Bis Ende Juni", wiederholte sie stattdessen begeistert. „Das ist überaus erfreulich! Sie müssen mir gestatten, dass ich Sie in dieser Zeit bei mir beherbergen darf."

Wieder warf Penelope Frederica einen hilfesuchenden Blick zu, und wie immer wollte Lady Daglingworth als Erste antworten, aber diesmal brachte Frederica sie mit einer energischen Handbewegung zum Schweigen. So entfuhr ihr nur ein entrüstetes Schnaufen.

„Das wäre uns eine große Ehre und Freude, Lady Derryhill", sagte Frederica, „vielen Dank!"

„Die beiden Damen sind mir anvertraut", fuhr Lady Daglingworth nun doch dazwischen. „Sie können sie mir doch nicht einfach wegnehmen!"

„Das stimmt so nicht, Lady Daglingworth", widersprach Frederica nun ihrerseits heftig. „Lady Penelope ist *mir* anvertraut, und nur ich allein entscheide, wo wir uns in London niederlassen."

Lady Derryhill warf ihr einen überraschten Blick zu, sagte jedoch keinen Ton.

„Und was ist mit meiner Erfolgsprämie?", wandte sich Lady Daglingworth mit vor Aufregung geröteten Wangen an ihre Besucherin. „Was ist mit dem Geld, das man mir versprochen hat, sobald ich einen reichen Gemahl für das junge Ding hier aufgetrieben habe? Was ist damit? Zahlen Sie mir die?"

„Lady Daglingworth, ich muss schon sehr bitten." Die Situation wurde für Frederica von Minute zu Minute unangenehmer. Dieser unmöglichen Person war es zuzutrauen, dass sie ihr und Penelope die Chance ihres Lebens zunichtemachte.

Der Tonfall ihrer Gastgeberin wurde schriller: „Nach all dem, was ich für Sie und Ihren Schützling getan habe, Lady Winford, halte ich es für völlig unangemessen, dass Sie mir nun so schnöde den Rücken kehren wollen. Was mir zusteht, steht mir zu, und damit …"

Lady Derryhill erhob sich: „Ich denke nicht, dass meine Anwesenheit dabei erforderlich ist, dieses Thema zu erörtern", sagte sie ruhig, während sie sich ihre Handschuhe überstreifte. „Es freut mich, dass wir so rasch zu einer beglückenden Übereinkunft gekommen sind, Lady Winford. Es sind noch einige Vorbereitungen zu treffen. Ich schicke Ihnen meine Kutsche morgen um die Mittagszeit. Meine Damen …"

Lady Daglingworth beeilte sich, den Klingelstrang zu ziehen. Der Butler kam und geleitete die Countess zu ihrem Wagen.

Kapitel 15

Nachdem Lady Derryhill das Haus verlassen hatte, wartete Frederica mit ungutem Gefühl im Magen auf den nächsten Zornausbruch ihrer Gastgeberin. Außerdem rechnete sie damit, dass nun eine Vielzahl von finanziellen Forderungen auf sie hereinprasseln würde, gegen die sie sich innerlich schon wappnete. Doch zu ihrer Überraschung kam es anders. Lady Daglingworth erinnerte sich an irgendeine Pflicht, die sie mit den Worten „Oh, wie konnte ich das nur vergessen?" dazu veranlasste, nach ihrer Kutsche zu verlangen.

Die Schwestern nahmen zu zweit ein kleines Mittagessen ein. Den Nachmittag verbrachten sie damit, Rosie beim Packen der Koffer und Hutschachteln zu helfen, während sie aufgeregt Pläne für ihren Aufenthalt im Haus der Countess schmiedeten. Frederica konnte gar nicht aufhören, ihr Loblied auf die Verlässlichkeit und Zuvorkommenheit ihres Onkels zu singen, und Penelope zog sie damit auf, dass sie glaubte, ihre große Schwester hätte ein Tendre für diesen Gentleman gefasst.

„Penelope, schweig, ich bitte dich. Ich empfinde keine tiefer gehenden Gefühle für ihn", protestierte Frederica. „Der Mann ist unser Onkel! Nach allem, was er für uns getan hat, verdient er meine Zuneigung als seine Nichte."

„Als seine Nichte, ich verstehe", antwortete Penelope spöttisch, um aber dann selbst mit ernster Miene hinzuzusetzen: „Du hast natürlich recht, Freddy, er ist unser Onkel. Eine Verbindung wäre somit wohl ohnehin ganz und gar undenkbar."

Diesen Worten hatte Frederica nicht widersprochen, sondern ihrer Schwester den Rücken gekehrt, um sich vor dem Spiegel über der Kommode die Pusteln mit der Tinktur zu bestreichen, die man ihr aus der Apotheke mitgebracht hatte. Sie hätte so gern gut ausgesehen, wenn sie ihrem Onkel das nächste Mal gegenüberstand. Leider hatte sich der Zustand ihrer Haut seit dem Vortag wieder erheblich verschlimmert.

Am Abend kam Lady Daglingworth von ihrer Ausfahrt zurück. Sie wirkte wieder gut gelaunt wie am Anfang ihrer Bekanntschaft und plauderte beim Abendessen höchst vergnügt über dies und das und nichts im Speziellen.

Es war am nächsten Vormittag, die große Standuhr in der Eingangshalle schlug halb elf, die letzte Truhe war eben mit vereinten Kräften geschlossen worden, da fiel Penelope auf, dass sie ihre Katze schon seit einer guten Stunde nicht mehr gesehen hatte.

Sie kniete sich auf den Boden und hob die herabhängende Decke an, um unter das Bett schauen zu können: „Kitty! Wo hast du dich denn versteckt? Komm her, Süße, wir müssen dich hübsch machen, damit du bei Lady Derryhill einen guten Eindruck erweckst."

Als unter dem Bett keine Spur von der Katze zu sehen war, stand sie auf und wandte sich an ihre Schwester: „Die Countess wird mir doch gestatten, dass ich Kitty mitbringe, nicht wahr, Freddy? Wie dumm von mir, dass ich das Thema bei ihrem Besuch nicht angesprochen habe."

Da sie diese Frage seit dem letzten Vormittag mindestens zwanzig Mal gestellt hatte und Frederica keine Antwort darauf geben konnte, begnügte sie sich damit, mit den Schultern zu zucken. „Du solltest sie allerdings wirklich bald gefunden haben. Ich glaube nicht, dass der Kutscher der Countess die Pferde wegen einer Katze warten lässt."

„Kitty, bist du da unten?" Ihre Schwester inspizierte nun den Boden unter dem Kleiderschrank. Vergebens.

„Sehen Sie nur, Mylady, die Tür steht einen kleinen Spalt breit offen. Vielleicht ist der kleine Racker getürmt ..."

Kaum hatte Rosie diese Worte ausgesprochen, war Penelope auch schon wieder auf den Beinen.

„Kitty!", rief sie ins Treppenhaus hinaus. „Wo bist du denn, kleine Katze? Komm zu mir!" Ihr Tonfall klang verlockend. „Na, komm, Kätzchen! Oh Gott!"

Mit großen Sprüngen eilte sie die Treppe hinunter. „Wer, um Himmels willen, hat das Haustor offen stehen gelassen?"

Ihre Gastgeberin kam soeben aus dem Salon. „Langsam, meine Liebe! Sie werden sich noch den Hals brechen. Eine Dame hat zu schreiten, aber niemals zu hopsen!", tadelte sie.

„Meine Katze ist verschwunden, Lady Daglingworth!"

„Das ist unerfreulich, aber kein Grund, sein damenhaftes Verhalten zu vergessen. Wenn Sie also ..."

Doch Penelope hörte sie nicht mehr. Sie hatte das Haustor in der Zwischenzeit aufgerissen und lief nun die Vortreppe zur Straße hinunter. Es war ein sonniger Frühlingstag. Halb London schien auf den Beinen zu sein. Kutschen rumpelten in dichten Kolonnen die Henrietta Street hinunter, ein Mann mit einem Handkarren rempelte sie an, als er sich den Weg durch die Menge bahnte. Penelope lehnte sich an die Hauswand und atmete tief durch. Tränen traten in ihre Augenwinkel. Wenn Kitty wirklich aus dem Haus gelaufen war, dann war es ausgeschlossen, dass sie sie in diesem Chaos je wiederfand.

„Kitty!", rief sie trotzdem inständig gegen ihre Verzweiflung an. „Kitty, wo bist du denn? Komm her, mein Kätzchen!"

Ein junger Mann auf der gegenüberliegenden Seite wurde auf Penelope aufmerksam. Er wartete ab, bis er die Straße gefahrlos überqueren konnte, trat auf sie zu und fragte dann: „Kann es sein, dass sie die hier suchen, Miss?"

Er streckte ihr beide Hände entgegen, in denen sich ein zappelndes, kleines Fellbündel befand. Penelope bemerkte nicht, wie gut der junge Mann aussah. Sie würdigte nicht die Stunden, die er vor dem Spiegel zugebracht hatte, bis er seine dichten, blonden Haare zu dieser gekonnten Windstoßfrisur gebürstet und sein Halstuch in einer raffinierten Manier geknüpft hatte. Der korrekte Schnitt seines dunkelbraunen Jacketts war ihr ebenso egal wie die weißen Stulpen seiner glänzend polierten Stiefel. Das Einzige, was zählte, war, dass sie ihr Kätzchen wiederhatte. Am liebsten hätte sie den Fremden umarmt, doch sie begnügte sich damit, ihn anzustrahlen: „Vielen Dank, Sir! Sie wissen gar nicht, was Sie mir hier für eine Freude bereiten. Wo haben Sie denn meine kleine Ausreißerin gefunden?"

„Es war ein simpler Zufall, Miss, nicht der Rede wert. Es freut mich, dass ich Ihnen zu Diensten sein konnte."

Als er sich mit einer höflichen Verbeugung verabschieden wollte, sah sie die Schrammen an seinen Händen.

„Oh, du lieber Himmel! Ich wusste nicht, dass meine kleine Kitty so böse kratzen kann! Kommen Sie mit mir ins Haus, wir müssen Ihre Wunden reinigen."

Er sah auf seine Hände hinunter, lachte und schüttelte den Kopf: „Es besteht kein Grund, ein Drama daraus zu machen. Das sind bloß ein paar Kratzer!"

Penelope ließ nicht locker. Sie war dem jungen Mann viel zu dankbar, als dass sie ihn so schnell wieder aus ihrem Leben verschwinden lassen wollte. „Die Kratzer können Ihnen eine schlimme Infektion einbringen, wenn wir nicht aufpassen. Kommen Sie mit mir. Ich bin sicher, Lady Daglingworth hat nichts dagegen einzuwenden. Und eine heiße Tasse Tee ist das Mindeste, was ich Ihnen anbieten kann!"

So kam es, dass sich kurz darauf eine fröhliche Runde in Lady Daglingworths Salon einfand. Ihre Ladyschaft selbst stellte dem unerwarteten Gast einige Fragen, die mehr an ein Verhör vor einem gestrengen Friedensrichter erinnerten als an die Art oberflächlicher Konversation, die bei Vormittagsbesuchen üblicherweise stattfand. Penelope hatte Kitty in ein Körbchen mit Deckel verfrachtet, aus dem es kein Entfliehen mehr gab. Nun säuberte sie mit Feinfühligkeit und Fachkenntnis, die den jungen Mann überraschte, seine Schrammen und trug die Arnikatinktur auf, die sie im letzten Sommer selbst angesetzt hatte. Kittys Retter hatte sich als Honorable Henry Bernard Markfield vorgestellt, Cousin zweiten Grades des Viscount of Badwell. Er wohnte eigentlich nördlich der Stadt, war aber heute in die Henrietta Street gekommen, um seiner Tante, die in der Nähe wohnte, einen Besuch abzustatten.

„Und noch aus einem anderen Grund. Oh, verflixt, Lady Penelope, was streichen Sie denn da auf meine Hände? Das brennt höllisch!"

„Sie werden es überleben, Sir." Penelope kicherte.

Erstaunt blickte Frederica zu ihrer Schwester hinüber. So gut gelaunt und schelmisch hatte sie sie selten erlebt. Vor allem nicht Fremden gegenüber. Die beiden gaben ein wunderschönes Paar ab. Wie sie da saßen, zwei Blondschöpfe, die sich über seine zerkratzten Hände beugten. War das Bewunderung, was sie in seinen Augen las? Das war ein höchst vielversprechender Auftakt! Er schien aus respektablem Haus zu sein. Doch wie sah es mit seinem Vermögen aus? Frederica konnte ihn das schlecht fragen.

Lady Daglingworth plagten viel weniger Skrupel. Allerdings war es etwas anderes, das sie interessierte: „Was ist der weitere Grund, der Sie in unsere Gegend brachte, Sir?", wollte sie wissen. „Außer der Besuch bei Ihrer werten Frau Tante?"

Als der junge Gentleman aufschaute, kam es Frederica vor, als würde sich eine leichte Röte über seine Wangen ziehen. Dann lächelte er verlegen und meinte, das sei nicht weiter wichtig. Aber da hatte er die Rechnung ohne die Wirtin gemacht.

„Auch wenn es nicht wichtig ist, mich interessiert es trotzdem, was einen noblen jungen Mann ausgerechnet in die Henrietta Street verschlägt", ließ die Hausherrin nicht locker.

Während Penelope ihn neugierig ansah, wäre Frederica wieder einmal vor Scham beinahe gestorben. Konnte diese Frau denn niemals Ruhe geben? Sie sah doch, dass ihr Gast ganz offensichtlich nicht antworten wollte.

„Es ist nichts, womit ich die Ohren von jungen Damen belästigen möchte", erwiderte er.

Zu Fredericas Entsetzen begann Lady Daglingworth wie ein junges Mädchen zu kichern, nahm die *Woman's Gazette,* die neben ihr auf der Chaiselongue gelegen hatte, rollte sie zusammen und klopfte damit Mr Markfield auf die eben frisch verarzteten Hände: „Sie sind aber ein ganz Schlimmer!", sagte sie mit kokettem Lächeln.

„Lady Daglingworth, ich bitte Sie ...!", rief Frederica flehentlich.

Nun errötete der junge Mann noch mehr: „Bevor ein falscher Eindruck entsteht, meine Damen: Meine Beweggründe waren höchst ehrenhaft, wenn auch für viele Männer in diesem Land kaum verständlich."

Abwehrend hob Frederica die Hand: „Bitte, glauben Sie mir, Sir, Sie sind nicht im Geringsten dazu verpflichtet, uns über irgendetwas Rechenschaft abzulegen!"

Lady Daglingworth setzte eine beleidigte Miene auf. „Also mich würde es jetzt schon interessieren, was ..."

„Sie kennen doch das Gasthaus *Zur roten Ente,* wenige hundert Meter die Straße hinauf?"

Lady Daglingworth nickte. Offensichtlich wartete sie gespannt, was jetzt folgen würde.

„Da sollte heute Abend ein Hahnenkampf stattfinden. Ich habe davon Wind bekommen und war eben dort, um dieses schändliche Treiben zu verhindern. Es geht doch nicht an, dass man arme, wehrlose Tiere aufeinanderhetzt. Der Wirt hat das eingesehen …"

„Das hat Sie sicher eine schöne Stange Geld gekostet, nehme ich an", warf Lady Daglingworth ein.

Er stutzte: „Das war es mir wert, Mylady. Glauben Sie mir, das war es mir wert. Tiere brauchen unseren Schutz", bemerkte er seufzend, bevor er plötzlich mit einem strahlenden Lächeln in die Runde blickte. „So, meine Damen, nun kennen Sie meine Geschichte. Jetzt können Sie mich zu Recht als weich und unmännlich bezeichnen, wenn Sie möchten."

„War das alles?", fragte Lady Daglingworth enttäuscht.

Nein, das war es nicht. Es war der Augenblick, in dem sich Lady Penelope Barnett unsterblich in Henry Bernard Markfield verliebte.

Kapitel 16

Am selben Nachmittag saßen die beiden ältesten Barnett-Schwestern auf dem gold-blau gestreiften Sofa in Lady Derryhills Salon und konnten ihr Glück kaum fassen. Oder, um der Genauigkeit Ehre zu geben, war es Frederica, der es so erging. Penelope, die neben ihr saß, nahm die Umgebung kaum wahr. In ihrem Kopf drehte sich alles um einen blonden, jungen Mann mit Kratzern an beiden Händen. Dieser Mann hatte nicht nur ein ansteckendes Lächeln, sondern auch ein Herz für Tiere! Er rettete Hähne, anstatt sich an ihrem Todeskampf zu belustigen, wie es bei vielen jungen Männer in der Hauptstadt anscheinend die erschreckende Realität war. Ach, er war so großartig und in jeder Hinsicht perfekt! Penelope war stolz auf sich, dass sie es gewagt hatte, ihn über ihre neue Adresse in der Brook Street zu informieren. Das war gar nicht schwierig gewesen, denn mit Mr Markfield konnte man herrlich frei und ungezwungen plaudern, als würde man sich schon seit vielen Jahren kennen. Er hatte Penelope versprochen, sie aufzusuchen. Oh, wie inständig hoffte sie, er würde dieses Versprechen bald wahr machen. Henry Bernard Markfield! Penelope Markfield, Mrs Henry Bernard Markfield. Das klang gut! Das klang sogar sehr gut. Da passte es Penelope ausgezeichnet, dass Frederica damit beschäftigt war, das Haus ihrer neuen Gastgeberin zu bestaunen. Sie hätte sich sonst sicher über das selige Lächeln auf den Lippen ihrer jüngeren Schwester gewundert. So aber fiel es ihr gar nicht auf, denn es gab vieles andere, das ihre Aufmerksamkeit auf sich zog. In solch einem vornehmen Haus waren sie noch nie gewesen. Bereits der schwarz-weiße Marmorboden in der Vorhalle hatte ihr den Atem verschlagen. Dazu die elegante Treppe ins obere Geschoss, das prächtige Blumenarrangement in der Mitte des hohen Raumes, die stilvollen Bilder an den mit grüner Seide bespannten Wänden. Die Haushälterin hatte ihnen die Gästezimmer gezeigt. Sie durften wählen, ob sie sich lieber das große Zimmer mit den reizenden Frühlingsblumenbildern teilen wollten, oder es vorzogen, in getrennten Kammern zu schlafen. Da sie es von klein auf gewöhnt waren, beisammen zu sein, entschieden sich für den großen Raum. Allein dass sie die Auswahl hatten, war ein Luxus!

„Meine Lieben, es freut mich sehr, euch als meine Gäste begrüßen zu dürfen! Ich darf dich doch Penelope nennen?“, fragte Lady Derryhill.

Penelope blickte sie mit einem seligen Lächeln an, anstatt ihr eine Antwort zu geben.

„Penelope!“, flüsterte Frederica und gab ihrer Schwester einen kleinen Stoß in die Rippen.

Diese erwachte aus ihren Träumen: „Ja, bitte?“

„Mylady wollte wissen, ob sie dich Penelope nennen darf. Ich bin sicher, dass es meiner Schwe… Cousine zur Ehre gereicht, Mylady“, antwortete Frederica an ihrer Stelle. Penelope, die wegen ihrer Unachtsamkeit errötete, nickte nur.

„Und dich", Lady Derryhill legte die Hand auf Fredericas Rechte, „dich darf ich Frederica nennen?"

Nun war es an der älteren Schwester zu erröten: „Er hat es Ihnen also doch verraten."

Sie nickte. „Selbstverständlich. Und ich muss sagen, meine Teuerste, dass ich die Maskerade sehr riskant finde. Die Gesellschaft toleriert so manches, doch sie verzeiht nicht, wenn man versucht, sie hinters Licht zu führen. Wie vielen Personen hast du dich bereits als ... ich vergaß den Namen ... als diese verwitwete Cousine vorgestellt?"

„Nur Lady Daglingworth, ach ja, und heute auch noch Mr Markfield", antwortete Frederica wahrheitsgemäß. Sie war froh, dass es nicht mehr Personen gewesen waren, denen sie eine falsche Identität vorgespielt hatte.

Auf Lancroft Abbey, fern der Großstadt, war ihr die Idee, sich als Lady Winford auszugeben, brillant erschienen. Jetzt, aus der Nähe betrachtet, war sie es wohl nicht. Allerdings hatte sie ihr selbst genutzt, wie sie zugeben musste. Denn sonst säße sie jetzt zu Hause auf Lancroft Abbey und würde sich grämen, statt hier auf dem eleganten Sofa voller Freude auf die nächsten Tage zu warten.

„Mr Markfield?", wiederholte Lady Derryhill. „Ich muss gestehen, dieser Name ist mir kein Begriff. Es ist zu hoffen, dass Lady Daglingworth mit niemandem von Gewicht je ins Gespräch kommen wird. Also ist wohl noch kein Schaden eingetreten. Und nun ist ohnehin Schluss mit der Maskerade. Ich freue mich darauf, die bezaubernden Barnett-Schwestern in die Gesellschaft einzuführen."

Jetzt hatte auch Frederica allen Grund, selig zu lächeln. Sie würde in die Gesellschaft eingeführt werden! Endlich! Was für ein unverhofftes Glück! Allerdings ... ihr Hochgefühl bekam einen schlagartigen Dämpfer. So schwer es ihr auch fiel, sie musste ihrer neuen Gastgeberin umgehend reinen Wein einschenken.

„So leid es mir tut, Mylady, aber es ist allein meine Schwester, die in die Gesellschaft eingeführt werden darf."

Die Countess sah sie fragend an. „Warum denn dies, meine Liebe? Was ist mit dir? Hast du beschlossen, ins Kloster zu gehen?"

Frederica musste wider Willen lächeln. „Nein, Mylady, ganz bestimmt nicht! Mama hat es so entschieden."

Nun war ihr Gegenüber offensichtlich ernsthaft überrascht. „Aber warum denn? Wurdest du denn schon in die Gesellschaft eingeführt? Hast du bereits deinen Knicks vor dem Königspaar absolviert?"

„Das nicht, Lady Derryhill."

„Selbstverständlich steht es mir nicht zu, die Entscheidung eurer Mutter zu kritisieren, aber bitte sei so freundlich, mir die Gründe zu nennen, damit ich sie besser verstehen kann."

So kam es, dass Frederica ihrer neuen Gastgeberin gegenüber mit der vollen Wahrheit über Papas Schulden und Mamas Heiratsplan herausrückte. Die Countess fand im Großen und Ganzen das bestätigt, was ihr Sohn ihr bereits erzählt hatte, und erfuhr interessante neue Einzelheiten. Sie hörte schweigend zu, rief das eine oder andere erschrockene „Oh!", nickte ab und zu und stellte ein paar Fragen.

„Jetzt verstehe ich eure Mama sehr gut", sagte sie schließlich. „Einen reichen Gemahl zu suchen, der das Anwesen und die Familie rettet, ist in vielen Familien der einzige Ausweg vor dem Schuldturm. Es ist also nichts

Ehrenrühriges und mit Sicherheit nichts, dessen ihr beide euch schämen müsstet."

Frederica lächelte dankbar. Sie hatte gar nicht zu hoffen gewagt, auf so viel Verständnis zu stoßen.

„Natürlich darf eure verzweifelte Lage niemals offenkundig werden, sonst hat euer Plan keinerlei Aussicht auf Erfolg. Die Gesellschaft muss euch als gut situiert betrachten. Erst wenn ein passender Gentleman ernsthaftes Interesse an einer von euch gefasst hat, kann der nächste Schritt folgen."

„Es geht allein um Penelope", wiederholte Frederica.

Diesen Einwand wischte Lady Derryhill vom Tisch: „Ich sehe nicht ein, warum wir die Chancen nicht verdoppeln sollten. Was mich zu einer anderen Frage veranlasst, meine Liebe. Ich hoffe, du verzeihst meine Offenheit: Was ist mit deiner Haut? Sieht sie immer so schlimm aus?"

Frederica erschrak. So viel Direktheit war sie höchstens von ihrer Mutter gewöhnt.

„Nein, Mylady, zum Glück ist der Ausschlag nur vorübergehend. Meine Haut verträgt keinen Efeu. Dummerweise bin ich ...", sie überlegte kurz, Lady Derryhill über den Vorfall im Hyde Park in Kenntnis zu setzen, entschied sich aber dagegen, „... vor ein paar Tagen mit Efeu in Berührung gekommen."

„Vor ein paar Tagen! Und die Folgen treten heute noch so stark in Erscheinung?"

Frederica seufzte: „Das verstehe ich auch nicht, um ehrlich zu sein. Ich trage jeden Tag mehrfach die Tinktur auf, die Lady Daglingworth freundlicherweise besorgt hat ..."

„Seltsam", befand ihre Gastgeberin. „Ich werde meine gute Bowles bitten, dir eine andere Tinktur zu mischen. Sie ist eine wahre Meisterin darin, all das zu verarbeiten, was unser kleiner Garten hinter dem Haus zu bieten hat. Und die Brille? Ist die absolut notwendig?"

Frederica schüttelte den Kopf und nahm das unkleidsame Drahtgestell ab. Ihre Ladyschaft sah Fredericas hübsches Antlitz, dazu ihr offenes Lächeln, und die Hand, die eben die Tasse zu ihrem Mund hatte führen wollen, wurde gedankenverloren innegehalten.

„Ich habe es mir anders überlegt", sagte Lady Derryhill schließlich langsam. „Kannst du bitte die Brille noch ein, zwei Tage aufbehalten? So lange, bis deine Haut wieder vollkommen geheilt ist?"

„Warum den bloß, Lady Derryhill? Glauben Sie mir, das ist ganz normales Fensterglas und ich …"

Abwehrend hob Ihre Ladyschaft die Hand. „Frag mich bitte nicht nach dem Grund, es gibt keinen. Das ist alles nur eine vage Idee von mir. Kannst du mir diesen Wunsch erfüllen, meine Liebe?"

Frederica wäre den hässlichen Fremdkörper auf ihrer Nase zwar gern auf der Stelle losgeworden, doch natürlich erklärte sie sich einverstanden.

„Hervorragend", befand die Countess erfreut. „Und nun wollen wir Pläne für die nächsten Tage schmieden."

Kapitel 17

Zum kleinen frühen Dinner wurde ein Gast erwartet.

„Anschließend würde ich sehr gern Penelope ins Theater entführen", hatte Lady Derryhill am Nachmittag angekündigt. „Ich bin für diesen Abend mit meiner guten Freundin Sally Villiers, der Countess of Jersey, verabredet. Da sie noch jemanden mitbringt, ist nur ein Platz in der Loge frei. Wäre es sehr schlimm für dich, heute zu Hause zu bleiben?"

Frederica hatte tapfer versucht, sich ihre Enttäuschung nicht anmerken zu lassen. Hatte es nicht eben geheißen, beide Schwestern würden in die Gesellschaft eingeführt werden? Und nun sollte sie zurückstehen, obwohl sie das Theater doch viel mehr liebte als Penelope? Sie schickte einen auffordernden Blick zu ihrer Schwester hinüber, doch die tat, als sähe sie ihn nicht. Penelopes erster Impuls war nämlich auch gewesen, Ihre Ladyschaft zu bitten, Frederica an ihrer Stelle mitzunehmen. Doch dann war ihr eingefallen, dass, wenn der Zufall es wollte, Mr Markfield im Theater zugegen sein könnte. Wie hätte sie sich die Aussicht auf ein Wiedersehen entgehen lassen können?

Nun saßen sie zu dritt im Blauen Salon, um auf den unbekannten Gast zu warten. Ihre Ladyschaft und Penelope waren bereits in festlicher Kleidung, Frederica trug eines ihrer lila Trauerkleider, die Brille hatte sie, wie von Lady Derryhill gewünscht, noch immer auf der Nase. Sie hatte wieder die Tinktur aufgetragen, und die Gesichtshaut juckte wie verrückt.

„Morgen fahren wir als Erstes zu Madame Lisette", bestimmte ihre Gastgeberin soeben. „Meine Schneiderin ist eine der besten Adressen der Stadt. Sie wird in kürzester Zeit ein paar hinreißende Kreationen für euch zaubern."

„Das ist sehr freundlich von Ihnen, Lady Derryhill. Doch unsere finanziellen Mittel reichen nur, um meine Schwester auszustatten. Für mich …"

„Papperlapapp!", unterbrach ihre Gastgeberin sie. „Es ist genug Geld da! Ich bin …"

Frederica hob abwehrend die Hand: „Bei allem Respekt, Lady Derryhill. Wir sind Ihnen zutiefst dankbar, dass wir bei Ihnen Aufnahme gefunden haben und Sie sich die Mühe machen, uns in die Gesellschaft einzuführen. Wir werden Ihnen diese Güte nie vergelten können. Aber bitte verstehen Sie, dass wir kein Geld für Kleidung von Ihnen annehmen können. Mama würde dem nie zustimmen", fügte sie noch hinzu, als sie bemerkte, dass Ihre Ladyschaft protestieren wollte.

„Dann zahlt eben euer Onkel!", sagte diese nun, als sei das die selbstverständlichste Sache von der Welt. „In meiner Begleitung wirst du dich sicher nicht in solch lila Ungetümen zeigen."

„Die Schneiderin von Lady Daglingworth hat bereits ein Kleid für jede von uns anfertigen lassen", warf Penelope ein.

„Oh, Gott!", war alles, was Ihrer Ladyschaft dazu einfiel.

Der Türklopfer wurde betätigt, und kurz darauf war von der Eingangshalle her eine tiefe Männerstimme zu vernehmen: „Sie brauchen mich nicht anzumelden, danke, Bowles! Ich kenne den Weg."

Gleich darauf stand ein Mann in Abendgarderobe im Zimmer. Ein Mann, den Penelope neugierig, aber nicht wirklich interessiert musterte. Ein Mann, dem Lady Derryhill mit strahlendem Lächeln zur Begrüßung entgegenging.

Ein Mann, der auch Frederica zum Strahlen brachte. Sie hatte nicht gehofft, ihrem Onkel so bald wieder gegenüberzustehen. Er war wohl extra gekommen, um sich zu vergewissern, dass sie gut im Haus von Lady Derryhill angekommen waren und dass es ihnen an nichts fehlte. Wie überaus zuvorkommend von ihm! *Mama,* dachte Frederica, *du hast ein völlig falsches Bild von deinem Bruder.* Er war außerordentlich liebenswert und gütig. Wie schön, dass sie ihm gleich heute für seine Großzügigkeit danken konnte.

„Mein Lieben, darf ich euch vorstellen, das ist …", begann Lady Derryhill, doch der junge Mann an ihrer Seite unterbrach sie: „Frederica und ich kennen uns bereits. Und du musst Penelope sein." Er reichte Fredericas Schwester die Hand, die aufgestanden war und nun in einen angemessenen Knicks versank.

„Onkel Ar…, ich meine, Mylord", sagte Frederica, als er sie begrüßte. „Ich danke dir für alles, was du für uns getan hast. Das ist unser lieber Onkel, Penelope, Mamas Bruder. Er war es, der dieses erfreuliche Arrangement getroffen hat. Wir sind so begeistert, hier zu sein, nicht wahr, Penelope?"

Ihre Schwester beeilte sich, ihr zuzustimmen.

Lady Derryhill wollte ganz offensichtlich etwas sagen, doch als sie den Blick ihres Gastes sah, schwieg sie.

„Das Dinner ist serviert, Mylady", verkündete der Butler in diesem Augenblick und hielt die Tür auf.

Selten hatte Frederica ein so fröhliches, unbeschwertes Abendessen erlebt. Lady Derryhill und ihr Gast überboten sich darin, immer neue Ideen für den Aufenthalt der beiden Mädchen zu kreieren. Am übernächsten Abend fand eine kleine Soiree bei Lady Linham, einer von Lady Derryhills besten Freundinnen, statt, und sie war sicher, dass diese nichts dagegen einzuwenden haben würde, auch ihre beiden Schützlinge zu empfangen. Gleich heute Abend würde sie im Theater die Möglichkeit haben, sie dahingehend zu fragen. Ach, es hätte sich nicht besser treffen können! Eine Soiree war genau das Richtige für ihren Einstieg in die Londoner Gesellschaft. Und nein, keine Sorge, Madame Lisette war bekannt dafür, wahre Wunder zu vollbringen. Sicher hatte sie bereits halb fertige Kleider in ihrem Laden, die sie rechtzeitig fertigstellen konnte.

Das war für Frederica der Zeitpunkt gewesen, sich an den jungen Mann zu wenden: „Lady Derryhill besteht darauf, auch mich in die Gesellschaft einzuführen. Wie du weißt, entspricht das nicht Mamas Plan. Du bist unser Vormund. Wärst du denn damit einverstanden?"

Ihre Stimme klang so sehnsüchtig, dass es ihn rührte.

„Aber selbstverständlich!", bestimmte er, ohne zu zögern.

Einen kurzen Moment lächelte sie ihn dankbar an, dann gewann die Vernunft wieder die Oberhand: „Meinst du nicht, dass das zu viel Geld verschlingen würde? Mama hat bestimmt, dass wir alles, was wir haben, für Penelope aufwenden. Damit sie einen reichen Mann findet, du weißt schon …"

Ihre Ladyschaft zog scharf die Luft ein. Ihr Gast schien an dieser Offenheit jedoch nichts Verwerfliches zu finden: „Ich weiß. Aber ich denke, der gute Gitterman hat sich verrechnet. Es steht euch mehr Geld zur Verfügung, als er ursprünglich dachte."

Frederica war verwirrt. „Der gute Gitterman?"

Seine Lordschaft tupfte den Mund mit der Serviette ab: „Ja, Gitterman, der Vermögensverwalter. Du hast ihn doch selbst getroffen …"

„Mr Grittleton?"

Er schlug sich mit der flachen Hand gegen die Stirn: „Ach ja, natürlich, Grittleton! Dass ich mir auch nie Namen merken kann!"

Lady Derryhill ließ ein kleines Lachen hören.

Gerade als Frederica ihrer Verwunderung Ausdruck verleihen wollte, dass ihr Onkel sogar die Namen seiner engsten Mitarbeiter vergessen konnte, meldete sich zu ihrer Überraschung Penelope zu Wort: „Ich würde gerne ausreiten, wenn das möglich wäre."

Die nächsten Minuten vergingen damit, dass Seine Lordschaft versprach, zwei Reitpferde aus seinem Stall zur Verfügung zu stellen, und Lady Derryhill überlegte, ob man neben der Rotten Row im Hyde Park, die für Ausritte am besten geeignet war, auch einen Ausflug in den Richmond Park in Erwägung ziehen sollte.

Bald war die Mulligatawny-Suppe verspeist. Sie schmeckte zwar gut, aber auch etwas ungewohnt, was wohl daran liegen mochte, dass Lady Derryhills Köchin sie mit Schildkrötenfleisch zubereitet hatte. Die Mädchen kannten sie bisher nur mit Geflügel. Auch die Fleischstücke, der Käse und der Salat aus rohen Selleriestücken neigten sich dem Ende zu. Die Diener servierten die Platten ab, und weil man auf den zweiten Gang mit anderen herzhaften Gerichten bei diesem kleinen Abendessen verzichtete, folgte nun das Dessert. Es gab Nüsse, Zuckerwerk und eine Eiscreme, die köstlicher war als alles, was Frederica bisher gegessen hatte. Die Uhr in der Halle schlug laut und vernehmlich zur halben Stunde.

„Oh, schon so spät! Komm, meine Liebe, wir müssen aufbrechen." Lady Derryhill lächelte Penelope zu, die sofort das Glas mit Tafelwasser abstellte und sich erhob.

Ihre Ladyschaft wandte sich ihrem männlichen Gast zu: „Wie wirst du es halten? Sollen wir dich beim Port allein lassen? Gehst du gleich in den Club oder möchtest du unserer armen Frederica Gesellschaft leisten? Vielleicht habt ihr Lust auf eine Partie Schach?"

Frederica hätte viel darum gegeben, wenn ihre Gastgeberin auf das Prädikat „arm" verzichtet hätte. Diese schaute jedoch beide mit einem aufmunternden Lächeln an, als würde man Kinder dazu auffordern wollen, gemeinsam Ball zu spielen.

„Ich muss dich allerdings warnen, Penelope hat mir erzählt, Frederica sei eine wahre Meisterin am Brett!"

„Tatsächlich?" Seine Lordschaft hob spöttisch eine Augenbraue. „Wenn das so ist, dann bleibe ich selbstverständlich noch eine Zeit lang hier und nehme die Herausforderung an. Sonst käme am Ende noch jemand auf die Idee, ich hätte Angst, meine Fähigkeiten mit denen Fredericas zu messen."

Kapitel 18

„Nun denn, Meisterin des Schachbretts, dann zeig mir dein Können!“

Lady Derryhill und Penelope waren ins Theater aufgebrochen, während sie nun allein im Blauen Salon saßen. Der Earl of Derryhill hatte entspannt im Lehnstuhl Platz genommen, während Frederica aufgerichtet und konzentriert im Sessel gegenüber saß, zwischen ihnen das Tischchen mit dem Schachbrett und den Figuren aus Elfenbein. Er goss Portwein aus der geschliffenen Karaffe in das Glas neben sich und schob dabei lässig seinen weißen Bauern um zwei Felder vor. Während es ihm Frederica gleichtat, nahm er einen Schluck und setzte den nächsten Zug. Sie bewegte den Läufer und sagte: „Schach!“. Er grinste amüsiert und machte einen Zug, um seinen König zu schützen. Sie zog die Dame vor und verkündete: „Schach matt!“

Wie sehr genoss sie ihren Triumph! Er mochte zwar über die längere Spielerfahrung verfügen, vor so dummen Fehlern war aber auch er offensichtlich nicht gefeit. Vor allem dann nicht, wenn er davon ausging, mit betonter Lässigkeit seine Gegnerin nicht ernst nehmen zu müssen.

Mit einem Ruck saß jetzt auch er kerzengerade: „Das

kann doch nicht sein! Warum habe ich die Gefahr nicht kommen sehen? Woher kennst du diesen Trick?"

Sie lächelte: „Papa hat ihn mir beigebracht, als er begann, mich Schachspielen zu lehren. Damals war ich fünf oder sechs Jahre alt!"

Das musste er erst einmal verdauen.

„Das wäre dir nicht gelungen, wenn ich mich etwas mehr konzentriert hätte", sagte er dann.

Sie nickte: „Das glaube ich auch. Allerdings ist es eine Tatsache, dass du dich nicht konzentriert hast. Und darum habe ich gewonnen. Merke, es ist nicht gut, mich zu unterschätzen." Sie lächelte, als sie seinen prüfenden Blick wahrnahm. „Hast du Lust auf eine Revanche?"

Und ob er Lust darauf hatte!

Die nächsten Stunden vergingen in trauter Zweisamkeit. Das darauffolgende Spiel ging an Seine Lordschaft, dann gewann Frederica, und die dritte Partie endete unentschieden.

„Oh!", entfuhr es ihr, als die Standuhr laut und vernehmlich zwölf Uhr schlug. „Jetzt habe ich dich von deinem Clubabend abgehalten. Ich hoffe, das war nicht allzu schlimm und ihr hattet heute nichts Wichtiges zu bereden."

Er lachte auf: „Oh, keine Sorge, wir haben selten etwas Wichtigeres zu bereden als Beau Brummells neueste Modeideen oder wer das letzte Wettrennen von dort nach da gewonnen hat. Das Schachspiel mit dir war daher die bei Weitem amüsantere Alternative."

Frederica lächelte ihn an. „Das ist lieb von dir, dass du das sagst. Ist es nicht schön, dass wir Onkel und Nichte sind? Wären wir nicht verwandt, würde ich es nie wagen, so offen mit dir zu sprechen. Und Lady Derryhill hätte uns sicher nicht gestattet, den Abend in ihrem Salon zu verbringen. Ohne jede Anstandsdame und bei geschlossenen Türen."

Als Derryhill entschieden hatte, der dringenden Einladung seiner Mutter zu folgen und mit ihr und ihren beiden neuen Gästen zu Abend zu essen, da hatte er fest vorgehabt, Frederica seine wahre Identität zu enthüllen. Er wollte dies jedoch nicht im Beisein Dritter tun und hatte darauf gewartet, bis sie allein waren. Dann kam das Schachspiel dazwischen, das seine volle Aufmerksamkeit verlangte. Und nun, nach diesen Worten, entschied er, dass heute überhaupt nicht der richtige Tag für die Wahrheit war. Außerdem war er über das Verhalten seiner Mutter ausgesprochen verwundert. Sie wusste schließlich, dass er und Frederica nicht miteinander verwandt waren! Warum hatte sie sein Bleiben nicht nur gestattet, nein geradezu herausgefordert? Die Antwort darauf würde er wohl an diesem Abend nicht mehr bekommen. Also hieß es eine andere Antwort einzuholen.

„Mein Freund Ched…", er korrigierte sich schnell, „also ein guter Freund von mir hat mich leichtsinnigerweise zu einem Schachturnier angemeldet. Es findet übermorgen im Carlton House statt, also in den Räumen unseres neuen Prinzregenten. Die ersten Wetten sind bereits ins Wettbuch eingetragen, und ich muss zu meiner Schande gestehen, dass mir kaum jemand die Chance einräumt, es unter die besten Drei zu schaffen."

Er nahm einen Schluck von seinem Portwein, während Frederica gespannt darauf wartete, dass er weitersprach.

„Wer also auf mich wettet, hat gute Chancen auf einen satten Gewinn. Allerdings müsste ich dafür unter die ersten Drei kommen, und dazu bedarf es wohl noch einiger Übung. Es wäre mir daher ein großes Vergnügen, wenn wir morgen noch ein paar Mal gegeneinander spielen könnten, Frederica. Was hältst du von dieser Idee?"

Frederica war begeistert. Der Gedanke, ihn schon bald wieder zu treffen, machte sie sehr glücklich. *Es ist schön, in der fremden Großstadt jemanden zu haben, mit dem man sich vertrauensvoll amüsieren kann*, dachte sie. Jemanden, der ihr zuhörte und ihre Interessen teilte. Jemanden, der half, den Druck, der durch Mutters Heiratsplan auf ihren Schultern lastete, ein wenig zu mildern.

„Nur allzu gern", erwiderte sie mit einem strahlenden Lächeln, das von Herzen kam. „Du hast uns schon so viel geholfen. Natürlich bin ich bereit, dir diesen kleinen Gefallen zu erweisen."

Er lächelte zurück, prostete ihr zu und kippte den Rest seines Portweins mit einem Zug hinunter. Dieses Lächeln ließ für einen ganz kurzen Augenblick ihr Herz höher schlagen. Streng rief sie sich zur Ordnung. Wie irregeleitet ein Herz doch manchmal sein konnte. Er war ihr Onkel! Der Bruder ihrer Mutter! Es bestand nicht der geringste Grund dafür, dass ihr Herz höher schlug.

„Das freut mich." Er erhob sich, während sie ebenfalls aufstand.

„Ich darf mich verabschieden. Besten Dank für diesen unterhaltsamen Abend, Frederica!", meinte er, bevor er zum Klingelstrang ging und ganz selbstverständlich daran zog.

Kapitel 19

Der nächste Tag verging rasend schnell. Der späte Vormittag wurde höchst vergnüglich in Madame Lisettes noblem Salon verbracht, zwischen Bergen von feiner Spitze, exquisiten Stoffen und Illustrationen in Modemagazinen, die die künftige Pracht der modischen Kreationen bereits erahnen ließen. Schließlich wurden neben einer Reihe von Tageskleidern für jedes der Mädchen auch jeweils zwei Abendroben in Auftrag gegeben. Fredericas Einwand, dass sie damit zu viel Geld ausgeben würden, wurde mit einem Handstreich vom Tisch gewischt.

„Wie stellst du dir denn das vor, meine Liebe? Möchtet ihr etwa bei Almack's dasselbe Kleid tragen wie auf Lady Linhams Soiree?"

Die französische Schneiderin hatte erschrocken die Hände über dem Kopf zusammengeschlagen und „C'est impossible! Complètement impossible!"ausgerufen.

„Man würde euch für armselig halten", hatte Ihre Ladyschaft hinzugefügt, als sie merkte, dass Frederica immer noch schwankte. „Und mich für erbärmlich, weil ich so etwas zulasse."

Diese Worte hatten den Ausschlag gegeben. Wie hätte Frederica je Schuld daran haben wollen, dass irgendjemand ihre großzügige Gastgeberin als erbärmlich empfand?

Nach einer kleinen Erfrischung bei *Gunter's* am Berkeley Square hatte die Hutmacherin auf dem Programm gestanden, dann der Schuhmacher in der Bond Street, und Lady Derryhill bestand auch auf einem Abstecher bei Floris. „Denn", wie sie es ausdrückte, „was ist eine Lady, die etwas auf sich hält, ohne eine eigene Parfumkreation?"

Nach dem Dinner war Lord Derryhill zu den vereinbarten Schachpartien gekommen. Sein Besuch fiel um einiges kürzer aus als am letzten Abend und fand im Beisein von Penelope und Lady Derryhill statt, die nebeneinander auf dem Sofa saßen, die Stickrahmen in der Hand, und so fröhlich plauderten, dass Seine Lordschaft ab und zu ein „Pst! Ich muss mich konzentrieren!" dazwischenrief.

Als sich Frederica spät am Abend endlich an den Schreibtisch ihres Zimmers setzte, um einen Brief an ihre Mutter zu verfassen, hatte sie jede Menge zu erzählen, aber es gab auch einiges, das sie lieber verschwieg. Sie rückte mehrere Kerzen zurecht, spitzte die Feder, nahm ein Blatt Büttenpapier aus der Ledermappe, die ihr Lady Derryhill freundlicherweise geliehen hatte, und begann zu schreiben:

Liebste Mama,

in den letzten Tagen ist so viel geschehen, dass ich gar nicht weiß, wo ich beginnen soll. Lady Daglingworth schien nicht die richtige Wahl, uns bei der Umsetzung Deines Planes zu helfen. Unser Vormund war so gütig, eine neue, passendere Bleibe für uns auszuwählen.

Sie stützte ihren Kopf in die Hand und überlegte. Ja, ihr Vormund war gütig, liebenswert, klug und außerordentlich verständnisvoll! Darüber hinaus sah er mit seinen dunklen Haaren und den dunklen Augen, die so warm blicken konnten, unglaublich attraktiv aus. Er war … energisch riss sie sich zusammen und tunkte die Feder schwungvoll in die Tinte, dass es spritzte … er war vor allem ihr Onkel! Er mochte sie, wie ein Onkel eine Nichte mochte. Nicht mehr. Und das war auch gut so. Frederica schrieb weiter:

Die Countess of Derryhill war so überaus freundlich, sich bereit zu erklären, uns in die Gesellschaft einzuführen. Sie und auch unser Onkel haben darauf bestanden, dass ich meine Verkleidung aufgebe und nun als Lady Frederica Barnett ebenfalls am Gesellschaftsleben teilnehme. Mach Dir bitte keine Sorgen, dass ich zu viel Geld für mich verschwenden könnte. Mr Grittleton hatte sich offensichtlich verrechnet, und so stehen uns mehr Barmittel zur Verfügung, als wir gehofft hatten. Außerdem erwies sich Lady Derryhill sehr geschickt darin, einen vorzüglichen Preis bei ihrer Schneiderin auszuhandeln.

Dieser würde zwar immer noch um einiges höher sein, als Mama in Tunbridge Wells bei der Schneiderin für gewöhnlich ausgab, aber deren Können war auch mit dem von Madame Lisette keineswegs vergleichbar. Wie ihr ihre Gastgeberin erzählte, hatte die französische Immigrantin bereits in Paris einen noblen Couture-Salon besessen, bevor sie aus politischen Gründen auf die Insel fliehen musste. Dass sie bei einer Französin schneidern ließen, verschwieg Frederica wohlweislich. England befand sich mitten in einem verheerenden Krieg gegen die Franzosen. Mutter würde daher ein solches Vorgehen niemals gutheißen. Was sie wohl zu den Kleider sagen würde? Sie hatten weder etwas von den soliden, praktischen Schnitten, die Mama und auch Cousine Agatha bevorzugten, noch glichen sie den frivolen Gewändern, die Lady Daglingworth für sie hatte anfertigen lassen. Fredericas neues Lieblingsstück war ein zartblaues Tageskleid aus feinem Musselin, mit kleinen Knöpfen und einer breiten Schleife am Rücken. Dazu ein hübscher, runder Hut, der mit demselben Stoff bezogen war. Es sah hinreißend aus. Und dann erst das Ballkleid! Frederica lehnte sich in ihrem Stuhl zurück und begann sich auszumalen, wie sie in ihrem neuen altrosa Abendkleid einen festlich geschmückten Saal betrat. Wie sehr unterschied sich dieses von dem lachsfarbenen Monstrum, das sie vor Papas Tod in Tunbridge Wells zu diversen Tanzveranstaltungen getragen hatte. Eine Kundin von Mamas Schneiderin hatte sich geweigert, das Kleid zu bezahlen, obwohl sie es in Auftrag gegeben hatte. Mama, glücklich über das Schnäppchen, hatte begeistert zugegriffen. Der Unterschied zwischen den beiden Ballkleidern hätte nicht größer sein können. Das neue Überkleid bestand aus einem mit Perlen bestickten Chiffonstoff und das Unterkleid aus glänzendem, roséfarbenem Seidensatin. Wie gut es ihr stand! Sie würde sich neben Penelope nicht wie eine Bettlerin fühlen. Frederica seufzte. Bisher hatte sie sich gegenüber Penelope noch nie benachteiligt gefühlt. Sie hatte immer gedacht, sie wären beide hübsch. Ob Mama wohl ahnte, wie sehr ihre Worte sie verletzt hatten? Ein weiterer Seufzer folgte. Zum Glück dachte ihre Schwester so wie sie selbst.

„Du bist so schön wie eine Marmorstatue aus dem antiken Griechenland“, hatte Penelope begeistert ausgerufen, die in ihrem neuen weißen Kleid selbst wie eine blonde Göttin wirkte. Sie hatten auch lange Glacéhandschuhe und Briséfächer dazu gekauft. Der Brillantring, den sie als vermeintliche Witwe getragen hatte, würde bis auf Weiteres in der Schmuckschatulle bleiben, doch Lady Derryhill war so unglaublich freundlich gewesen, zu versprechen, ihr eines ihrer Perlenhalsbänder zu leihen. Konnte es überhaupt eine zuvorkommendere, amüsantere Gastgeberin als Lady Derryhill geben? Frederica überlegte. In manchen Augenblicken erinnerte sie Ihre Ladyschaft an jemanden! An wen denn? An Mama? Wohl eher nicht. Frederica fuhr in ihrem Brief fort:

Leider bin ich mit Efeu in Kontakt gekommen, und die Pusteln in meinem Gesicht und auch auf den Händen wurden Tag für Tag schlimmer. Lady Derryhills Kammerfrau Bowles hat mir eine Tinktur aus Rosenblütenwasser, Kamille, Gurkensaft und noch weiteren Ingredienzien gemischt. Penelope hat sich sofort die genaue Rezeptur notiert, Du kennst sie ja. Sie saugt solches Wissen in sich auf, um auf Lancroft Abbey ihren geliebten Tieren helfen zu können. Das Heilmittel wirkt so gut, dass ich hoffe, den Ball morgen bei Lady Linham ohne Rötungen besuchen zu können.

Das Fläschchen, das ihr Lady Daglingworth aus der Apotheke mitgebracht hatte, hatte sie weggeworfen. Für einen Augenblick hatte sie den Verdacht gehabt, ihre ehemalige Gastgeberin habe ihr damit bewusst schaden wollen. Aber das war natürlich Unsinn. Lady Daglingworth hatte doch wahrlich keinen Grund dazu gehabt. Dennoch war sie froh, nicht mehr bei ihr zu wohnen. Auch Rosie, ihrem Mädchen, gefiel es hier viel besser als in der Henrietta Street. Dies umso mehr, als Bowles, Lady Derryhills Kammerfrau, Rosie persönlich unter ihre Fittiche genommen hatte. Ob sie Mama erzählen sollte, dass der Butler und die Kammerfrau ein Ehepaar waren? Das war natürlich höchst ungewöhnlich. Rosie hatte ihr erzählt, dass beide ursprünglich Diener und Hausmädchen gewesen waren.

„Stellen Sie sich vor, Mylady, als sie sich verliebten, hatte Lady Derryhill gegen eine Heirat nichts einzuwenden gehabt." Rosie hatte sich ans Herz gegriffen und mit einem sehnsuchtsvollen Blick hinzugefügt: „Was für eine romantische Geschichte!"

Ja, das war sie tatsächlich. Allerdings keine, die Mama gutheißen würde. Sie hatte bei Weitem nicht die freigeistige Einstellung ihrer neuen Gastgeberin.

Es wird Dich freuen zu hören, dass Lady Derryhill Karten für den Ball bei Almack's nächsten Mittwoch besorgen konnte. Sie scheint mit mehreren der gestrengen Patronessen dieses Clubs auf freundschaftlichem Fuß zu stehen. Auch sie bestätigte, dass Almack's der wichtigste Ort ist, um geeignete Heiratskandidaten zu treffen. Wir freuen uns schon sehr darauf und sind entsprechend aufgeregt. Aber keine Sorge, liebe Mama, wir werden Dir auch bei diesem Ereignis keine Schande bereiten.

Sollte sie Mama schreiben, dass sie deren heimlichen Favoriten Mr Pucklechurch bereits getroffen hatten? Ihr gestehen, dass weder sie noch Penelope dabei den besten Eindruck hinterlassen hatten? Die Hoffnung, dieser edle Gentleman hätte jene Begegnung nicht so schlimm, ja vielleicht durchaus amüsant gefunden oder längst wieder vergessen, hatte sich leider nicht bewahrheitet. Lady Derryhill hatte entrüstet erzählt, Pucklechurch habe gestern im Theater mit den Fingern zu ihrer Loge gezeigt und mit seinen Begleitern getuschelt. Dann hätten sie alle herübergesehen und gelacht. Sie hat sich bei Penelope erkundigt, ob sie sich das ungewöhnliche Verhalten erklären könnte, und ihre Schwester war sofort mit der ganzen Wahrheit herausgerückt.

„Du hast ein Kätzchen vor seinem Köter verteidigt? Nun, meine Liebe, das war vielleicht nicht sehr damenhaft, und es ist ein Pech, dass es ausgerechnet der eitle Geck Pucklechurch sein musste, mit dem du dabei in Konflikt geraten bist, aber es ist immer noch kein Grund, mit den Fingern auf meine Loge zu zeigen. Das ist ungehörig! Am liebsten würde ich meinen Sohn bitten, ihn zum Duell zu fordern. Aber ich fürchte, das ist für ihn kein ausreichender Grund, die Pistolen aus dem Schrank zu holen."

„Sie haben einen Sohn, Mylady?", hatte Penelope gefragt und ein: „Ja, aber sicher, er ... ja!" als Antwort bekommen. Penelope konnte sich noch genau an diesen Wortlaut erinnern.

Auf der morgigen Soiree bei Lady Linham werden wir die Gelegenheit haben, die drei Kandidaten kennenzulernen, die auf Deiner Liste stehen. Sollte sich etwas Bemerkenswertes ergeben, werde ich mich natürlich umgehend mit Einzelheiten bei Dir melden.

Ja, wenn sich überhaupt etwas daraus ergeben sollte. Frederica befürchtete, dass das nicht geschehen würde. Penelope hatte im Foyer des Theaters nämlich tatsächlich Mr Markfield wiedergetroffen und ihn Lady Derryhill vorgestellt. Wie es schien, hatte die Dame einen so positiven Eindruck von dem jungen Mann gewonnen, dass sie ihm gestattete, auf einen Morgenbesuch vorbeizukommen, worum er sie gebeten hatte. Als sie gestern am späten Abend nebeneinander im Bett lagen, hatte Penelope von nichts anderem gesprochen. Wann er wohl kommen würde? Aus welchem Grund er kommen wollte? Ob er sie hübsch fand? Ob er gar Zuneigung, ein Tendre, zu ihr gefasst hatte?

Darüber erzählte sie Mama besser kein Sterbenswörtchen. Auch nicht, dass der junge Mann keine Zeit verstreichen ließ und gleich heute, kurz bevor sie zur Schneiderin aufgebrochen waren, tatsächlich in der Brook Street vorgesprochen hatte. Nein, Mr Markfield konnte erst Erwähnung in einem ihrer Briefe finden, wenn sie über seine Vermögensverhältnisse Bescheid wusste. *Lieber Gott,* flehte sie im Stillen, *mach, dass er reich ist,* obwohl sein Äußeres darauf schließen ließ, dass er kein armer Schlucker zu sein schien. Seine Kleidung war nagelneu und entsprach dem letzten Schrei der Londoner Herrenmode. Obwohl sie ihn noch nicht leibhaftig zu Gesicht bekommen hatte, war sich Frederica sicher, dass nicht einmal Beau Brummell, Londons derzeit modebewusstester Dandy, exquisiter gekleidet sein konnte als Mr Markfield. Nur der elegante und zugleich schlichte Kleidungsstil ihres Onkels gefiel ihr noch besser.

Mr Markfields Vormittagsbesuch war sehr angenehm und unterhaltsam verlaufen. Es war eine Freude gewesen, mitzuerleben, wie fröhlich und ungezwungen der junge Mann mit allen anwesenden Damen parlierte. Dass er aus gutem Haus stammte, war unübersehbar. Als er erfuhr, dass am nächsten Abend eine Soiree bei Lady Linham auf dem Programm stand, bedauerte er es aufrichtig, nicht eingeladen zu sein. Für einen kurzen Augenblick hatte Frederica den Eindruck, ihre Gastgeberin würde ihm gestatten, sich ihnen anzuschließen. Doch sie hatte sich wohl geirrt, denn Lady Derryhill erlaubte nichts dergleichen, sondern plauderte einfach fröhlich weiter. Das war sicher besser so, um keinen unerwünschten Spekulationen Vorschub zu leisten.

Penelope trug mir auf, Dir und Cousine Agatha die besten Grüße und Wünsche auszurichten. Dem schließe ich mich nur allzu gerne an. Sei umarmt, meine liebe Mama, von Deiner Dich liebenden, gehorsamen Tochter Frederica.

Sie wollte das Schreiben schon zusammenfalten, als ihr siedend heiß noch etwas anderes einfiel.

Post Scriptum: Liebe Mama, ich habe unserem Onkel versprochen, dass sein Neffe Marcus die nächsten Ferien im Mai auf Lancroft Abbey verbringen darf. Der junge Mann ist offensichtlich durch seine mütterliche Linie mit ihm verwandt. Er besucht Eton im selben Jahrgang wie Nicolas, den ich ebenfalls in Kenntnis setzen werde. Ich hoffe, Du verzeihst mein eigenmächtiges Handeln, aber ich sah es als willkommene Möglichkeit an, mich für seine Güte zu revanchieren.

P.P.S. Keine Sorge, der Onkel übernimmt die Kosten.

Kapitel 20

Das Haus, das die verwitwete Countess of Linham mit ihren beiden erwachsenen Kindern Charles und Julie bewohnte, lag ebenfalls in der Brook Street. Da es seit Tagen nicht geregnet hatte, wagten es die Damen, die wenigen Meter zwischen den beiden Häusern zu Fuß zurückzulegen. Und schon waren sie mitten im festlichen Geschehen. Ein Diener nahm ihre Umhänge entgegen, und sie reihten sich in die lange Schlange der Gäste ein, die vor dem Ballsaal warteten. Frederica spürte, wie ihre Aufregung wuchs. Dabei konnte sie sich kaum sattsehen: So viele elegante Menschen! Wie edel ihre Kleider waren. Wie eng geschnitten die Jacken der Gentlemen, wie hoch ihre blütenweißen Hemdkragen. Und dann erst die kunstvollen Frisuren der Damen, die edlen Stoffe der Gewänder. Wie gut, dass Lady Derryhills Schneiderin rechtzeitig mit zwei Abendkleidern fertig geworden war. Nicht auszudenken, wenn sie anstelle des altrosa Traums, den sie trug, in einem Kleid aus der Heimat hätte erscheinen müssen. Diese waren ihr in den viel schlichteren Räumlichkeiten der Kleinstadt schon beschämend unelegant vorgekommen, in Lady Linhams Hallen hätte sie damit wie eine Dienstmagd im Sonntagsstaat ausgesehen.

„Ob Mr Markfield wohl hier ist?“, flüsterte Penelope ihr

zu und ließ ihre Augen über die anwesenden Gentlemen streifen. „Er wollte versuchen, eine Einladung zu bekommen."

„Wie sollte er das denn anstellen?", flüsterte Frederica mit unüberhörbarer Skepsis zurück. „Das ist eine private Soiree. Er ist offensichtlich mit den Gastgebern nicht bekannt, also wird es ihm nicht gelingen, Einlass zu finden."

Penelope ließ ein so übermütiges Lachen erklingen, dass sich einige Köpfe neugierig zu ihr umwandten. Doch die Schwestern bemerkte weder das noch das allgemeine Aufsehen, das sie erregten. Wer waren die beiden ungewöhnlich hübschen Ladys?, fragte man sich ringsherum. Wo kamen sie inmitten der Season auf einmal her? So mancher junge Mann schluckte und richtete sich sein Halstuch, das plötzlich zu eng geworden zu sein schien. Die älteren Damen begannen zu tuscheln.

„Wenn jemand dieses Kunststück schafft, dann ist das Mr Markfield, du wirst schon sehen", sagte Penelope soeben voller Zuversicht.

Frederica wünschte sich, sie könnte sich reinen Herzens darüber freuen, dass sich ihre Schwester mit Haut und Haaren verliebt hatte. Der junge Mann, der Penelopes Herz im Sturm erobert hatte, war auch ihr angenehm. Er verfügte über tadellose Umgangsformen und schien ein ebenso ernsthaftes Interesse an ihrer Schwester zu hegen wie sie an ihm. Frederica seufzte. Wie konnte sie bloß etwas über Markfields Vermögensverhältnisse herausfinden? Mama verließ sich darauf, dass sie nur eine Verbindung mit einem passenden Mann zuließ. Wie schwer war es doch, dieser Verantwortung gerecht zu werden.

Während die Mädchen das Aufsehen, das sie erregten, nicht bemerkten, war es Lady Derryhill nur allzu deutlich bewusst. Wie stolz sie darüber war und wie glücklich! Ihre beiden Schützlinge sahen in ihren neuen Kleidern auch wirklich hinreißend aus. Das Altrosa gab Frederica einen frischen Teint. Ihre Kammerfrau hatte wahre Wunder vollbracht. Die wenigen letzten Pusteln im Nackenbereich wurden durch glänzende braune Locken gekonnt verdeckt. Wie hübsch das Mädchen ohne die Brille auf der Nase war. Sie freute sich schon auf das Gesicht, das ihr Sohn bei ihrem Anblick machen würde. Ob er sie dann immer noch unattraktiv fand? Wie eine Frau, die nur brüderliche Gefühle in ihm weckte? Lady Derryhills Lippen verzogen sich zu einem kleinen Lächeln. Wie schade, dass er die Soiree nicht mit seiner Anwesenheit beehren würde. Sie musste sich etwas anderes einfallen lassen, um die beiden wieder zusammenzubringen. *Die Idee mit dem Schachspielen war großartig gewesen,* dachte sie zufrieden. Doch heute Abend war das Schachturnier beim Prinzregenten, und dann hatte ihr Sohn keinen Grund mehr, weiter zu üben.

„Meine Liebe, wie schön, dich zu sehen. Es ist so voll hier, wie unangenehm!" Ihre Freundin Lady Darlington kam mit einem bemalten Fächer, mit dem sie sich lebhaft Luft zufächelte, auf sie zu. Sie begrüßten sich auf das Herzlichste und freuten sich mit ihrer Gastgeberin. Konnte es ein schöneres Kompliment geben, als wenn die Gäste nach dem Abend sagten, es sei ungeheuer voll gewesen?

„Das sind also deine Schützlinge?", fragte Lady Darlington.

Lady Derryhill beeilte sich, ihr die beiden Mädchen vorzustellen, und beobachtete mit Freude, wie gekonnt sie ihren Knicks absolvierten. Ein derart selbstsicheres Auftreten hatte sie von zwei jungen Adeligen vom Lande gar nicht erwartet. Ihr Stolz auf sie wuchs noch um einiges an. Sie konnte Anthony gar nicht genug dafür danken, dass er die beiden in ihr Leben gebracht hatte. Wie bunt und abenteuerreich es mit einem Mal geworden war! Mit halbem Ohr hörte sie den Erzählungen ihrer Freundin über Erlebnisse bei der Hutmacherin zu, winkte währenddessen zu ihrem Neffen Robert hinüber, den sie beim Fenster erblickt hatte, und begrüßte andere, die sich hinter ihr in der Warteschlange eingereiht hatten, mit einem Nicken. Dann war es endlich so weit. Der Butler verkündete ihre Namen, und die Gastgeberin Lady Linham kam ihr mit weit ausgebreiteten Armen entgegen.

„Cassandra! Wie schön, dass du gekommen bist. Du siehst wie immer hinreißend aus, meine Teure. Und das sind also deine Gäste …"

Die beiden Barnett-Schwestern versanken erneut in einen angemessenen Knicks. Frederica dankte für die freundliche Einladung und sagte, dass ihre Schwester und sie sehr glücklich und aufgeregt seien, hier sein zu dürfen. Worte, die von den drei älteren Damen mit Wohlwollen zur Kenntnis genommen wurden.

„Da muss ich sofort überlegen, welche Tanzpartner für Sie infrage kommen könnten", verkündete die Gastgeberin und blickte prüfend in die Runde. „Es sind heute einige höchst passende junge Männer anwesend. Ich bin mir sicher, es wird Ihnen an Bewunderern nicht mangeln."

„Wird Mr Markfield auch anwesend sein?“, fragte Penelope, während sie den unsanften Stoß ihrer fassungslosen Schwester tapfer zu ignorieren versuchte.

„Markfield?“ Ihre Gastgeberin runzelte die Stirn. „Ich bedaure, aber diese Familie ist mir kein Begriff. Wer soll das sein? Ein Verwandter von Ihnen?“

Zum Glück rettete Mr Charles Linham, der neben seiner Mutter stand, die Situation, indem er sich und seine Schwester vorstellte und Frederica bat, sich in ihre Tanzkarte für den ersten Tanz eintragen zu dürfen.

Da die Musik erst gegen elf Uhr zu spielen beginnen sollte, hatten die Mädchen noch genügend Zeit, an der Seite ihrer Chaperone durch die Räume zu promenieren. Dabei wurden sie so vielen Menschen vorgestellt, dass Namen und Gesichter binnen kürzester Zeit vor ihnen verschwammen, und Penelope maulte, vom ständigen Knicksen täten ihr die Beine weh.

Im Nu waren die beiden Tanzkarten vollgeschrieben, und dennoch blickten die Augen der Schwestern immer wieder in die Menge, in der Hoffnung, doch noch ein ganz bestimmtes Gesicht zu entdecken. Doch die Suche nach Mr Markfield blieb ebenso erfolglos wie die nach ihrem vermeintlichen Onkel. Schließlich nahm Frederica allen Mut zusammen und folgte selbst Penelopes Beispiel, das sie kurz zuvor mit einem schwesterlichen Rippenstoß beanstandet hatte: „Glauben Sie, dass mein Onkel heute Abend anwesend sein wird?“

Lady Derryhill verharrte im Gehen und lachte amüsiert auf: „Chedworth? Wie kommst du denn auf diesen abstrusen Gedanken? Mein liebes Mädchen, deinen Onkel habe ich bei solch einem gesellschaftlichen Anlass noch nie gesehen."

„Noch nie?" Frederica konnte es nicht glauben. „Aber warum denn nicht? Wird er nicht eingeladen?"

„Ich nehme schon an, dass man Einladungskarten in seiner Wohnung im Albany abgibt. Allerdings nimmt er nichts an, was nicht mit Pferden, Schach oder Kartenspiel zu tun hat. Oh, seht nur, der Herzog von Wellbrooks ist anwesend! Und da ist ja auch seine reizende junge Frau. Ich muss euch den beiden unbedingt vorstellen ..."

So verlief der Abend zwar ein wenig enttäuschend, aber lange Zeit doch durchaus erfreulich. Als die Musikkapelle einsetzte, war Mr Linham an Fredericas Seite, und Penelope wurde von einem schneidigen Offizier im roten Uniformrock auf die Tanzfläche geführt. Dann folgte bei jeder der beiden ein Tanzpartner auf den nächsten. Diener schwirrten umher, um Getränke zu servieren oder um eine der vielen Kerzen auszutauschen, sobald sie niedergebrannt war. Es war heiß und stickig, laut und eng, aber auch unglaublich aufregend. Frederica wäre in diesem Moment nirgends auf der Welt lieber gewesen.

Als die Musik Pause machte, tippte ein Zeigefinger von hinten vorsichtig auf ihre Schulter. Sie fuhr herum und starrte überrascht in das lachende Gesicht eines jungen Mädchens. „Elizabeth? Elizabeth Herrington, bist du das wirklich?"

Die andere nickte freudig und umarmte sie dann.

„Ach, Freddy, wie schön, dich zu sehen! Wie lange ist es jetzt schon her, dass wir Mrs Cliffords Institut für Höhere

Töchter verlassen haben? Fünf Jahre? Oh, mein Gott, wo hast du denn die ganze Zeit gesteckt?"

Frederica beeilte sich, ihre alte Schulfreundin ihrer Anstandsdame vorzustellen, und während Elizabeth vor Lady Derryhill knickste, überlegte sie, womit sie ihre Erzählung am besten beginnen sollte. Doch ihre Freundin war offensichtlich ohnehin nicht wirklich daran interessiert: „Wo auch immer du warst, meine Liebe, die Hauptsache ist doch, dass du jetzt in London bist. Wir müssen uns unbedingt häufig treffen! Wir könnten ein Picknick im Richmond Park veranstalten, was meinst du? Aber zuerst muss ich dich meinen lieben Freundinnen vorstellen. Kommst du mit mir?"

Elizabeth fasste ihre wiedergewonnene Freundin bei der Hand. Frederica vergewisserte sich schnell, dass Lady Derryhill nichts dagegen einzuwenden hatte und Penelope nicht mitkommen wollte, bevor sie sich dann quer durch den Raum ziehen ließ. Drei junge Damen, eine klein und blond, zwei groß und brünett, unterbrachen ihre aufgeregt schnatternde Unterhaltung und beäugten sie kritisch.

„Von wem werden Sie denn in die Gesellschaft eingeführt?", erkundigte sich die kleine Blondine im rosa Rüschenkleid, nachdem ihnen Frederica vorgestellt worden war, wohl mehr aus Höflichkeit als aus ehrlichem Interesse. Doch kaum hatte diese den Namen der Countess of Derryhill ausgesprochen, galt ihr plötzlich die ungeteilte Aufmerksamkeit der anderen.

„Wie sehr ich Sie beneide!", rief die Blonde und griff sich enthusiastisch ans Herz, „Sie sind ein absolutes Glückskind."

Auch wenn ihr dieser Ausbruch übertrieben anmutete,

konnte Frederica nur zustimmen. „Lady Derryhill ist wirklich ganz besonders reizend."

Diese Worte gaben Anlass zu einem einmütigen Gekicher, das sie nicht verstand, bis die nächsten Worte folgten: „Jetzt tun Sie doch nicht so naiv, meine Gute, wir sprechen natürlich von Seiner Lordschaft, ihrem schönen Sohn", wies sie eine der beiden Brünetten zurecht. „Wie sehr müssen Sie es bedauern, dass die Countess nicht bei ihm in Derryhill House lebt, sonst hätten sie ihn täglich um sich."

„Am Frühstückstisch", ergänzte eine andere und löste den nächsten Kicherreigen aus.

Lady Derryhills Sohn sah also gut aus? Das verwunderte Frederica nicht, denn auch seine Mutter war ungewöhnlich attraktiv. Ob er wohl ebenfalls rote Haare hatte?

„Erzählen Sie schon, wie gibt er sich so ganz en privé?"

„Äh …" Frederica überlegte, was sie am besten darauf antworten sollte. Würde man ihr glauben, dass sie Seine Lordschaft noch nie zu Gesicht bekommen hatte?

Zum Glück zog in dem Moment eine der beiden Brünetten einen Schmollmund: „Ich finde es ungerecht, dass Derryhill all diese Abendveranstaltungen meidet. Wie soll ich denn da je mein Glück bei ihm versuchen können?"

Die Blonde bekam wieder einen schwärmerischen Blick: „Wo findet man denn heutzutage noch einen Gentleman wie ihn? So gutaussehend …", sie schlug die Augen auf, „und so reich!"

Ja, richtig! Das hatte Frederica völlig vergessen gehabt. „Ist Lord Derryhill denn wirklich so vermögend?"

Nun konnte man das Gekicher als spöttisches Gelächter bezeichnen.

„Als wenn Sie das nicht ganz genau wüssten, meine Gute“, sagte die andere Brünette. „Papa meint, er sei einer der reichsten Männern des Königreichs, wenn nicht gar der allerreichste.“

Irgendetwas kann mit dem Mann nicht stimmen, dachte Frederica, *denn sonst hätte Mama ihn auf die Kandidatenliste gesetzt.*

„Also wenn ihr mich fragt“, meldete sich nun Elizabeth zu Wort, „ich finde den Viscount of Westerleigh noch um einiges attraktiver.“

„Westerleigh?“, fuhr die Blondine auf. „Aber der ist doch viel zu alt für uns. Außerdem hat er schon Kinder.“

„Westerleigh?“, wiederholte auch Frederica. Der Name war ihr allerdings bekannt, denn dieser Gentleman stand auf Mamas Liste.

„Seine Lordschaft ist letztes Jahr Witwer geworden, das wirst du nicht wissen, Frederica“, erklärte ihr ihre Freundin, die von Lady Panswicks Liste nichts ahnte. „Seither umgibt ihn ein Flair von Tragik und Melancholie. Ich wünschte, ich könnte ihm seine Lebensfreude wieder zurückgeben.“ Nun war es Elizabeth, die sich theatralisch ans Herz griff und seufzte. „Ich wünschte, es gelänge mir, seine traurigen Augen wieder zum Strahlen zu bringen.“

„Warum sollte dein Wunsch nicht in Erfüllung gehen?“, fragte die Blonde, die offensichtlich weit weniger romantisch veranlagt war, wenn es um die Gefühle anderer ging. „Er soll sich ohnehin wieder auf Brautschau befinden. Mama meint, er brauche eine neue Mutter für seine beiden Gören. Du hast drei jüngere Geschwister, wer könnte für diese Rolle also geeigneter sein?“

„Hat dir Westerleigh schon zu verstehen gegeben, dass

du für ihn in die engere Auswahl kommst?", wollte eine der beiden Brünetten wissen.

„Wann sollte er das denn getan haben?", fuhr Elizabeth auf, um dann seufzend zu gestehen: „Wir wurden einander doch noch nicht offiziell vorgestellt. Und heute Abend scheint er wieder nicht anwesend zu sein. Es ist ein Jammer!"

Noch immer führte der Butler neue Gäste in die Räume, doch der Viscount war offensichtlich nicht darunter.

„Der Honorable Mr Pingham-Fawles!", verkündete der Butler soeben.

„Weil wir gerade von Reichtum reden ...", sagte die Blonde und warf sich in eine verführerische Pose.

Frederica blickte gespannt zur Tür. Jetzt stand ihr endlich der Erste von Mamas Kandidaten leibhaftig gegenüber. Na gut, einem anderen war sie auch schon begegnet, aber daran wollte sie jetzt lieber nicht denken.

Penelope, die am anderen Ende des Raumes noch immer neben Lady Derryhill stand und von einer Gruppe Verehrer unterhalten wurde, blickte nur zufällig zur Tür. Was sie dort sah, brachte mit einem Schlag das selige Lächeln auf ihre Lippen zurück. Sie musste sehr an sich halten, um nicht sofort zum Eingang hinüberzustürzen. Denn hinter Mr Pingham-Fawles, einem modischen Stutzer mit rötlichen Haaren, in beiger Beinbekleidung und einem hautengen blauen Frack, hatte ein anderer junger Stutzer, ihm in der Kleidung nicht unähnlich, den Ballsaal betreten. Seine Haare waren blond, und anders als der peinlich berührte Gesichtsausdruck seines Freundes, der eben Lady Linham begrüßte und ihr seinen Begleiter vorstellte, waren dessen Gesichtszüge zu einem frechen Lächeln verzogen.

Nachdem die Begrüßung formvollendet absolviert worden war, strebte Mr Pingham-Fawles einer Gruppe Männer zu, die soeben aus dem Spielzimmer in den Ballsaal getreten war. Der Blonde blieb neben der Tür stehen, schüttelte scheinbar achtlos seine Manschetten und ließ dabei, kaum merklich, seinen Blick über die anwesenden Gäste streifen. Da er die meisten an Größe überragte, brauchte er nicht lange zu suchen, bis er das Ziel seines Interesses in der Menge entdeckt hatte.

Frederica, die eigentlich Mr Pingham-Fawles näher in Augenschein hatte nehmen wollen, war sein Kommen natürlich sofort aufgefallen. Mr Markfield, was für ein Teufelskerl! Penelope hatte recht gehabt. Es war ihm tatsächlich gelungen, sich zu dieser noblen Soiree Einlass zu verschaffen. Nun sah sie das Aufleuchten in seinen Augen. Sie folgte der Richtung seines Blickes, obwohl sie sich den Grund für das Aufleuchten nur zu gut vorstellen konnte. Und richtig, da stand ihre Schwester, die Wangen zart gerötet, ein verklärtes Lächeln auf den Lippen. Und dann sah sie noch etwas: Lady Derryhills Hand, die sich in Penelopes Arm krallte. Hätte Penelope sich etwa tatsächlich so weit vergessen, um quer durch den Saal zu stürzen und sich ihrem Liebsten in die Arme zu werfen? Frederica konnte das, wenn sie ehrlich war, nicht gänzlich ausschließen. Wenn sich ihre Schwester etwas in den Kopf gesetzt hatte, dann kam es schon mal vor, dass sie alles um sich herum vergaß und keinen Wert mehr auf Konventionen legte. Wie gut, dass ihre neue Chaperone so vorausschauend war, diesen Fauxpas zu verhindern.

Kapitel 21

Mr Markfield war zielgerichtet durch den Saal geschlendert, verbeugte sich nun formvollendet vor Lady Derryhill und war eben dabei, Penelope zu begrüßen, die mit strahlendem Lächeln zu ihm emporsah, als der Kapellmeister den nächsten Tanz ankündigte. Sofort war der junge Mann zur Stelle, dem sie diesen Tanz versprochen hatte, doch auch Mr Markfield bot Penelope seinen Arm an.

Stirnrunzelnd musste Frederica mitansehen, wie ihre Schwester den anderen Mann mit einem bedauernden Schulterzucken stehen ließ und Mr Markfields Arm ergriff.

„Unser Tanz, nicht wahr, Miss Barnett?“, hörte sie eine Stimme hinter sich.

Es dauerte einige Augenblicke, bis Frederica erkannte, dass diese Worte ihr galten. Sie fuhr aus ihren Beobachtungen auf und sah den älteren Herrn an, der sich für die Quadrille in ihre Tanzkarte eingetragen hatte. Sie bemühte sich um ein freundliches Lächeln, reichte ihm die Hand und ließ sich zur Reihe der anderen Paare führen, die bereits auf dem Parkett Aufstellung genommen hatten. Sie kamen direkt vor Mr Pingham-Fawles zu stehen, der mit einem Glas in der Hand neben dem Eingang zum Spielzimmer stand und sich mit anderen Herren unterhielt. In diesem Augenblick gesellte sich der junge Mann zu ihnen, den Penelope einfach stehen gelassen hatte.

„Musstest du diesen Kerl unbedingt mitbringen, Pingi?", lautete seine vorwurfsvolle Frage an Pingham-Fawles. „Gerade hätte ich die Chance gehabt, mich bei Londons neuester Schönheit angenehm zu machen, da kommt er mir eiskalt dazwischen. Er hat Glück, dass ich eine Abneigung dagegen habe, im Morgengrauen aufzustehen, sonst hätte ich ihm glatt meinen Handschuh ins Gesicht geworfen, um ihn zu einem Duell zu fordern!"

Frederica erschrak zutiefst. Was hatten die Männer bloß immer mit ihren Duellen? Gab es durch den Krieg nicht schon genug Leid und Verwundete?

Sie hätte gern Mr Pingham-Fawles' Gesichtszüge gesehen, aber sie stand mit dem Rücken zu ihm. Noch stimmten die Musiker die Instrumente, doch die Quadrille konnte jeden Augenblick beginnen.

„Ich habe keine Ahnung, wer das ist", hörte sie zu ihrer Überraschung die näselnd vorgebrachte Antwort. „Man hat ihn mir als einen gewissen Mr Markfield vorgestellt … zumindest glaube ich, mir diesen Namen gemerkt zu haben."

„Du kennst ihn nicht mal? Warum hast du ihn denn dann hierher gebracht, um Himmels willen?"

Das interessierte Frederica allerdings auch. Die ersten Takte der Musik setzten ein.

„Ich war bei Deverell zu Gast und hatte eigentlich vor, den ganzen Abend dort am Spieltisch zu verbringen. Markfield war auch anwesend – frag mich nicht, wie er zu dieser Ehre kam. Jedenfalls hatte er von Anfang an unsagbares Glück und hat mich ausgezogen bis auf meine Unterwäsche, bildlich gesprochen."

Frederica errötete ob dieser unschicklichen, nicht für die Ohren einer jungen Dame bestimmten Ausdrucksweise, konnte jedoch nicht anders, als gespannt auf die nächsten Worte zu warten.

„Ich hatte gar nicht vor, diese Soiree zu besuchen. Da fragte mich Markfield doch allen Ernstes, ob ich eine Einladungskarte erhalten habe. Und als ich bejahte – denn, bitte, zu welchem Anlass bekommt ein Mr Pingham-Fawles keine Einladung –, da machte er mir einen überraschenden Vorschlag. Ich solle hierher fahren, ihn mitnehmen und Lady Linham vorstellen. Dafür würde er einen meiner drei Schuldscheine zerreißen. Wie ihr seht, habe ich mich auf diesen Handel eingelassen."

Au! Frederica, die intensiv das Gespräch belauschte, sah erschrocken zu ihrem Tanzpartner, der sie energisch nach vorn gezogen hatte. Was war denn das für ein seltsames Benehmen? Oh, der Tanz hatte bereits begonnen! Sie beeilte sich, in den Takt zu kommen.

Wenn Markfield zu solchen Mitteln greift, um Penelope nahe zu sein, dachte Frederica, während sie automatisch einen Fuß vor den anderen setzte, *dann scheint es ihm wirklich ernst zu sein.* Wenn er darüber hinaus bereit war, einen Schuldschein zu zerreißen, dann konnte er so arm nicht sein. Sie ermahnte sich aber, die Situation weiterhin realistisch zu betrachten: Das war noch kein Beweis dafür, dass er über ein *stattliches* Vermögen verfügte. Sie beschloss, ihren Onkel wieder einmal um Hilfe zu bitten. Er würde sicher Mittel und Wege finden, ihr Klarheit zu verschaffen.

Daraufhin folgte ein Tanz nach dem anderen, und da Frederica diesen Entschluss gefasst hatte, konnte sie sich wieder unbekümmert ihrem Vergnügen hingeben.

Penelope tanzte mit den unterschiedlichsten Verehrern an ihr vorbei, wobei ihre Blicke weit weniger diesen jungen Männern galten als Mr Markfield, der sich mit seinen Tanzpartnerinnen immer verdächtig in ihrer Nähe aufhielt. Offensichtlich hatte ihr Lady Derryhill verboten, mehr als einmal mit Markfield zu tanzen, um keinen Spekulationen Vorschub zu leisten. Doch auch für ungeübte Beobachter war rasch klar, dass die neue Schönheit, kaum war sie auf dem Londoner Parkett aufgetaucht, ihre Gunst einem anderen Neuankömmling geschenkt hatte. Als sich Penelope von Mr Markfield dann auch noch zum späten Supper geleiten ließ und die beiden dort fröhlich zu scherzen und einander zu necken begannen, da wäre Lady Derryhill am liebsten aufgestanden, hätte das Mädchen an beiden Schultern gepackt und ordentlich geschüttelt. Doch sie musste neben Lord Linham sitzen bleiben und sich seine langweiligen, weitschweifigen Geschichten über die Erkenntnisse der modernen Medizin anhören. Da sie selbst keine Tochter besaß, hatte sie keine Ahnung gehabt, wie unklug sich junge Ladys verhalten konnten. Wie naiv von Penelope, ihr Interesse so eindeutig auf einen Verehrer zu richten! Und wie unschicklich, ihn vor allen anderen anzuschmachten. Wie dumm von ihr, dadurch all die anderen anwesenden Gentlemen vor den Kopf zu stoßen. Außerdem war es höchst ungehörig gewesen, einigen Tanzpartnern, die sich in ihre Tanzkarte eingetragen hatten, den Tanz zu verweigern und stattdessen mit Markfield am Rand des Saales zu plaudern. Dabei wusste das Mädchen doch, dass nur ein reicher Gentleman als Gemahl in Frage kommen würde, wobei Penelope keinerlei Kenntnis hatte, wie es um die Vermögensverhältnisse von Markfield bestellt war. Lady Derryhill seufzte und sah an das andere Ende des Tisches, an dem Frederica mit einem ihr unbekannten Offizier Platz genommen hatte. Sie war froh, dass sie sich wenigstens um diese junge Frau keine Sorgen machen musste. Wie angeregt und formvollendet sie sich unterhielt. Sie wusste ohne Zweifel, wie sich eine junge Lady zu benehmen hatte. Außerdem war sie klug, pflichtbewusst, charmant und ungewöhnlich amüsant. Und jetzt, ohne Pusteln und Brille, war sie auch überraschend hübsch. Ihre Ladyschaft dachte an den nächsten Schritt ihres Plans und lächelte zufrieden.

Nach dem Supper begann die Kapelle wieder zu spielen. Einige Paare nahmen am Parkett Aufstellung. Vor allem die älteren Gäste zogen sich zu den Spieltischen zurück, die in der Bibliothek aufgebaut worden waren. Die Einsätze waren so gering, dass die jungen Herren mit wenig Enthusiasmus ihrem Beispiel folgten. Da verkündete der Butler das Eintreffen eines sehr späten Gastes: „Der Honorable Mr Pucklechurch!"

Während Lady Linham den Gentleman begrüßte, kam die Gruppe junger Männer rund um Mr Pingham-Fawles aus dem Spielzimmer in den Tanzsaal zurück. Mr Pucklechurch gesellte sich zu ihnen. Lady Derryhill beobachtete das Ganze eher zufällig, weil es sonst nichts gab, das ihre Aufmerksamkeit in Anspruch nahm. Mr Pucklechurch selbst war ihr ebenso gleichgültig wie all die anderen Männer, die sich nun um ihn scharrten und lachend die Köpfe zusammensteckten. Ihr Neffe Robert, der Sohn ihrer Schwester, war einer von ihnen. Der junge Mann glich leider seinem Vater, den sie noch nie hatte ausstehen können. Was war denn das? Wie auf Kommando sahen sich alle Männer um, so als würden sie etwas suchen. Lady Derryhill folgte ihren Blicken. Zu ihrem Entsetzen schien Penelope der Mittelpunkt des allgemeinen Interesses zu sein. Mr Pucklechurch erdreistete sich sogar wieder, mit dem Finger auf sie zu zeigen, so wie er es zwei Tage zuvor im Theater getan hatte. Ein allgemeines Gelächter war die Folge.

Penelope, die an nichts anderem interessiert war, als Mr Markfield anzulächeln, bekam von all dem nichts mit.

Lady Derryhill hingegen hielt nichts mehr auf ihrem Sessel. Sie sprang auf und eilte zur Gruppe der jungen Männer hinüber. Deren Gelächter verstummte umgehend und machte betretenem, aber keineswegs erfreulichem Schweigen Platz. Alle Herren verbeugten sich angemessen, und sollte es einer von ihnen seltsam gefunden haben, dass Lady Derryhill den Arm ihres Neffen ergriff, so sagte zumindest keiner einen Ton.

„Würdest du mich wohl für einen Augenblick auf die Terrasse begleiten, mein lieber Neffe?“, fragte sie und blickte lächelnd zu ihm auf. „Es ist so stickig hier im Saal. Ich sehne mich nach frischer Luft. Bitte erzähl mir: Wie geht es meiner lieben Schwester?“

Als sie außer Hörweite der anderen waren, verschwand ihr Lächeln. Sie suchte einen Platz, an dem sie ungestört sprechen konnten.

„Was ist hier los, Robert? Was hat dieser unselige Pucklechurch zu euch gesagt, dass Lady Penelope Barnett in den Mittelpunkt eures spöttischen Interesses rückte?“

Ohne Umschweife erfuhr sie die unangenehme Wahrheit: „Mich persönlich tangiert es ja nicht, aber deine Lady Penelope war anscheinend so unklug, sich mit Pucklechurch anzulegen, Tante Cassandra. Er meint, sie habe ihn offen zurechtgewiesen und anscheinend auch seinen Hund beleidigt."

„Aber das ist doch kein Grund ..."

„Du weißt doch, wie Pucklechurch ist", fiel er ihr ins Wort, „selbstgerecht und überaus scharfzüngig. Sein dummer Hund geht ihm über alles. Er sagt, die kleine Barnett habe sich benommen wie ein Landei, und sie sei offensichtlich auch eines."

Lady Derryhill schnappte nach Luft. In London konnte man keinen übleren Stempel aufgedrückt bekommen als den, es würde einem ländlicher Stallgeruch anhaften.

„Glaubst du, dass Pucklechurch ihr schaden will?" Lady Derryhills Ton klang so flehentlich, als könnte sein „Nein!" all ihre Befürchtungen zerschlagen.

Doch dieses „Nein!" blieb aus. Stattdessen fasste ihr Neffe all ihre geheimen Befürchtungen ohne Umschweife in Worte: „Du verzeihst meine Offenheit, liebe Tante, aber die junge Dame hat sich offensichtlich höchst ungeschickt benommen. Wie konnte sie bloß auf die Idee kommen, Pucklechurch, einen der tonangebendsten Dandys der Stadt, derartig zu beleidigen? Ausgerechnet Pucklechurch! Das allein wäre vielleicht nicht so schlimm gewesen. Doch heute hat sie einige meiner Freunde vor den Kopf gestoßen, indem sie ihnen den vereinbarten Tanz verweigerte. Sie hat sie brüskiert, indem sie einem absoluten Mr Nobody den Vorzug gab, sie zum Supper führen zu dürfen. Natürlich machen die Gentlemen ihrem Unmut dadurch Luft, dass sie in Pucklechurchs Schmähungen einstimmen."

Lady Derryhill seufzte. „Das klingt ja schrecklich. Was meinst du, wie man die Herren wieder besänftigen könnte?"

Ihr Neffe zog die Augenbrauen hoch und überlegte. „Ich sehe eigentlich nur eine Chance, Tante Cassandra. Ein noch viel tonangebenderer Mann, jemand wie Beau Brummell zum Beispiel, müsste Interesse für Penelope Barnett bekunden. Jemand, dessen Beispiel den anderen jungen Männern zum Vorbild gereicht und ihnen noch mehr imponiert, als es Pucklechurch tut. Wenn dir dieser Geniestreich gelingt, gebe ich Miss Penelope Barnett noch eine Chance auf dem Heiratsmarkt. Sonst", er hob bedauernd die Schultern, „sonst, so leid es mir tut, liebe Tante, sehe ich diesbezüglich schwarz."

„Aber sie ist doch so unglaublich hübsch", warf sie ein.

„Natürlich ist sie das, sie ist eine wahre Schönheit", bestätigte er ungerührt. „Aber ein hübsches Gesicht allein ist eben nicht alles!"

Kapitel 22

Am nächsten Morgen wurden zwei von Lady Derryhills Hausdienern mit je einem Brief und dem Befehl losgeschickt, auf die jeweilige Antwort zu warten.

Der erste Brief stammte aus Fredericas Feder und war an ihren Onkel gerichtet:

Eure Lordschaft, würdest Du wohl so freundlich sein, mir wieder einmal Deine Unterstützung zu gewähren? Es scheint, als hätten Mr Markfield und meine Schwester ein ernsthaftes Tendre füreinander gefasst. Darf ich Dich inständig bitten, so rasch als möglich die Herkunft und die Vermögensverhältnisse des jungen Mannes zu überprüfen? Nötigenfalls müsste ich sonst geeignete Maßnahmen ergreifen, um Mamas Pläne nicht zu gefährden. In Erwartung einer kurzen Nachricht verbleibe ich mit aufrichtigem Dank für alles, was Du schon für uns getan hast,

Deine ergebene Nichte Frederica

Der zweite Brief stammte von Lady Derryhill und war an ihren Sohn gerichtet. Er schilderte die Begebenheit des letzten Abends und schloss mit den Worten:

Wer ist dieser Mr Markfield? Weißt Du Näheres über seine Herkunft und die Vermögensverhältnisse? Anthony, ich bitte Dich inständig, springe über Deinen Schatten und beehre den Ball bei Almack's mit Deiner Anwesenheit. Wir brauchen Dich dort, Du musst die Dinge wieder zurechtrücken. Danke, dass ich mich immer auf Dich verlassen kann, Deine Dich liebende Mutter.

Lady Derryhill musste nicht lange auf die Antwort warten. Der Diener hatte ihren Sohn zu Hause angetroffen und kam bereits nach einer Stunde mit einem kurzen Schreiben zurück, in dem der Earl sein Kommen zusagte. Ihre Ladyschaft freute sich und lachte herzlich über den schelmisch angebrachten Zusatz: *Wie hätte ich zu diesen erpresserischen Zeilen je Nein sagen können, liebe Mutter?*

Fredericas Geduld wurde auf eine viel härtere Probe gestellt. Ihr Onkel geruhte bis in die frühen Nachmittagsstunden zu schlafen, und so war es erst gegen zwei Uhr, dass der Diener zurückkam und ihr die Nachricht ausrichtete. Seine Lordschaft hatte sich nicht einmal die Mühe gemacht, ein paar Zeilen zu Papier zu bringen. Und so verkündete der Diener, während er sich vor Peinlichkeit wand, die Worte ihres Onkels, die da lauteten: „Das interessiert mich nicht! Fahrt nach Hause!"

Frederica, die allein im Blauen Salon saß, ließ ihn die Worte noch einmal wiederholen. Und noch einmal. Das konnte doch nicht wahr sein, er musste sich irren! Ihr Onkel würde ihr nie und nimmer eine so rüde Absage erteilen. Er war doch bisher immer verständnisvoll, hilfsbereit und überaus liebenswürdig gewesen.

Sie wünschte, Lady Derryhill und Penelope hätten nicht vor wenigen Minuten das Haus verlassen, um ein paar Bänder für die neuen Hüte zu besorgen. Ihre Ladyschaft hätte sicher gewusst, was in diesem Fall am besten zu tun war. Frederica hätte die beiden eigentlich begleiten sollen, doch sie war viel zu aufgeregt gewesen, denn sie wollte zuerst die Nachricht ihres Onkels abwarten. Also hatte sie Kopfschmerzen vorgeschützt und sich auf die Chaiselongue im abgedunkelten Raum gelegt, liebevoll versorgt mit einer Kanne Tee.

Jetzt sprang sie auf und schob die Vorhänge zur Seite. Was mochten die brüsken Worte bedeuten? War ihr Onkel böse auf sie? Sie hatte ihm doch nicht den geringsten Anlass dazu gegeben. Hatte er etwa von den Vorkommnissen des letzten Abends gehört und sich Mr Pucklechurchs Meinung angeschlossen? War er etwa auch einer seiner Anhänger? Hielt er Penelope und sie ebenfalls für Landeier? Wollte er sie deshalb schnellstmöglich nach Hause verfrachten? Nein, das konnte nicht sein. Oder etwa doch? Was auch immer die Gründe Seiner Lordschaft gewesen waren, sie so unfreundlich abzufertigen – Frederica musste sich Gewissheit verschaffen. Also zog sie am Klingelstrang.

„Besorgen Sie mir bitte eine Droschke, Bowles", sagte sie zum eintretenden Butler und fügte, als dieser offensichtlich zu einem Widerspruch ansetzen wollte, hinzu: „Sofort! Mein Besuch bei meinem Onkel duldet keinen Aufschub."

Während ihr Rosie beim Umkleiden half, organisierte der erste Hausdiener den gewünschten Wagen und gab dem Fahrer auf Geheiß des besorgten Butlers die Anweisung,

Lady Frederica und ihre Zofe zur Wohnanlage Albany am Piccadilly zu fahren. Dort möge er unbedingt warten, um die beiden jungen Frauen anschließend unbeschadet wieder nach Hause zu bringen.

So erreichten sie ihr Ziel ohne Hindernisse, und Frederica fiel gar nicht auf, wie sehr sie sich inzwischen an den Lärm und die Hektik der Großstadt gewöhnt hatte. Im modernen Wohnhaus ihres Onkels fand sie ihren Weg wie von selbst. War es wirklich erst wenige Tage her, dass sie das letzte Mal hier gewesen war? Unglaublich! So viel war in der Zwischenzeit geschehen.

Energisch betätigte sie den Türklopfer und strich, während sie wartete, das neue, blaue Tageskleid zurecht. Sie wusste, dass es ihr besonders gut zu Gesicht stand, weshalb sie es ausgewählt hatte. Sie wollte, dass ihr Onkel sie mit wohlwollenden Augen betrachtete. Er sollte über ihren Anblick so erfreut sein, dass er seinen Entschluss, sie nach Hause zu schicken, sofort rückgängig machte.

Die Tür wurde geöffnet, und der Hausdiener erschien im Türrahmen: „Ja, bitte?"

Noch bevor Frederica ein Wort sagen konnte, hatte er ihr Gesicht erkannt und sich daran erinnert, dass die junge Dame in diesen Räumen willkommen war. Also öffnete er die Tür vollständig und ließ sie ein. Rosie nahm wieder auf der kleinen Bank im Vorzimmer Platz.

„Ist mein Onkel zu Hause?"

„Das ist er, Mylady", antwortete der Diener mit einer Verbeugung und nahm ihren Umhang entgegen. „Ich werde Sie umgehend bei Seiner Lordschaft anmelden … aber, was machen Sie denn da?"

Auch wenn Frederica nicht ernsthaft damit rechnete,

dass sich ihr Onkel weigern würde, sie zu empfangen, wollte sie jede Gefahr von vornherein ausschließen. Also war sie mit den Worten: „Ich kenne meinen Weg, vielen Dank“, am fassungslosen Diener vorbeigegangen und hatte am Eingang zum Wohnzimmer geklopft. Ohne auf ein „Herein!“ zu warten, drückte sie die Klinke hinunter und öffnete die Tür. Sie sah einen Mann in einer mit Rosen bestickten Weste vor dem Fenster stehen. Er wandte ihr den Rücken zu.

„Mylord, ich habe deine Nachricht erhalten“, begann sie anstelle einer Begrüßung. Sie war viel zu aufgeregt, um sich an die Konventionen zu halten. „Ich bin sofort hierher geeilt, um mit dir zu sprechen. Sir, ich hoffe inständig, dass es sich um ein Missverständnis handelt, das dich dazu veranlasste … oh … oh, ich bitte vielmals um Entschuldigung! Ich wusste nicht, dass mein Onkel Besuch hat …“

Der Mann vor ihr hatte sich langsam umgedreht und starrte sie nun mit großen, wasserblauen Augen ungläubig an. Verwirrt und zugleich peinlich berührt hielt Frederica mitten im Satz inne. Was machte dieser fremde Gentleman im Wohnzimmer ihres Onkels? Warum hatte der Butler kein Wort über seine Anwesenheit verloren?

„Wer sind Sie, um Himmels willen?“, fuhr der Fremde sie an. „Warum überfallen Sie einen wehrlosen Mann wie eine wild gewordene Furie? Noch dazu mit einem derart sinnlosen Schwall an Worten? Wer hat Sie überhaupt hereingelassen?“

Sie beeilte sich zu knicksen. „Mein Name ist Lady Frederica Barnett, Sir, ich bin Lord Chedworths Nichte. Es tut mir leid, wenn ich Sie erschreckt habe. Verzeihen Sie bitte mein unpassendes Verhalten.“

Der Mann hob beide Augenbrauen hoch und sagte: „Auch das noch!“ Es klang alles andere als erfreut.

Frederica wartete darauf, dass er sich bei ihr vorstellen würde, doch das hielt der Gentleman offensichtlich nicht für notwendig. Was für ein seltsames Benehmen! Als er nichts sagte, brach sie das Schweigen: „Ist mein Onkel im Haus? Ich müsste mich dringend mit ihm unterhalten.“

Auch diesen Satz würdigte der Mann mit keiner Antwort.

„In einer wichtigen familiären Angelegenheit“, fügte sie daher erklärend hinzu. Er schwieg noch immer, die Augenbrauen weiterhin hochgezogen. Frederica wusste nicht, was sie davon halten sollte und fühlte sich zunehmend unbehaglicher.

„Können Sie ihn bitte holen lassen, Sir?“, bat sie.

Der Mann setzte sich hinter den klobigen Schreibtisch und geruhte weiterhin zu schweigen.

Gerade als Frederica das Gefühl hatte, ihr Unbehagen und ihre wachsende Ungeduld nicht länger ertragen zu können, schnaufte er laut und vernehmlich auf und sagte schließlich: „Hier braucht gar niemand geholt zu werden. Wenn Sie wirklich die kleine Barnett sind, dann sind Sie wohl tatsächlich die Tochter meiner Schwester. Sie sehen ihr sogar ein wenig ähnlich, Sie armes Ding!“

Frederica traute ihren Ohren nicht. „Wie bitte? Was können Sie damit nur meinen, Sir?“

Er winkte ab. „Das spielt keine Rolle. Wer auch immer Sie sein mögen, Sie haben nicht das Recht, in mein Wohnzimmer zu platzen, als wäre das hier ein öffentliches Museum. Gehen Sie wieder, diese Unterhaltung macht mir keine Freude. Sie ist hiermit beendet. Lester!“ Er zog am Klingelstrang. Der Diener hatte seinen Namen gehört und war ins Zimmer getreten, noch bevor der Glockenklang verstummt war.

„Die Dame möchte gehen.“

So schnell ließ sich eine Frederica Barnett jedoch nicht abwimmeln.

„Hier liegt offensichtlich ein schreckliches Missverständnis vor. Sie können nicht mein Onkel sein, Sir, denn …“ sie holte tief Luft, um gleich darauf aufzutrumpfen, „mein Onkel ist nämlich Archibald Dalford, der Baron of Chedworth!“

Der Mann hinter dem Schreibtisch war ganz offensichtlich völlig unbeeindruckt von diesen Worten. Ja, mehr noch, er gähnte betont gelangweilt. Dann besah er sich seine manikürten Fingernägel und schaute nicht auf, als er folgenden Befehl erteilte: „Lester, habe die Güte, die Dame zu informieren, wer ich bin, und dann wirf sie hinaus!“

Der Diener hatte Mitleid mit der jungen Besucherin.

„Dieser Gentleman ist in der Tat der Baron of Chedworth, Miss“, sagte er in freundlichem Ton und hielt ihr die Tür auf, „wenn Sie mir jetzt bitte folgen wollen …“

Das wollte Frederica ganz und gar nicht. Zuerst musste sie einen groben Irrtum aufklären. „Das kann doch nicht sein“, rief sie aus, „ich war doch …“

„Ich versichere Ihnen, Miss“, unterbrach der Diener sie nun nicht mehr ganz so freundlich, „dass dieser Gentleman ohne Zweifel Baron Chedworth ist. Ich weiß das mit Bestimmtheit, denn ich diene Seiner Lordschaft seit mehr als zehn Jahren. Wenn Sie mir jetzt bitte folgen wollen!“

Frederica war wie vor den Kopf geschlagen. „Wer war

denn dann der Gentleman, den ich vor einer Woche in diesem Raum antraf? Ich dachte …"

„Da war kein anderer Gentleman, und Sie waren auch nicht hier, also Schluss mit dem Unsinn!", forderte ihr Onkel streng und machte eine Handbewegung, als wolle er ein lästiges Huhn verscheuchen.

„Ich nehme an, die junge Dame meint den Earl of Derryhill, wenn Sie mir die Bemerkung gestatten, Mylord. Er war damals hier, als …"

„Der Earl of Derryhill!", fuhr Frederica auf. Sie hatte vor einer Woche mit Lady Derryhills Sohn gesprochen? Schlagartig wurde ihr einiges klar. Zum Beispiel, warum Mamas Beschreibung über ihren Halbbruder viel eher auf den Mann zutraf, der nun mit angeödetem Gesicht am Schreibtisch saß, als auf den, der ihr in ihrer Notlage geholfen hatte. Warum ihr vermeintlicher Onkel mit Lady Derryhill auf so vertrautem Fuß stand. Und warum diese eingewilligt hatte, Penelope und sie bei sich aufzunehmen. Allerdings war ihr rätselhaft, warum der Gentleman ihr nicht die Wahrheit über seine Identität gesagt hatte. Warum, um Himmels willen, hatte er sich als ihr Onkel ausgegeben?

„Kein Grund, mich anzustarren, als käme ich von einem anderen Stern!", unterbrachen die barschen Worte ihres richtigen Onkels ihre Gedanken, „So führen Sie doch die Frau endlich hinaus, Lester! Sie stört mein Wohlbefinden."

Siedend heiß fiel Frederica eine andere Gefahr ein, in der sie immer noch, ja nun mehr denn je, schwebte.

„Ich bedauere das Missverständnis ganz außerordentlich", sagte sie daher schnell. „Und ich hoffe, verehrter

Onkel, Sie gestatten, dass meine Schwester und ich weiterhin in London bleiben."

Der Diener hatte bereits begonnen, sie vorsichtig, aber doch bestimmt, aus dem Raum zu schieben. Es musste ihr gelingen, ihren Onkel trotz alledem zu überzeugen. Wenn es stimmte, was der Diener sagte, und daran bestand für sie kein Zweifel mehr, dann war dieser Mann hier ihr Vormund. Ihm oblag es, über ihr weiteres Schicksal zu entscheiden. Er hatte es in der Hand, Mamas Heiratsplan mit einem Wort zu zerstören. Mama! Wie hatte sie nur je daran zweifeln können, dass sie ihren Bruder richtig einschätzen konnte?

„So macht doch, was ihr wollt! Sie und die weitere Sippschaft meiner Schwester interessieren mich nicht im Mindesten. Lester, bring mir ein schönes Glas Portwein. Ein großes. Nein, am besten die ganze Flasche."

Frederica beschloss, diese unfreundlichen Worte als Zustimmung zu interpretieren. Somit hatte ihr höchst unerfreulicher Besuch in Albany zumindest eine erfreuliche Konsequenz.

Sie bedankte sich bei ihrem Oheim, knickste und verließ den Raum. Er beachtete sie längst nicht mehr, sondern hatte begonnen, in seiner Westentasche nach der Schnupftabakdose zu kramen.

Als sie in der Droschke zurück zur Brook Street rumpelte, bedauerte Frederica zum ersten Mal, seit sie in London eingetroffen war, nicht zu Hause auf Lancroft Abbey zu sein. Daheim in Kent hätte sie sich nicht im stickigen Wagen durchschütteln lassen müssen. Sie hätte ihr Pferd gesattelt und wäre damit über Wiesen und

Felder galoppiert. Den Unmut, den sie soeben empfand, hätte sie dabei laut in die Welt hinausgeschrien, und niemand hätte sie dabei gehört. Außer ein paar Vögeln und das eine oder andere verschreckte Eichhörnchen. Doch so musste sie schweigen und ihre unerfreulichen Gedanken bei sich behalten. Ihr Schachpartner war also gar nicht ihr Onkel gewesen. Nein, es war ein gewisser Lord Derryhill. Ein Mann, mit dem sie keinerlei Verwandtschaft verband. *Hast du dir das in den letzten Tagen nicht insgeheim gewünscht*?, meldete sich eine leise innere Stimme zu Wort. Ihr eigenes empörtes Schnauben ließ die hoffnungsfrohe, innere Stimme sofort wieder verstummen, und der geheime Wunsch war wie weggeblasen. Er hatte einer höchst unangenehmen Mischung aus Enttäuschung, Wut und Scham Platz gemacht. Seine Lordschaft musste ihren Irrtum doch sofort bemerkt haben! Warum hatte er ihn nicht richtiggestellt? Warum hatte er es zugelassen, dass sie offen mit ihm sprach? Waren Fredericas Wangen bereits aus Entrüstung gerötet gewesen, so erröteten sie nun aus Peinlichkeit noch um einiges mehr. Wenn sie daran dachte, was sie alles zu ihm gesagt hatte. Wie frei und ungezwungen sie sich ihm gegenüber verhalten hatte. Er wusste alles über Mamas Heiratsplan für Penelope und die Kandidatenliste. Ach, wie unglaublich unangenehm ihr das jetzt war. Er musste sie alle für berechnende Mitgiftjägerinnen halten. Ein höchst unangenehmes Bild erschien vor ihrem geistigen Auge. Sie sah die Männer, die am Vortag bei der Quadrille über Penelope gelästert hatten. Doch nun war Lord Derryhill ihr Rädelsführer.

„Habt ihr schon diese Frederica Barnett kennengelernt?“, hörte sie ihn abfällig sagen. „Die habe ich ordentlich an der Nase herumgeführt. Wie naiv und gutgläubig sie ist – und wie geldgierig!" Dann hörte sie wieder das hämische Lachen der anderen.

Ach, es war zum Haare raufen! Dabei hatte sich Frederica in seiner Gegenwart so wohlgefühlt. Überraschend geborgen. Sie hatte frei von der Leber weg gesprochen, laut gelacht und sich amüsiert. Und wieder fragte sie sich, wie er so unfair hatte sein können, zuzulassen, dass sie sich so schamlos benahm. Die Enttäuschung über den Earl of Derryhill wuchs von Minute zu Minute, während sie sich dem Haus seiner Mutter in der Brook Street näherte. Die Wut, dass er von ihr Ehrlichkeit eingefordert hatte, zu der er selbst ganz offensichtlich nicht bereit war, schnürte ihr die Kehle zu. Am liebsten hätte sie den Kutscher angewiesen, sie auf der Stelle zu seinem Haus zu bringen. Dort hätte sie Seiner Lordschaft unverblümt die Meinung gesagt.

Frederica ballte die Fäuste. Oh ja, sie wüsste genau, was sie ihm alles an den Kopf werfen würde, und sie hatte auch Lust dazu. Da fiel ihr ein, dass sie seine Adresse nicht kannte, und das war wohl auch besser so.

Kapitel 23

Der große Abend kam, ohne dass Frederica Seine Lordschaft wiedergesehen hätte. Der im ehrwürdigen Stadtteil St. James gelegene Almack's Club war Londons anerkannter Heiratsmarkt und öffnete jeden Mittwoch seine Pforten zu einem Ball. Diesmal hatten Penelope und Frederica die Ehre, zu den auserwählten Gästen zu zählen. Frederica war sich in der Zwischenzeit sicher, dass ihnen diese Ehre unter der Ägide von Lady Daglingworth niemals zuteilgeworden wäre. Für Lady Derryhill hingegen war es ein Kinderspiel gewesen. So sehr Frederica auch ihrem Sohn grollte, so wenig übertrug sich dieser Groll auf ihre Gastgeberin. Wie hätte sie auch auf eine Frau böse sein können, die ihrer Schwester und ihr selbst die Türen zur vornehmen Gesellschaft öffnete? Die ihnen Möglichkeiten bot, die nicht einmal Mutter oder Agatha offen gestanden hätten?

Frederica war aufgeregt und gespannt, was sie bei Almack's erwartete. Sie wusste, dass acht strenge Patronessen bestimmten, wer Zutritt bekam, und dass die Karten um zehn Guinees für eine Season verkauft wurden.

„Wer bei Almack's Zutritt erhält, darf sich zu Recht zur High Society zählen", hatte Lady Derryhill den beiden Schwestern erklärt und ihnen stolz die Karten gezeigt, die sie von ihrer Freundin, der Countess von Lieven, erhalten hatte. „Wem hingegen der Zutritt verwehrt wird, den wird man auch bei anderen Gesellschaften der adeligen Häuser nur selten zu Gesicht bekommen. Das mindert die Chancen auf einen vermögenden Edelmann natürlich beträchtlich."

Dabei beglückwünschte sich Lady Derryhill insgeheim für ihre weise Voraussicht, die Karten bereits vor der unseligen Soiree im Hause Linham besorgt zu haben. Nicht auszudenken, wenn die Schmähungen dieses unmöglichen Lord Pucklechurch zu den Ohren einer der Patronessen gedrungen wären, bevor sie sich die Billetts hätte sichern können. Sie wusste, dass sich die strengen Damen jeden Montag trafen, um zu beratschlagen, wen man einlassen und wem man die Tür vor der Nase zuschlagen würde. Für ein Mädchen, dem die Dandy-Welt das Prädikat „Landei" verliehen hatte, würde es wohl kaum eine offene Tür geben.

An diesem Mittwoch verließ Lady Derryhill das Haus bereits nach dem Frühstück, um Schadensbegrenzung zu betreiben. Vormittagsbesuche bei allen Patronessen, mit denen sie befreundet war, standen auf dem Programm. Oh, wie gut, dass Anthony sein abendliches Kommen zugesagt hatte! Wenn erst einmal bekannt war, dass er an Penelope nichts auszusetzen hatte, dann würden die anderen Männer seinem Beispiel folgen. Wenn man Pucklechurch und Derryhill verglich, dann gab es keinen Zweifel daran, wer von beiden der tonangebendere war. Ihre Ladyschaft hoffte, dass es nicht nur ihr mütterlicher Stolz war, der sie zu dieser Entscheidung veranlasste. Sie hatte die Mädchen eigentlich zuerst von Anthonys Zusage und den damit verbundenen positiven Gedanken informieren wollen. Da sie jedoch keine falschen Hoffnungen wecken wollte, unterließ sie es lieber.

Auch Frederica hatte den ganzen Tag Anthony Farrensby, Earl of Derryhill, im Kopf gehabt. Allerdings nannte sie ihn in Gedanken nicht so. Da hieß er „der unmögliche Mensch", „der Lügner" und manchmal auch „der gemeine Schuft". Er hatte ihr Vertrauen missbraucht und sie schamlos belogen. Wie hatte er sie nur dafür schelten können, dass sie sich als Lady Winford ausgegeben hatte? Sie hatte ihm versprechen müssen, damit aufzuhören. Und er hatte seine schändliche Maskerade aufrechterhalten, ohne rot zu werden. Was sie ihm allerdings am meisten übel nahm, war die Tatsache, dass sie nun ganz allein mit ihren Sorgen dastand.

Lady Derryhill schien das dumme Prädikat „Landei", das man Penelope aufgedrückt hatte, sehr ernst zu nehmen. Hielte sie Derryhill noch für ihren Onkel, so könnte sie ihm die ganze unerfreuliche Geschichte erzählen und seinen Rat erbitten. Aber unter den neuen Umständen war das natürlich vollkommen ausgeschlossen. Es war alles so kompliziert, und Frederica fühlte sich von Gott und der Welt im Stich gelassen.

Dabei konnte sie noch froh sein, dass Pucklechurch ihren Sturz in die Efeuzweige anscheinend nicht mitbekommen hatte. Denn die erwarteten dummen Bemerkungen in ihre Richtung waren ausgeblieben. Frederica seufzte. Das war nur kurz ein Grund zur Freude, denn was wichtiger war: Mamas Pläne waren ernsthaft in Gefahr. Und sie hatte auch niemanden, mit dem sie darüber hätte sprechen können, denn Penelope tat all ihre Bedenken mit einem seligen Lächeln ab. Was machte es ihr schon aus, was die anderen von ihr dachten? Es zählte nur, was einer von ihr dachte. Und der dachte offensichtlich nur das Allerbeste. Ihre große Schwester konnte also getrost aufhören, sich Sorgen zu machen.

Aufhören, sich Sorgen zu machen? Das genaue Gegenteil war der Fall. Die immer stärker werdende Vertrautheit zwischen ihrer Schwester und Mr Markfield beunruhigte Frederica zutiefst. Auf der einen Seite wünschte sie sich, dass Penelope glücklich werden durfte, auf der anderen Seite wusste sie aber noch immer nicht, ob der junge Mann der geeignete Kandidat dafür war. Und jetzt, da ihr kein Onkel mehr zur Verfügung stand, hatte sie keine Ahnung, wie sie das je herausfinden sollte. Die Verantwortung lastete schwerer denn je auf ihren schmalen Schultern.

Penelope hingegen war allerbester Dinge. Sie tanzte durch ihr gemeinsames Zimmer, sang fröhliche Lieder, spielte mit dem Kätzchen und sah nicht den geringsten Grund zur Beunruhigung. Im Gegenteil: Mr Markfield hatte versprochen, alles daran zu setzen, für den Abend Karten zu ergattern, und sie freute sich unbändig darauf, ihn wiederzusehen. Was kümmerte sie dieser unmögliche Mr Pucklechurch? Sollte er doch über sie sagen, was er wollte! Solange Mr Markfields Augen leuchteten, wenn er sie ansah, war alles in bester Ordnung. Außerdem verstand sie nicht, was an dem Ausdruck „Landei“ so schlimm sein sollte. Sie liebte es, auf dem Land zu leben. Also traf der Ausdruck doch tatsächlich auf sie zu.

„Weißt du was, Frederica?", sagte sie zu ihrer Schwester, die gedankenverloren aus dem Fenster starrte. „Ich bin regelrecht stolz, ein Landei zu sein. Und ich kann es gar nicht erwarten, endlich wieder aufs Land zurückzukehren." Mit Mr Markfield an meiner Seite, ergänzte sie, aber das sprach sie nicht laut aus.

Dann war es endlich so weit. Kurz vor neun Uhr hielt Lady Derryhills Kutsche vor dem im Stil des Neo-Palladianismus gebauten Haus auf der Südseite der King Street. Fackeln beleuchteten den Eingang, vor dem sich bereits eine festlich gekleidete Menschentraube drängte. Die drei Damen reihten sich in die lange Schlange der Wartenden ein. Der Abend war kalt für Anfang Mai, und so froren sie in ihren dünnen Seidenkleidern. Dennoch hieß es, unerschüttert weiterzulächeln und darauf zu hoffen, möglichst bald Einlass zu finden. Lady Derryhill hatte Fredericas praktische Idee, wärmende Umhänge mitzunehmen, mit einem energischen „Wo denkst du hin?" beantwortet. „Ein Wollcape zerknittert die feinen Stoffe. Willst du etwa Gefahr laufen, vollkommen derangiert den Patronessen vorgestellt zu werden?"

Das hatte Frederica natürlich nicht gewollt und ohne weitere Widerrede auf jegliches wärmendes Utensil verzichtet. Darum konnte Mylady nun ihre beiden Schützlinge voll Stolz betrachten. In ihren zarten, elfenbeinfarbenen Kleidern, die Haare à l'Aphrodite hochgesteckt, sahen sie reizend aus. Fredericas Haut war nun wieder makellos. Sie konnte sich nicht entscheiden, welche der beiden Schwestern sie heute Abend attraktiver fand. Penelope in ihrer bewundernswerten Schönheit oder Frederica in ihrer grazilen Eleganz. Noch trübten Mr Pucklechurchs Worte ihre Vorfreude, und doch war sie zuversichtlich, dass dieser Abend in einem Triumph enden würde. Anthony würde es gelingen, Pucklechurchs Lästermaul für immer zum Verstummen zu bringen. Sie hatte zumindest alles dafür getan, was sie tun konnte.

Als die drei endlich in die warme Vorhalle eintraten, waren sie schnell von all den vielen Bekannten umringt, die ebenfalls Karten zum Ball erhalten hatten. Sie grüßten nach links und rechts, nahmen Verbeugungen entgegen, knicksten und lächelten anmutig. Frederica erinnerte sich daran, wie sehr sie sich auf Anlässe wie diesen gefreut hatte. Doch in der Zwischenzeit hatte sie viel von ihrer Unbeschwertheit verloren, sodass sie das große Ereignis nicht mehr vollen Herzens genießen konnte.

Lady Derryhill führte ihre Schützlinge herum und zeigte ihnen die Räumlichkeiten. Jetzt waren sie also wirklich dort angelangt, wo Mama Penelope haben wollte — im Zentrum des Heiratsmarktes. Dies war der Ort, den es für junge Mädchen, die sich mit einem Mann von Stand zu verloben wünschten, zu erobern galt.

Tief beeindruckt sahen die Schwestern sich um. Der große Ballsaal war an die dreißig Meter lang und zwölf Meter breit, die Decke wurde von vergoldeten Säulen gehalten, die Wände waren mit ebenfalls goldfarbenen Lisenen verziert. Dazwischen hingen Bilder mit klassischen Motiven und opulente Spiegel. Unzählige Kerzen brannten in den Lüstern aus geschliffenem Glas. Das Orchester hatte bereits auf einem Balkon Platz genommen und mit dem Stimmen der Instrumente begonnen.

„Nun kommt, meine Lieben“, flüsterte Lady Derryhill den Mädchen zu. „Die Löwinnen warten auf uns.“

Auf einem kleinen Podium saßen drei der Patronessen. Sie sahen wie Königinnen aus und benahmen sich auch so. Sie schienen sich ihrer Macht völlig bewusst zu sein, die sie nicht nur in diesen Räumen ausübten, sondern weit darüber hinaus. Als Lady Derryhill und ihre Gäste in einen tiefen Knicks versanken, waren sie so gnädig, ihnen zum Zeichen des Grußes zuzunicken.

„Teuerste Cassandra“, sagte Lady Jersey mit einem Gesichtsausdruck, der sich deutlich von dem unterschied, den Frederica im Park wahrgenommen hatte. „Wie schön, dich in unseren Hallen begrüßen zu dürfen. Wir gratulieren dir zu deinen Schützlingen. Ganz bezaubernd.“

Ihre Ladyschaft dankte für diese freundlichen Worte, und die kleine Gruppe bewegte sich weiter, um den nächsten Gästen vor dem Podium Platz zu machen. Sie stellten sich an den Rand des Raumes, um den Eingang gut im Blick zu haben. Lady Derryhill wollte die Ankunft ihres Sohnes auf keinen Fall verpassen.

Die ersten Herren traten an Frederica heran, um sich in ihre Tanzkarte einzutragen. Sie war so sehr damit beschäftigt, mit ihnen ein paar höfliche Worte zu wechseln, dass sie zuerst gar nicht bemerkte, dass Penelopes Karte fast leer blieb. *Hoffentlich ändert sich das bald,* dachte sie dann mit bangem Herzen.

„Weißt du, was mir auffällt?“, begann Frederica, um ihre jüngere Schwester und wohl auch sich selbst auf andere Gedanken zu bringen. „Heute Abend tragen alle Herren ihren Frack ohne Ausnahme in Schwarz oder Dunkelblau. Ob das Zufall ist?“

„Keineswegs“, meldete sich ihre Chaperone zu Wort, die über die herrschenden Konventionen natürlich genauestens Bescheid wusste. „Beau Brummell hat alle anderen Farben für derartige Bälle für unakzeptabel erklärt.“

„Folgen denn alle Männer seinem Beispiel?“ Frederica konnte es kaum glauben.

„Für die, die etwas auf sich halten, ist das selbstverständlich. Brummells Worte sind in der Herrenwelt Gesetz. Zudem hat das Halstuch blütenweiß zu sein, die Kniehosen schwarz, die Strümpfe aus Seide, und an den Füßen kommen nur dünne Lederschuhe in Frage.“

„So streng sind die Regeln? Das ist ja ungeheuerlich!“

„Aber nein, meine Liebe, es ist ein Segen! Seit Brummell die Modewelt regiert, befleißigen sich Männer schlichter Eleganz. Und das Odeur, das sie verströmen, ist bei Weitem erfreulicher als in der Zeit davor, glaube mir. Ah, vielen Dank!“

Die letzten Worte waren an einen livrierten Diener gerichtet, der ein Tablett mit Getränken herumreichte. Frederica nippte an ihrem Glas und verzog angewidert das Gesicht. Lady Derryhill lachte amüsiert.

„Die Limonade schmeckt recht dünn, nicht wahr? In diesen hehren Hallen sieht man das als Beweis für Understatement an“, erklärte sie den Mädchen. „Es gibt ausschließlich Getränke ohne Alkohol. Und diese schmecken eher fad und schal.“

„Aber warum denn nur?“, meldete sich erstmals Penelope zu Wort. Ihre Augen hatten in der Zwischenzeit den Saal abgesucht, allein Mr Markfield war in der immer dichter werdenden Gästeschar nirgends zu entdecken.

„Wahrscheinlich will man sich vom Prunk der Bälle in

privaten Häusern ganz bewusst abheben", vermutete Ihre Ladyschaft mit einem Schulterzucken. „Wie ihr euch später vergewissern könnt, ist auch das Supper äußerst karg. Dazwischen gibt es nur trockenen Kuchen und ein Tag altes Brot mit einer so dünnen Butterschicht, dass man sie kaum erkennen kann."

„Wie seltsam!" Penelope verzog das Gesicht. Dann dachte sie an Mr Markfields Vorlieben: „Ein Abend ganz ohne Alkohol? Ist das für die Gentlemen nicht ein recht armseliges Vergnügen?"

„Oh, die wissen sich längst zu helfen. Seht nur dort drüben, die Gruppe um Mr Pingham-Fawles. Ich bin sicher, die Herren haben bereits kräftig dem Alkohol zugesprochen, bevor sie hierherkamen."

Die Musik setzte ein, und wie vereinbart kam der erste Tanzpartner, um Frederica zum Reel zu führen. Bei Almack's waren nur ländliche Tänze erlaubt, obwohl es Gerüchte gab, die besagten, die Patronessen würden in Bälde auch das Tanzen einer Quadrille gestatten.

Natürlich blieb es nicht unbemerkt, dass Penelope für den ersten Tanz keinen Partner gefunden hatte. Sie hatte keine andere Wahl, als an Lady Derryhills Seite zu bleiben und eine Miene aufzusetzen, als würde es ihr nichts ausmachen. Dies alles musste sie unter den mitleidigen oder hämischen Augen ihrer Geschlechtsgenossinnen erdulden, während aus der Ecke, in die sich Mr Pucklechurch mit seinen Bewunderern zurückgezogen hatte, wenig schmeichelhafte Kommentare zu hören waren.

Zu Lady Derryhills und Fredericas Beruhigung fanden sich für die beiden nächsten Tänze zwei junge Männer, die wohl weder von der Gunst noch dem Geld des reichen

Mr Pucklechurch abhängig waren und es daher wagten, Penelope zum Tanz aufzufordern. Diese folgte ihnen zwar aufs Parkett und bemühte sich um ein freundliches Lächeln, ließ dabei jedoch den Eingangsbereich keinen Moment aus den Augen. Wo blieb Mr Markfield?

Auch Lady Derryhill schaute immer wieder verstohlen auf die Uhr. Es war knapp vor elf, in Kürze würden sich die Türen zum Club für alle Spätankömmlinge unwiderruflich schließen. Wo blieb Anthony? Nicht zum ersten Mal schalt sie sich dafür, es verabsäumt zu haben, in ihrem Schreiben auf diese strenge Regel hinzuweisen. Was war, wenn er zu spät kam? Was war, wenn man ihn nicht mehr einließ? Die Männer, mit denen Penelope tanzte, waren allesamt als Heiratskandidaten völlig unpassend. Und alle anderen machten einen Bogen um sie. Es war zum Verzweifeln.

In diesem Augenblick, Penelope war eben wieder an ihre Seite zurückgekehrt, ging ein Raunen durch die Menschenmenge, und die wohlvertraute Gestalt ihres Sohnes erschien im Türrahmen. Das Aufsehen, das er damit erregte, überbot alles, was sie bisher an diesem Abend erlebt hatte. Und da wusste sie, dass ihr Sohn den Zeitpunkt seines Auftritts mit Bedacht gewählt hatte. Noch nie war sie stolzer auf ihn gewesen als in diesem Augenblick.

Kapitel 24

Anthony Farrensby, der vierte Earl of Derryhill, stand am Rande des Ballsaals und tat, als würde er das Aufsehen, das er erregte, nicht im Geringsten wahrnehmen. Dabei hatte er es vorausgesehen, ja sogar damit spekuliert. Seit seiner Großjährigkeit war er nicht mehr in diesen ehrwürdigen Hallen gewesen. Mit Schrecken erinnerte er sich an die Zeit zurück, als man ihm hier sämtliche heiratsfähigen Mädchen vor die Füße geschoben hatte. Damals war er erst achtzehn oder neunzehn Jahre alt gewesen, völlig überfordert von den Gunstbezeugungen, die man ihm entgegenbrachte, von dem Druck, den zielstrebige Mütter auf ihn ausübten, und von den erwartungsvollen Blicken der Mädchen. Mit Mitte zwanzig hatte er beschlossen, nie mehr hierherzukommen, denn es widerte ihn an, aufgrund seines Titels und seines riesigen Vermögens eine begehrte Partie zu sein.

Lord Derryhill machte den Patronessen seine Aufwartung, die ihre Überraschung über sein Kommen hinter huldvollem Lächeln versteckten, und ließ dann einen bewusst gelangweilten Blick über die Menge streifen. Hier hatte sich überhaupt nichts verändert. Die Ausstattung des Ballsaals war exakt dieselbe wie vor mehr als zehn Jahren. Die erwartungsvollen Blicke der Mädchen, die aufblitzende Hoffnung in den Augen der Mütter. Sogar die Limonade, die ein Diener ihm nun anbot, schmeckte genauso fad wie damals. Ah, da war er auch schon, der unselige Pucklechurch mit seinem unheilvollen Gefolge. Und dort drüben stand Mama, der erste Grund seines Hierseins. Seine Mutter bat ihn nur selten um einen Gefallen, und wenn, dann hatte sie wichtige Gründe dafür. Er hatte es noch nie bereut, wenn er ihren Wünschen Folge leistete. Wenn ein Mann schon das große Glück hatte, eine Mutter zu haben, die ihn sein Leben leben ließ, wie er es für richtig hielt, dann war es auch seine Pflicht, ihr einen Gefallen zu tun, wenn sie ihn darum bat. Und neben ihr war auch schon der zweite Grund seines Hierseins: die schöne Lady Penelope Barnett. Mit ihren dichten, blonden Locken, dem herzförmigen Gesicht und strahlenden Lächeln, mit dem sie soeben zu seiner Mutter aufblickte, war sie in der Tat eine Augenweide. Das elfenbeinfarbene Debütantinnenkleid unterstrich ihre Grazie. Warum tanzte sie nicht?

Ein ländlicher Reigen war eben im Gange, alle jungen Leute schienen auf der Tanzfläche zu sein. Hatte das Wort eines Mr Pucklechurch tatsächlich so viel Gewicht, dass er Penelope, immerhin Schützling einer Lady Derryhill, zur Außenseiterin stempeln konnte? Er hatte es nicht glauben wollen, als Mama etwas Derartiges behauptete, aber jetzt sah er es mit eigenen Augen. Wo war eigentlich Frederica, der dritte Grund seines Hierseins?

Er beschloss, sich zu den beiden Damen zu begeben, um Mama zu begrüßen und Penelope näher in Augenschein zu nehmen. War sie vielleicht die geeignete Frau für ihn? Jenes Wesen, das ihn so bezauberte, dass er ihm mit Freuden sein Herz und die Krone einer Countess of

Derryhill zu Füßen legen wollte? Auch wenn er es niemals laut zugegeben hätte, er hatte das Junggesellenleben schon lange satt. Er hatte Lust auf Zweisamkeit. Die Aussicht auf eine Heirat schien ihm immer verlockender. Und zwar um seiner selbst willen und nicht nur, um die Hoffnungen von Marcus und dem schrecklichen Weib zunichte zu machen.

„Hast du gesehen? Derryhill ist hier", hörte er eine flüsternde Stimme hinter seinem Rücken.

„Derryhill? Meinst du etwa den Earl persönlich? Du beliebst zu scherzen! Er beehrt doch nie ... oh, er ist es tatsächlich."

Hätte ihn ein derartiges Aufsehen in jüngeren Jahren aus der Fassung gebracht, so fand er es an diesem Abend recht amüsant. Manche starrten ihn an, als sei er geradewegs aus dem Weltall in diesen Ballsaal geschneit.

Nach außen hin tat Derryhill jedoch, als würde er all das nicht bemerken. Er schlenderte zu seiner Mutter hinüber, die ihm liebevoll entgegengelächelt hatte und begrüßte sie mit angemessener Grandezza. Dann wandte er sich an Penelope, die in einen anmutigen Knicks versank. Er hielt ihre Hand etwas länger fest als nötig. Ja, das Mädchen war eine Schönheit, daran bestand kein Zweifel. Er freute sich schon darauf, sie an diesem Abend besser kennenzulernen. Er wollte ihr eben ein Kompliment machen, als ihm eine ganz andere Frage herausrutschte: „Ist Frederica nicht mit euch gekommen?"

„Natürlich ist sie hier", beeilte sich Penelope zu versichern, „Freddy tanzt. Sehen Sie nur, dort drüben, mit dem großen, gut aussehenden Gentleman ..."

Der Earl folgte ihrem Blick. Frederica hatte ihnen den

Rücken zugedreht, dafür erkannte er ihren Tanzpartner sofort. Kein Wunder, schließlich handelte es sich bei ihm um einen seiner besten Freunde.

„Das ist ja Andrew McAlister! Wie schön, dass er heute anwesend ist. Frederica kann sich glücklich schätzen, Andrew ist ein brillanter Tänzer."

Und er hat das Talent, immer die interessantesten Frauen in einem Saal ausfindig zu machen, ergänzte er in Gedanken, während er sich darüber wunderte, wie fröhlich er mit einem Mal war.

„Ich werde die beiden nach diesem Tanz begrüßen. Ach, und dort sehe ich auch Maria mit Wellbrooks."

Lord McAlister und Maria hatten vor zwei Jahren geheiratet und galten als eines der glücklichsten Paare der Hauptstadt. Frederica wandte ihnen immer noch den Rücken zu. *Seltsam, dass sie tanzt und ihre schöne Schwester nicht,* fuhr es ihm durch den Kopf. Er hatte eher angenommen, es würde umgekehrt sein. Dass die hübsche Schwester tanzen würde, während sich die andere mit den roten Pusteln im Gesicht am Rand des Raumes bei ihrer Anstandsdame langweilen musste. Die Gesellschaft konnte unbarmherzig sein, wenn es um äußere Makel ging. Sie war oberflächlich und verletzend. Er hatte vorgehabt, Frederica vor dieser Ausgrenzung zu retten. Mit einem kleinen Stich im Herzen spürte er die Enttäuschung, dass das offensichtlich nicht nötig war. Dabei sollte er sich doch darüber freuen! Denn er mochte Frederica. Freddy hatte ihre Schwester sie genannt. Was für ein seltsamer Kosename für ein Mädchen, und doch passte er irgendwie zu ihr – zu ihrer fröhlichen, kameradschaftlichen Art und ihrem offenen Lächeln.

Die Musik war zu Ende, McAlister reichte seiner Tanzpartnerin den Arm, um sie zu ihrer Anstandsdame zurückzuführen. Derryhill machte einen Schritt auf sie zu, bereit, die beiden herzlich zu begrüßen, und hielt irritiert inne. Wer war diese hochgewachsene, grazile junge Frau, die einer griechischen Göttin gleich am Arm seines Freundes näher kam? War das wirklich und wahrhaftig Frederica? Das Mädchen, mit dem er bereits zwei amüsante Abende am Schachbrett verbracht hatte? Wieso hatte sie denn plötzlich ein makelloses Gesicht? Warum stockte ihm auf einmal sein Atem? Aber warum verschwand ihr Lächeln schlagartig, als sie ihn erblickte?

Er reichte Frederica die Hand zum Gruß, und sie versank in einen Knicks. Als sie hochkam, war sie so ernst wie vorher. Der Earl beschloss, sich nicht irritieren zu lassen. Er war hier, um eine Mission zu erfüllen, und nicht, um sich über etwas den Kopf zu zerbrechen, was er sich wahrscheinlich nur selbst einredete. Also wechselte er ein paar gut gelaunte Worte mit seinem alten Freund. Als die Musik erklang und dieser sich auf die Suche nach seiner Gemahlin machte und Mr Linham Frederica den Arm reichte, verbeugte er sich vor Penelope und bat um den nächsten Tanz.

Für kurz verstummten die lebhaften Gespräche im Raum. Alle Augen folgten dem Paar. Der Earl of Derryhill tanzte mit einer Debütantin! Sie konnten sich nicht erinnern, so etwas schon einmal gesehen zu haben. Was hatte das zu bedeuten? Noch dazu mit *dem Landei*! Wenn er die junge Frau für eine solche Ehre auserkoren hatte, dann konnte man sie keinesfalls länger schneiden. Lady Derryhill lächelte zufrieden.

Als der Tanz zu Ende war, traf man sich wieder, und Derryhill verbeugte sich diesmal vor Frederica. Doch diese erteilte ihm höflich, aber bestimmt und ohne jedes Lächeln eine Abfuhr. „Meine Tanzkarte ist voll, ich bedaure, Eure Lordschaft!"

Das war dem jungen Mann, der eben zu ihrer Gruppe getreten war, um sie abzuholen, auf das Höchste unangenehm. „Ich stehe gern zurück, Lady Frederica, wenn Seine Lordschaft ..."

Frederica lachte auf, aber es klang sogar in ihren eigenen Ohren gekünstelt: „Sie müssen mich schon für eine bedauernswerte Kreatur halten, Mr Bothword, wenn Sie mir den Wankelmut zutrauen, ein Versprechen, das ich Ihnen gegeben habe, zu brechen. Ich freue mich ganz besonders auf diese ländliche Tanzfolge mit Ihnen."

Dabei lächelte so ihn so freudestrahlend an, dass der junge Mann errötete. Dennoch fühlte er sich verpflichtet, sich noch einmal an den Earl zu wenden. Zu groß war sein Respekt vor dessen hohem Rang. „Sie gestatten doch, Mylord?"

Derryhill brummte Unverständliches und zeigte mit einer weit ausholenden Geste, dass er nichts dagegen hatte. Was wäre ihm auch anderes übrig geblieben? Das triumphierende Lächeln, das ihm Frederica nun zuwarf, konnte er sich nicht erklären. Es verwirrte ihn. Ja, und um ehrlich zu sein, es ärgerte ihn auch. Zumindest ein wenig. Er setzte den Tanz aus, unterhielt sich mit seinen Freunden McAlister und dem Herzog von Wellbrooks, tanzte die nächste Polka abermals mit Penelope, verabschiedete sich von seiner Mutter und verließ den Club.

Die Tatsache, dass der Earl of Derryhill einen Abend bei Almack's offensichtlich allein aus dem Grund besucht hatte, um mit der schönen Lady Penelope Barnett zwei Mal zu tanzen, gab zu wilden Spekulationen Anlass. Konnte das etwas anderes bedeuten, als dass der ewige Junggeselle sich nun doch endlich für eine junge Frau entschieden hatte? Einer der reichsten Männer des Königreichs war so gut wie auf dem Weg zum Altar. Frederica hatte denselben Schluss aus Lord Derryhills Verhalten gezogen. Außerdem war er gegangen, ohne sich von ihr zu verabschieden. Ihre Laune sank ins Bodenlose.

Die Nachricht von der offensichtlich bevorstehenden Verlobung verbreitete sich in der Stadt wie ein Lauffeuer und drang binnen weniger Stunden am Vormittag des nächsten Tages auch an die Ohren von Mr Henry Bernard Markfield. Dieser erkannte, dass er mit seinen Plänen nicht mehr länger warten durfte. Also mietete er eine geschlossene Kutsche, schickte seinen Diener mit einer kurzen Nachricht zu seiner Tante und machte sich dann auf den Weg.

Kapitel 25

Am nächsten Morgen überraschte der Earl of Derryhill seine Dienerschaft damit, dass er zu ungewohnt früher Stunde nach seinem Phaeton verlangte. Er beabsichtigte, seiner Mama einen Vormittagsbesuch abzustatten, um sich nach ihren Eindrücken vom gestrigen Ball zu erkundigen. Sie hatte ihn um Hilfe gebeten, nun war es an ihm, sich zu vergewissern, dass alles zu ihrer Zufriedenheit verlaufen war. Das war zumindest der Grund, den er sich einredete.

Das Wetter hatte aufgeklart. Die Sonne schien bereits am Vormittag wärmend vom Himmel, es versprach, ein angenehmer Tag zu werden. Zumindest, was das Wetter betraf.

Da seine Mutter ihm erzählt hatte, dass in letzter Zeit nur wenige Vormittagsbesucher vorsprachen, hatte er gehofft, die drei Damen allein anzutreffen. Doch er hatte seine eigene Wirkung auf die Gesellschaft außer Acht gelassen. Jetzt, da der Earl of Derryhill der jüngeren Miss Barnett so offensichtlich die Gunst erwiesen hatte, hielt es halb London für angebracht, zu einem Anstandsbesuch in die Brook Street zu kommen. Als er daher gegen elf Uhr vor dem Stadtpalais seiner Mutter eintraf, sah er, wie drei junge Stutzer das Haus bereits wieder verließen.

Sieh an, dachte er höchst amüsiert, *da haben wir samt und sonders Anhänger des lieben Mr Pucklechurch*. Anscheinend waren die Herren erpicht darauf, die Schmähungen der letzten Tag vergessen zu machen. Ob Pucklechurch darüber Bescheid wusste? Wie sehr würde das seine Eitelkeit verletzen! Grinsend sprang Derryhill vom Kutschbock, übergab die Zügel einem Diener, der herbeigeeilt war, und begab sich ins Haus.

Er fand die drei Damen wie erwartet im Blauen Salon vor, doch sie waren nicht allein. Lady Linham war zugegen und leider auch Charles, ihr langweiliger Sohn. Der Mann, der ihm durch seine weitschweifigen Erzählungen über die Erkenntnisse der modernen Medizin bereits während des Studiums in Cambridge ordentlich auf die Nerven gegangen war. Im Augenblick war er offensichtlich dabei, die Barnett-Schwestern über das Fieber zu befragen, das ihren Papa dahingerafft hatte. Der gute Charles – er war immer schon ein Ausbund an Langeweile gewesen, jetzt war er offensichtlich auch noch ein Ausbund an Pietätlosigkeit.

Offensichtlich war nicht nur Derryhill dieser Ansicht, denn es schien ein allgemeines Aufatmen zu geben, als er über die Schwelle trat. Das Lächeln, das ihm Frederica dabei schenkte, freute ihn ganz besonders. Er wertete es als verheißungsvollen Anfang eines aufregenden Tages. In diesem Augenblick konnte er noch nicht wissen, wie aufregend der Tag tatsächlich verlaufen würde. So war er einfach nur glücklich darüber, dass der kalte Glanz aus Fredericas Augen verschwunden war. Sie schien wieder gut gelaunt zu sein. Außerdem war sie heute unglaublich hübsch. Das hellblaue Tageskleid verlieh ihrem Gesicht einen rosig frischen Teint. Lord Derryhill musste über sich selbst lachen. Rosig frischer Teint? Also wirklich! Er schwärmte schon wie ein junger Bursche. Um sich nichts anmerken zu lassen, begrüßte er schnell alle Anwesenden und erntete dabei die lächelnden Gesichter, die er erwartet hatte. Nur Lord Linhams Lippen blieben verkniffen, aber das war nicht überraschend. Sicher sah er in ihm einen Rivalen um die Gunst der schönen Schwestern. Und das tat der gute Charles, wie Derryhill sich zu seiner eigenen Verwunderung eingestehen musste, durchaus zu Recht.

Er sah zu Frederica hinüber, die ihn nun wieder mit jenem ernsten, ja abweisenden Blick betrachtete, den sie bereits am Vorabend auf dem Ball für ihn reserviert hatte. Fast war er geneigt zu befürchten, das strahlende Lächeln, das sie ihm bei seinem Eintritt geschenkt hatte, wäre nur seiner Fantasie entsprungen. Er beschloss, die Situation aufzulockern, indem er sich neben sie auf das gestreifte Sofa setzte. Dass sie ein Stück wegrückte, irritierte und ärgerte ihn gleichermaßen.

„Nun, Frederica, wie hat dir dein erster Ball bei Almack's gefallen?", erkundigte er sich im höflichen Plauderton, während er Linham dabei beobachtete, wie er die Konversation mit Penelope wieder aufnahm. Diese schilderte ihm geduldig jedes noch so kleine Symptom der Krankheit ihres Vaters. Lady Linham verwickelte die Gastgeberin in ein Gespräch über den bevorstehenden Ball bei Lady Jersey, und doch hatte Derryhill das Gefühl, seine Mutter würde ihn nicht aus den Augen lassen und ihre Ohren seien bis aufs Äußerste gespitzt.

„Es war sehr nett, vielen Dank!" Frederica saß kerzengerade auf dem Sofa und blickte unbeteiligt geradeaus. Er hätte sie gern gefragt, womit er ihre Abwehr verdient hatte, musste sich aber in Anwesenheit der Gäste mit knapper Konversation begnügen. Daher sagte er das Erstbeste, das ihm einfiel: „Die Verköstigung muss dir ungewöhnlich spartanisch erschienen sein."

Ihr Gesicht blieb ernst: „Wie meinen Sie das, Mylord?"

Er lachte irritiert auf: „Trockener Kuchen, altes Brot mit einem Hauch Butter, das ist doch eine sehr ungewöhnliche Verköstigung für verwöhnte Gaumen, oder etwa nicht?"

Sie zog eine Augenbraue hoch und schwieg einige Sekunden. „Brot ist wenigstens ehrlich", sagte sie schließlich.

Er dachte, er hätte sich verhört. „Wie bitte?"

„Brot gibt nicht vor, etwas anderes zu sein. Es ist, was es ist. Hat man es einmal kennengelernt, so weiß man, was einen erwartet, und man kann sich darauf verlassen, dass man nicht enttäuscht wird."

Jetzt zog er eine Augenbraue hoch. Wovon redete sie denn da, um Himmels willen?

„Das ist eine reichlich ungewöhnliche Sicht auf die Dinge, Frederica", bemerkte er.

„Es wundert mich nicht, dass du so denkst, Mylord." Sie schaute immer noch geradeaus und würdigte ihn keines Blickes.

Dafür starrte er sie umso intensiver an: „Wie bitte? Ich würde es bevorzugen, wenn du dich etwas klarer ausdrücken könntest. Es fällt mir schwer, dir zu folgen."

Er hatte so laut gesprochen, dass die anderen ihre Gespräche unterbrochen hatten und neugierig zu ihnen hinübersahen.

Frederica wechselte das Thema: „Hast du die gelben und weißen Rosen im kleinen Garten hinter dem Haus schon entdeckt, Mylord? Sie sind gestern erst aufgeblüht. Ich liebe weiße Rosen. Sie sind so fröhlich und unbeschwert, nicht wahr?"

Jetzt lächelte sie ihn an, aber es war kein angenehmes Lächeln, denn es erreichte ihre Augen nicht.

Das hielt er nicht länger aus! Er musste wissen, was in sie gefahren war. Also stand er auf und reichte ihr die Rechte, die sie im ersten Reflex ergriff. Als ihr bewusst wurde, was sie getan hatte, wollte sie ihm die Hand wieder entziehen, doch er ließ sie nicht los.

„Du entschuldigst uns bitte für einen Augenblick, Mama, Frederica möchte mir den Garten zeigen. Wie du weißt, liebe auch ich weiße Rosen."

„Oh, Rosen? Wie schön." Lady Linham machte Anstalten, sich ebenfalls zu erheben. „Ich werde Sie begleiten, Lord Derryhill …"

Die Gastgeberin hielt sie zurück. „Die Blumen kann ich Ihnen gerne später zeigen, meine Liebe. Ich brenne darauf zu erfahren, welches Kleid Sie bei dem Ball zu tragen beabsichtigen. Wieder etwas im klassischen Stil?"

Selten hatte Lord Derryhill seine Mutter so sehr geliebt wie in diesem Augenblick.

Sie verließen den Raum, und Seine Lordschaft vergewisserte sich, dass er die Tür fest geschlossen hatte. Das Letzte, was er jetzt brauchen konnte, waren neugierige Ohren. In der Vorhalle blieb er stehen und fasste die junge Frau neben sich mit beiden Händen an den Oberarmen: „Was ist bloß mit dir los, Frederica? Wir haben uns doch bei unseren Schachabenden so gut verstanden. Auch wenn unser Üben wenig genützt hat und ich nur Siebter geworden bin. Womit habe ich deine Kälte verdient?"

„Kälte?", erwidert sie spöttisch lachend. „Kälte ist das richtige Stichwort. Du hast recht, ich werde meinen Umhang holen, bevor wir hinausgehen. Es hat keinen Sinn, die Gesundheit aufs Spiel zu setzen."

Sein Griff wurde fester: „Frederica!"

„Und wenn du meine Arme zerquetschst, Lord Derryhill, ich werde nichts sagen, worauf du nicht von selbst kommen musst."

Sie hatte so viel Betonung auf seinen Namen gelegt, dass ihm endlich klar wurde, was ihre Verstimmung ausgelöst hatte.

„Ach, das ist es also! Ich dachte, du hättest es längst erraten gehabt. Ja, ich bin Anthony Farrensby und damit der Earl of Derryhill. Ja, ich habe es dir anfangs verschwiegen, aber jetzt kennst du ja offensichtlich die Wahrheit."

Sie lachte spöttisch auf „Anfangs?"

„Und wie war das mit dir, Lady Winford?", fragte er nicht weniger ironisch. Genüsslich betonte er die letzten beiden Worte. „Wer hat denn damit angefangen, sich für jemanden auszugeben, der er nicht ist? Das warst doch offensichtlich du, Mylady."

Frederica schnaubte empört. „Du weißt genau, warum ich das tat. Es geschah mit Mamas Erlaubnis, um Penelope ein Debüt zu ermöglichen, das ..."

Er fiel ihr ins Wort: „Ich weiß, ich weiß – was für ein heroischer Plan! Du kannst nur zu froh sein, dass ich rechtzeitig eingegriffen habe. Ihr hättet euch vor der gesamten Londoner Gesellschaft auf immer und ewig der Lächerlichkeit preisgegeben. Inzwischen hast du ja miterlebt, wie bösartig die Menschen sein können. Wenn es ihrer Empörung oder der Belustigung dient, dann stellen sie andere ohne Skrupel ins Abseits."

Sie wusste, dass er recht hatte, verspürte aber nicht die geringste Lust, dies auch zuzugeben.

„Das ist nicht unser Thema, Mylord. Wir sprachen darüber, dass du mein Vertrauen missbraucht hast, und ..."

Darüber wiederum wollte er lieber nicht sprechen. „Sobald euer Schwindel aufgeflogen wäre", setzte er fort, „hätte euch die noble Gesellschaft die Türen vor der Nase zugeworfen. Nicht einmal ich hätte die Macht gehabt, etwas dagegen zu unternehmen!"

„Nicht einmal du?", wiederholte sie und nahm wieder zu Spott Zuflucht. „Nicht einmal der mächtige Earl of Derryhill, dem die Gesellschaft doch sonst ohne zu zögern aus der Hand frisst?"

Er stutzte. So hatte noch nie jemand mit ihm gesprochen, und es gefiel ihm ganz und gar nicht.

„Was erdreisten Sie sich, Madam? Was gibt dir die Erlaubnis, so über mich herzufallen?", fuhr er sie an. „Nach allem, was ich für dich getan habe?"

„Für mich? Was hast du denn für mich ...?" Weiter kam Frederica nicht.

„Wer hat dir denn ein glanzvolles Debüt ermöglicht? Wer hat dich denn davon befreit, als unscheinbare Witwe Winford die Bälle an der Seite anderer unscheinbarer Anstandsdamen miterleben zu müssen? Wer hat dich denn aus der Henrietta Street, aus der Henrietta Street!", seinem Tonfall nach zu urteilen, konnte er es selbst kaum fassen, um was für eine degoutante Gegend es sich handelte, „hierher nach Mayfair geholt?"

„Das warst du, Mylord, und dafür sind wir dir auch

höchst dankbar." Sie merkte selbst, dass die letzten Worte eher pflichtbewusst als aufrichtig klangen. Natürlich war sie ihm dankbar, aber sie war auch zu aufgebracht, um ihm das jetzt so uneingeschränkt zuzugestehen.

„Dazu hast du auch allen Grund!" Natürlich hatte er bemerkt, dass ihr Dank nicht von Herzen gekommen war. Jetzt redete er sich wirklich in Rage. „Ohne mich wärst du ein Nichts und würdest immer und ewig ein Nichts bleiben. Und deine Schwester könnte als Mr Pucklechurchs *Landei* all ihre hochfliegenden Hoffnungen auf einen reichen Ehemann ein für alle Mal begraben."

„Du weißt genau, dass das nicht ihre eigenen hochfliegenden Pläne sind. Es ist ein Auftrag unserer Mutter, um Lancroft Abbey zu retten."

Er tat diese Bemerkung mit einer ungeduldigen Handbewegung ab. „Es ist doch völlig egal, wer oder was hinter eurer Gier steckt! Tatsache ist, dass ein Gentleman mit Vermögen in die Falle gelockt werden soll, um für die Schulden eines anderen zu büßen. Was machst du denn da?"

Frederica hatte am Klingelstrang gezogen.

„Ach, Bowles", sagte sie mit so viel Würde, wie sie aufbringen konnte, zum Butler, der in die Vorhalle gekommen war und nun irritiert von ihr zum Sohn der Hausherrin und wieder zurückschaute: „Seine Lordschaft möchte aufbrechen."

Sie knickste und schritt dann ohne ein weiteres Wort die Treppe hinauf. Dabei hätte sie es vorgezogen, mit geschürzten Röcken hinaufzulaufen, um schnell in ihr Zimmer zu gelangen, bevor sie in Tränen ausbrach. Diesen Triumph wollte sie ihm nicht gönnen.

Seine Lordschaft starrte ihr zuerst nach, bevor er dann

den Butler anschaute, der seinen Umhang bereithielt. Er wusste nicht, ob er wütend oder eher belustigt sein sollte. Hatte ihn diese junge Dame tatsächlich hinausgeworfen? Ihn, den Earl of Derryhill, aus dem Haus seiner eigenen Mutter?

Kapitel 26

Kaum auf ihrem Zimmer angelangt, ließ Frederica die Tür mit einem lauten Krachen ins Schloss fallen, warf sich aufs Bett und ließ ihren Tränen freien Lauf. Sie hatte Sehnsucht nach zu Hause. Wobei sie sich eingestehen musste, dass das Zuhause, das sie meinte, nicht Lancroft Abbey war. Sie sehnte sich nach einem verständnisvollen Menschen, Armen, die sie liebevoll umschlangen, einer Stimme, die ihr versicherte, dass sie ihre Sache richtig machte und alles zu einem guten Ende führen würde.

Auf Lancroft Abbey gab es diese liebevollen Arme nicht. Es hatte sie nie gegeben. Papa war mit seinen Plänen für Ausgrabungen beschäftigt gewesen oder damit, seinem Neffen Briefe zu schreiben. Wenn es etwas gab, das er liebevoll in Händen gehalten hatte, dann waren es seine Bücher gewesen. Mama war mit ihren vielfältigen Pflichten zu sehr beschäftigt, um auch noch Zeit für liebevolle Gesten zu haben. Und ihre Geschwister? Die verließen sich auf sie. Sie war die Älteste, ihre vernünftige, große Schwester, der Fels in der Brandung. Sie wären mit einer weinenden Frederica wohl völlig überfordert gewesen. Penelope war die Einzige, mit der sie offen reden konnte. Bisher war das zumindest immer der Fall gewesen. Aber seit Mr Markfield in ihr Leben getreten war, hatte sie nur noch ihn im Sinn. Frederica musste schluchzen, denn jetzt gesellte sich zur Traurigkeit, Einsamkeit und völligen Überforderung auch noch eine große Portion Selbstmitleid. Sie war nicht nur allein, sondern es gab auch niemanden, der sie aufrichtig mochte.

Energisch rief sie sich zur Ordnung, stand auf und suchte nach einem Taschentuch. *Weinen bringt mich auch nicht weiter*, ermahnte sie sich, bevor sie sich ausgiebig schnäuzte. Sie beschloss, sich einige Minuten in Ruhe auf ihr Bett zu legen und darüber nachzudenken, was sie als Nächstes unternehmen sollte, wie es sich für eine Frau von Verstand geziemte. Agatha würde das wahrscheinlich ebenso machen. Also legte sie sich nieder, schob sich ein Kissen unter den Kopf, stellte die Beine auf und dachte nach.

Der Ball bei Almack's war für sie erfreulich verlaufen. Sie hatte mit vielen jungen Männern von Stand getanzt. Leider war niemand dabei gewesen, der sie auch nur im Geringsten interessierte. Ihr fiel ein, dass da ein strammer Offizier gewesen war, der ihre Schönheit gepriesen und ihr ganz unverblümt den Hof gemacht hatte. Aber sie konnte sich nicht einmal mehr an seinen Namen erinnern. Und sie hatte den Viscount of Westerleigh kennengelernt, neben dem unseligen Mr Pucklechurch und Mr Pingham-Fawles der dritte Gentleman auf Mutters Liste. Sie hatten nicht nur eine ländliche Tanzfolge zusammen absolviert, nein, er war auch so freundlich gewesen, ihr ein Glas von dieser scheußlichen Limonade zu besorgen. Sie hatten am Rande der Tanzfläche Platz genommen, und er hatte die ganze Zeit von seiner verstorbenen Frau gesprochen, der keine lebende je gleichkommen konnte. Er hatte sie gefragt, wie gut sie sich mit der Aufzucht und Erziehung von Kindern auskenne und sie von oben bis unten gemustert, als wäre sie ein Stück Vieh auf dem Markt. Frederica setzte sich mit einem Ruck auf, als ihr bewusst wurde, was dieses Verhalten bedeuten mochte. Der Viscount hatte sie offensichtlich in die engere Wahl genommen, die neue Viscountess zu werden. Und sie hatte es nicht einmal bemerkt! Sie war viel zu sehr damit beschäftigt gewesen, mitanzusehen, wie der Earl of Derryhill ihrer Schwester schöne Augen machte und sie bereits zum zweiten Mal an diesem Abend zum Tanz führte. Noch dazu bei Almack's! Kein Wunder, dass die Leute tuschelten und darüber spekulierten, wann die Verlobung in der Gazette bekannt gegeben würde. Wie dumm sie doch gewesen war! Sie sank in ihre Kissen zurück. Das wäre die Gelegenheit gewesen, sich Viscount Westerleigh von ihrer besten Seite zu zeigen. Er schien kein unangenehmer Mensch zu sein, und die Tatsache, wie wichtig ihm seine Kinder waren, sprach ebenfalls für ihn. Mochte Derryhill noch so sehr um Penelope herumscharwenzeln, sie kannte ihre Schwester. Die würde man nur unter Androhung roher Gewalt überreden können, Mr Markfield stehen zu lassen und stattdessen den Antrag des Earls anzunehmen. Nicht dass Mutter nicht in der Lage wäre, diese Gewalt auch tatsächlich anzudrohen. Frederica seufzte. Sie hätte es in der Hand gehabt, eine Lösung zu finden, die alle glücklich und zufrieden gemacht hätte. Sie hätte bloß die Avancen des Viscounts erwidern müssen. Dann würde sie in Kürze die Viscountess of Westerleigh sein, Penelope hätte Mr Markfield heiraten können und Lancroft Abbey wäre dennoch gerettet gewesen! Und was hatte sie stattdessen getan? Sie hatte Lady Derryhill gebeten, Westerleigh mit Elizabeth bekanntzumachen. Als sie anschließend beobachtete, wie der Viscount ihre Freundin zum Tanz führte, da hätte sie vor Freude am liebsten in die Hände geklatscht. Elizabeth schwärmte doch schon lange von Westerleigh, und sie, Frederica, hatte geholfen, dass er ihr nun tatsächlich vorgestellt wurde. Wie grandios ihr diese Idee erschienen war! Jetzt hätte sie sich dafür ohrfeigen können. Warum nur hatte sie nicht stattdessen selbst die Chance ergriffen, als sie sich ihr geboten hatte?

Weil ich gar nicht daran gedacht habe, einen Mann für mich zu suchen, verteidigte sie sich im Stillen. Es ging doch immer nur um Penelope! Für ihre Schwester sollte sie einen Mann finden, so lautete Mamas Auftrag. Da konnte man sich selbst schon leicht vergessen.

Frederica seufzte. Wahrscheinlich machte sie sich zu viele Sorgen. Der Earl of Derryhill sah gut aus, und er war äußerst charmant, wenn er wollte. Es würde ihm schon gelingen, ihre Schwester für sich zu gewinnen. Allein wie er Penelope heute angesehen hatte, als er so auf dem Sofa Platz nahm, dass er sie stets im Blick hatte. Mit einem solch liebevollen Blick hatte er sie noch nie bedacht. Mit ihr hatte er aber auch nicht zwei Mal getanzt, nein, sondern kein einziges Mal. Dass sie ihn abgewiesen hatte, hätte für einen Mann von seinem Format kein Hindernis sein dürfen. Er hätte doch sein Glück ruhig noch einmal versuchen können! Hätte er Interesse an ihr, Frederica, gehabt, dann hätte er sicher nicht so schnell aufgegeben. Aber er hatte nun einmal kein Interesse an ihr. Er hatte sie nur gebraucht, um sich auf das vermaledeite Schachturnier vorzubereiten. Dafür war sie gut genug gewesen ebenso wie als

Zielscheibe für jede Menge spöttischer Bemerkungen und oberlehrerhaftem Tadel.

So kreisten Fredericas Gedanken noch eine Weile um den Earl of Derryhill, bis sie erschöpft einschlief.

Kapitel 27

Frederica erwachte, als die Uhr im der großen Vorhalle laut und vernehmlich vier Uhr schlug, und rieb sich verwirrt die Augen. Die Sonne schien zum Fenster herein. Das war ungewöhnlich für vier Uhr am Morgen und konnte nur eines bedeuten: Es war Nachmittag! Es war vier Uhr am Nachmittag, und sie hatte geschlafen! Die unangenehme Unterredung mit dem Earl fiel ihr wieder ein, und die Tatsache, dass sie sich auf ihr Zimmer geflüchtet hatte.

Hatte sie tatsächlich das Mittagessen und den halben Nachmittag verschlafen? Warum fühlte sie sich dann immer noch müde und wie erschlagen?

Sie setzte sich auf und stöhnte. Als Erstes brauchte sie einen Krug mit kaltem Wasser, um sich zu erfrischen. Sie zog am Klingelstrang neben dem Nachttisch, ließ die Beine aus dem Bett baumeln und wartete darauf, dass die Lebensgeister wieder erwachten.

Dabei fiel ihr Blick durch Zufall aus dem Fenster. Eine geschlossene Kutsche stand auf der gegenüberliegenden Seite der Straße. Ein Mann im Kutschiermantel mit einem hohen Hut auf den blonden Locken war soeben dabei, einer jungen Frau ins Innere zu helfen. Das Gesicht des Mannes konnte sie nicht erkennen, aber dafür kannte sie den himmelblauen Umhang seiner Begleiterin umso besser. Das war ohne Zweifel Penelope!

Mit einem Satz war sie auf den Beinen. Was ging hier vor? Welcher Mann holte ihre Schwester zu einer Spazierfahrt ab und noch dazu in einer geschlossenen Kutsche? Warum hatte man ihr nicht Bescheid gegeben?

Frederica trat ans Fenster heran, um es hochzuschieben. Sie musste Penelope unbedingt zurufen, auf sie zu warten, bevor die Kutsche losfuhr. Doch das Fenster klemmte. Mit aller Kraft versuchte sie, es nach oben zu drücken. Als sie es endlich geschaffte hatte, musste sie hilflos mitansehen, wie das Gefährt bereits die Brook Street entlangfuhr. Und sie bemerkte noch etwas anderes: Am Straßenrand stand ein Gentleman, der der Kutsche nachblickte. Er hatte ein Spazierstöckchen in der Hand, das er kunstvoll kreisen ließ. Aus dem Gebüsch vor dem gegenüberliegenden Vorgarten kam ein Hund geschossen und bellte. Es war ohne Zweifel ein Cavalier King Charles Spaniel. Frederica erkannte es mit gerunzelter Stirn: Es war niemand anderer als Mr Pucklechurch, der diese ungewöhnliche Abfahrt ebenfalls beobachtet hatte. Oh Gott, warum ausgerechnet er?

Rosie betrat das Zimmer, um nach Fredericas Wünschen zu fragen.

„Weißt du, wer Lady Penelope abgeholt hat? Wohin fährt sie denn?"

„Es war Mr Markfield." Die Wangen der jungen Dienerin erröteten. „Er hat sie zu einer Spazierfahrt eingeladen. Ist das nicht romantisch, Lady Frederica?"

Zwei Seelen kämpften in Fredericas Brust. Ja, natürlich war es romantisch. Höchst romantisch sogar. Wie hätte sie die allmählich aufblühende Liebe zwischen ihrer Schwester und einem gut aussehenden, jungen Mann nicht romantisch finden können? Andererseits war sie die Ältere, und sie hatte hier in London einen Auftrag zu erfüllen.

„Hat Lady Derryhill diese Ausfahrt gutgeheißen, Rosie?"

Das Mädchen errötete noch um einiges stärker: „Ich nehme nicht an, dass Mylady davon weiß, Lady Frederica. Sie hat das Haus kurz nach dem Mittagessen verlassen."

„Dann ist Penelope also ohne Erlaubnis losgefahren? Wie seltsam …", bemerkte Frederica, während sie darüber nachdachte, ob es einen Grund zur Sorge geben könnte. „Warum habt ihr mich denn nicht geweckt?"

„Sie haben so tief und fest geschlafen, Mylady, und Lady Penelope wollte sie nicht aufwecken. Außerdem schien es Mr Markfield eilig zu haben."

„Eilig zu haben?", wiederholte Frederica. „Wie meinst du denn das? Warum sollte er es zu einer Spazierfahrt eilig haben? Außerdem ist die mondäne Zeit für Ausfahrten im Hyde Park doch erst der späte Nachmittag."

Das Mädchen druckste herum. „Ich glaube nicht, dass der Hyde Park das Ziel der Fahrt ist, Mylady. Mr Markfield sagte etwas von Norden."

„Von Norden?" Frederica überlegte. Mr Markfield hatte damals im Salon von Lady Daglingworth, als Penelope seine Hände verarztete, erwähnt, im Norden Londons zu wohnen. „Hat er meine Schwester etwa zu sich nach Hause genommen? Will er sie vielleicht seinen Eltern vorstellen?"

„Ich weiß es nicht, Mylady."

Jetzt fand Frederica die Ausfahrt ihrer Schwester mit

einem Mal gar nicht mehr romantisch, sondern vielmehr höchst ungewöhnlich. Außerdem geziemte sich die Art und Weise nicht, und weil ihre Schwester nicht da war, um ihre Schelte entgegenzunehmen, musste Rosie daran glauben: „Warum bist du nicht an ihrer Seite? Wie konntest du es zulassen, dass sie allein zu einem Mann in die Kutsche stieg? Du kanntest doch noch nicht einmal ihr Ziel. Rosie, was hast du dir nur dabei gedacht?"

Wenn die junge Dienerin ehrlich war, dann hatte sie sich gar nichts dabei gedacht. Sie hatte nur den starken Wunsch verspürt, dass Lady Penelope glücklich war.

„Nun gut, jetzt können wir ohnehin nichts mehr dagegen unternehmen. Bringst du mir bitte einen Krug Wasser, damit ich mich frisch machen kann? Halt, warte, was ist das? Ist da jemand an der Tür?"

Sie hatte sich nicht verhört, denn in diesem Augenblick wurde der Türklopfer ein weiteres Mal betätigt. Die Mädchen sahen einander an, spitzten die Ohren und hörten, wie der Butler das Eingangstor öffnete.

„Mein Name ist Pucklechurch", sagte eine männliche Stimme ohne jede Begrüßung. „Melden Sie mich bei Ihrer Ladyschaft."

„Ich bedaure, Sir, Lady Derryhill ist nicht zugegen. Möchten Sie Ihre Karte hinterlassen?"

„Das dachte ich mir", hörten sie den Besucher sagen, und dann vernahmen sie, wie er grußlos ging und die Tür wieder geschlossen wurde.

Frederica atmete auf: „Oh, wie gut, dass Bowles den Mann nicht hereingelassen hat. Ich wüsste nicht, worüber ich mich mit ihm unterhalten sollte. Wann wird Lady Derryhill zurückerwartet?"

Rosie war schon mit einem Fuß aus der Tür. „Das weiß ich nicht, Lady Frederica. Unten sagen sie, Mylady sei zu ihrer Damen-Kartenrunde gefahren. Solche Nachmittage können mitunter bis zum späten Abend dauern."

Kapitel 28

Allein mit ihren Sorgen und dem Ticken der Standuhr in der Vorhalle saß Frederica eine halbe Stunde später im Blauen Salon und wartete. Die Zimmertür war einen Spalt breit geöffnet, denn sie wollte auf keinen Fall die Rückkehr ihrer Schwester verpassen. Längst lag ihr Buch achtlos auf der Chaiselongue, längst waren die Gedanken rund um Penelopes Ausfahrt von der Frage: „Ist das nicht etwas seltsam?", zur Gewissheit: „Das ist in höchstem Maße seltsam!", geworden.

Als der Gong ertönte und es Zeit war, sich für das Dinner umzukleiden, waren ihre Befürchtungen aufkeimender Verzweiflung gewichen. Das Hausmädchen kam, um die Vorhänge zuzuziehen. Nicht mehr lange und die Dämmerung würde sich über das Land legen – und Penelope war noch immer nicht zurück. Sie war zu einem fremden jungen Mann, mit dem sie weder verheiratet noch verwandt, ja nicht einmal verlobt war, in einen geschlossenen Wagen gestiegen. Das war für Moralisten schon schlimm genug. Doch vielleicht hätten sie die Güte gehabt, darüber hinwegzusehen, wenn sie vor Einbruch der Dämmerung zurückgekehrt wäre.

Die Standuhr schlug sechs Mal. Oh Gott, bald war es dunkel! Penelope hatte doch wohl nicht vor, über Nacht wegzubleiben? Das wäre ein Skandal so großen Ausmaßes, gegen den sich die üble Nachrede *Landei* geradezu lächerlich ausnahm. Warum musste ausgerechnet Pucklechurch Zeuge von Penelopes Abreise werden? Er würde dafür sorgen, dass *tout le monde* davon erfuhr. Die Mitglieder der noblen Gesellschaft würden unverzüglich den Stab über ihre Schwester brechen.

Eine Freundin aus Kindertagen fiel Frederica ein. Ihre Eltern hatten für sie eine Vermählung mit dem Erben des Nachbarguts arrangiert, doch das Mädchen hatte sich diesem Plan widersetzt. Sie brannte mit einem Leutnant der Kavallerie durch. Heimlich, bei Nacht und Nebel, fuhren die beiden jungen Liebenden hinauf in den Norden, ins schottische Gretna Green, um sich dort vor dem Schmied das Jawort zu geben. Die Menschen in Tunbridge Wells sprachen von diesem Skandal Jahre später immer noch. Einen Augenblick! Was hatte sie da eben gedacht? Mit einem Mal saß Frederica kerzengerade auf ihrem Sofa. Hinauf in den Norden? Um Himmels willen! Ihr Herz begann rasend schnell zu schlagen, und sie musste aufpassen, vor Schreck nicht das Atmen zu vergessen. Penelope war auch in den Norden gefahren, genau wie diese Freundin. Hieß das etwa, ihre Schwester war dabei durchzubrennen und befand sich mit Mr Markfield auf dem Weg nach Gretna Green?

Nichts hielt Frederica mehr auf dem Sofa, und sie begann, wie ein Tier im Käfig im Salon auf und ab zu gehen. Dass sie nicht sofort daran gedacht hatte! Mama würde einer Vermählung mit einem Mann ohne Vermögen nie zustimmen. Das wusste Penelope nur zu gut. Anscheinend verfügte Mr Markfield nicht über ausreichend finanzielle Mittel, um Lancroft Abbey zu retten. Also wählten die beiden diesen höchst unschicklichen Weg, um zusammenbleiben zu können. Ach, Lämmchen, wie konntest du nur? Was für eine Katastrophe! Mama würde schäumen vor Empörung und Wut. Und wen würde sie an den Schuldpranger stellen? Sie, Frederica. Oh Gott, wie war das schrecklich! Selbst als verheiratete Frau würden sich vor Penelope sämtliche Türen der noblen Gesellschaft verschließen. Und auch Vivian und sie würden darunter zu leiden haben. Wenn sich eine Schwester unmoralisch benahm, dann waren die anderen nicht besser, so dachte man gemeinhin. Frederica wäre am liebsten auf der Stelle in Tränen ausgebrochen. Die arme Vivian! Ihre kleine Schwester brauchte gar nicht erst nach London zu kommen, wenn sie alt genug für ihr Debüt war. Niemand würde sie einladen. Die Türen von Almack's würden für sie unerreichbar sein. Ach, Penelope, weißt du, was du da angerichtet hast?

Allein konnte Frederica mit diesem Dilemma nicht mehr länger fertig werden. Sie musste umgehend Lady Derryhill verständigen. Vielleicht wusste ja ihre erfahrene Gastgeberin, wie man die Katastrophe noch verhindern konnte. Energisch zog sie am Klingelstrang.

Der Butler erschien sofort.

„Wird Lady Derryhill zum Dinner zurückerwartet, Bowles?"

Der Diener schüttelte sein weißes Haupt. „Das nehme ich nicht an, Mylady. Solche Kartennachmittage enden selten vor Mitternacht."

Oh Gott, auch das noch! Frederica riss sich zusammen,

um nicht allzu verzweifelt zu klingen. „Wissen Sie, wo sich Ihre Ladyschaft aufhält? Ich möchte ihr gern eine Nachricht schicken."

„George hat Ihre Ladyschaft zum Hause der Countess von Lieven gefahren."

„O je!" Ausgerechnet zu einer der Patronessen des Almack's. Angenommen Lady Derryhill würde ihre Nachricht in Anwesenheit der anderen Damen lesen und jemand würde ihr dabei über die Schulter blicken, dann würden die gestrengen Damen aus erster Hand von Penelopes schändlichem Verhalten erfahren. Nein, das durfte sie nicht riskieren. Es musste einen anderen Weg geben, um das Schlimmste zu verhindern. Das Gesicht eines jungen Mannes mit dunklem Haar und ebenso dunklen, verständnisvollen Augen schob sich in ihre Gedanken. Entschlossen versuchte sie, das Bild zu verdrängen. Es war nicht anzunehmen, dass die Augen immer noch verständnisvoll blicken würden, nicht nachdem sie den Earl heute so unfreundlich behandelt hatte. Wenn es nur irgendjemanden gäbe, an den sie sich in ihrer Not wenden könnte! Ihr Onkel fiel ihr ein. Doch die Zuversicht, dass er seine eigene Bequemlichkeit überwinden würde, um die Familie seiner Halbschwester vor Schaden zu bewahren, war bereits vor Tagen auf null gesunken. Hatte er ihr nicht unverblümt zu verstehen gegeben, wie wenig sie ihn alle interessierten?

Der Butler sah sie immer noch erwartungsvoll an: „Wollen Sie nun Ihrer Ladyschaft eine Nachricht schreiben, Lady Frederica? Ich kann George beauftragen, in der Zwischenzeit sein Pferd zu satteln."

Während Frederica noch unschlüssig war, wurde laut und vernehmlich der Türklopfer in Gang gesetzt.

Pucklechurch, schoss es ihr durch den Kopf. Panik machte sich breit. Was sollte sie sagen, wenn er nach Penelope fragte?

„Ich bin nicht zu sprechen!“, entfuhr es ihr.

Der Butler hob erstaunt eine Augenbraue, sagte jedoch kein Wort, sondern deutete eine Verbeugung an. „Sie entschuldigen mich für einen Augenblick, Mylady?“

Und dann war er auch schon an der Tür und ließ den späten Gast ein.

„Guten Abend, Bowles“, hörte Frederica eine vertraute Stimme. „Wo finde ich die Damen? Im Blauen Salon?“

Die Freude über sein Kommen war überwältigend. Es konnte doch nicht sein, dass Lord Derryhill auf der Türschwelle erschien, genau in dem Augenblick, als sie ihn so dringend brauchte!

„Ich bedaure, Ihre Mutter ist bei ihrem wöchentlichen Kartenabend, Mylord. Und Miss Penelope …“

Der Butler hielt im Satz inne, als Frederica auch schon in die Halle gestürmt kam. „Danke Gott, dass du gekommen bist!“

Lord Derryhill stutzte und sah sie stirnrunzelnd an: „Was für eine ungewöhnliche Begrüßung aus deinem Munde, Frederica. Ich dachte …“

Sie war viel zu aufgeregt, um ihn ausreden zu lassen. Was interessierten sie die Scharmützel vom Vormittag? Was interessierte sie ihre lächerliche Eifersucht, wenn es darum ging, von der Ehre der Barnetts unwiederbringlichen Schaden abzuwenden? Sollte Lord Derryhill mit Penelope glücklich werden, wenn er sie denn jetzt noch wollte. Hauptsache, es gab keinen Skandal, den man nie wieder gutmachen konnte.

„Wir stecken in einer schrecklichen Klemme! Das Mädchen, das du liebst, ist dabei, eine große Dummheit zu begehen. Wenn uns jetzt noch jemand helfen kann, dann bist du das, so hoffe ich zumindest. Nein, bitte behalte deinen Mantel gleich an …“, unterbrach sie sich, als er Anstalten machte, sich des Umhangs mit den breiten Schulterkragen zu entledigen. „Wir müssen sofort los, wenn wir nicht zu spät kommen wollen! Gebe Gott, dass es nicht ohnehin schon zu spät ist.“

Er stand eine Zeit lang regungslos da und sagte kein Wort. Dann wandte er sich an den Butler: „Danke, Bowles, das wäre alles für den Augenblick. Wir werden läuten, wenn wir Sie brauchen.“

Er wartete, bis sich der Butler zurückgezogen hatte.

„In welcher Gefahr steckt denn die Frau, die ich äh … liebe?“, erkundigte er sich verständnislos.

„Ich wage es kaum auszusprechen, aber sie ist durchgebrannt. Hinauf in den Norden. Wenn ich nur an die Auswirkungen dieses Schritts denke …“

Er umfasste ihre Oberarme, wie er es am Vormittag bereits getan hatte. Diesmal war sein Blick jedoch nicht vorwurfsvoll, im Gegenteil, ein aufmunterndes Lächeln umspielte seine Lippen. Die Stimme klang beruhigend: „Tief durchatmen, Frederica, und dann noch einmal von vorn. Ich habe bisher noch nicht verstanden, worauf du hinauswillst.“

Sie bemühte sich tapfer, seinem Wunsch zu folgen, aber es entrang sich ihrer Kehle zuerst nur ein schwerer Seufzer. Schließlich sagte sie: „Sie ist mit Markfield auf dem Weg nach Gretna Green.“

„Mit Markfield? Ah, wir sprechen also von Lady Penelope!“

„Aber natürlich, Mylord! Ich muss gestehen, ich bin selbst erschüttert, ich hätte nie gedacht, dass sich meine Schwester zu einem derartigen Schritt würde hinreißen lassen. Bitte denke nicht allzu schlecht über sie und über uns! Bitte hilf uns, das Unheil abzuwenden!“

„Bist du dir denn sicher, dass sich alles genauso zuträgt?“

„Ja! … Nein! Ich weiß nicht …“ Frederica seufzte abermals und bemühte sich dann, den Earl in alle Einzelheiten einzuweihen und zwar so, dass er ihr tatsächlich folgen konnte.

„Es ist in jedem Fall eine Tatsache, dass Mr Markfield heute gegen vier Uhr nachmittags Penelope mit seiner Kutsche abgeholt hat. Er informierte unsere Zofe, dass sie in den Norden fahren wollten. Nun wird es in Kürze dunkel, und sie sind noch immer nicht zurück.“

„Er sagte dem Mädchen, sie würden in den *Norden* fahren?“, vergewisserte er sich.

Frederica nickte.

„Dann glaube ich nicht, dass sie tatsächlich durchgebrannt sind, Frederica. Ich habe noch nie von einem Paar gehört, das dies so offensichtlich ankündigte.“

„Oh!“, erwiderte sie verblüfft. So hatte sie die Dinge noch nicht betrachtet. Sie wäre Seiner Lordschaft am liebsten vor Erleichterung um den Hals gefallen. „Ich hoffe sehr, du hast recht. Oh, wie sehr ich das hoffe!“ Sie überlegte. „Allerdings ist es eine Tatsache, dass Penelope immer noch nicht nach Hause zurückgekehrt ist. Meinst du, Markfield könnte sie zu seinen Eltern gebracht haben?

Er erzählte uns, dass er im Norden Londons zu Hause sei …"

Der Earl schüttelte den Kopf: „Das glaube ich kaum. Seine Eltern sind tot. Sie starben vor sieben Jahren knapp hintereinander an Pocken."

Frederica vergaß für einen kurzen Moment ihre Sorgen. „Oh, wie schrecklich. Der arme Mr Markfield!" Dann fiel ihr etwas anderes auf: „Aber woher weißt du denn das? Hat er es dir erzählt?"

Lord Derryhill schüttelte den Kopf: „Nein, ich habe mit dem Mann noch kein einziges Wort gewechselt. Mama bat mich, Erkundigungen über ihn einzuholen, und das habe ich in den letzten Tagen getan. Um es genau zu nehmen, das ist auch der Grund meines jetzigen Hierseins."

Sie hielt den Atem an. „Lady Derryhill hat dich darum gebeten? Oh, wie überaus klug von ihr! Was hast du herausgefunden, Mylord? Ist Markfield reich? Kann er Lancroft Abbey retten?" Erschrocken legte sie sich die Hand vor den Mund. „Oh, entschuldige bitte vielmals, ich vergaß für einen kurzen Augenblick dein Interesse an meiner Schwester …"

Sein Gesicht verschloss sich. „Hier gibt es nichts zu vergessen, Frederica, weil ein derartiges Interesse weder bestand noch besteht."

„Nicht? Aber du hast bei Almack's zwei Mal mit ihr getanzt und bist bereits am nächsten Tag zu einem morgendlichen Besuch erschienen", zählte sie alle Indizien auf. Plötzlich fühlte sie sich mit einem Schlag wie von einer übergroßen Last befreit. Daher konnten ihr auch seine barschen Worte nichts anhaben.

„Es braucht schon mehr, um einen Earl of Derryhill einzufangen!“ Die Worte klangen bitter, doch Frederica fand sie amüsant. Auch in der schlimmen Notlage, in der sie steckte, konnte sie eine Ironie immer noch erkennen, wenn sie sich ihr bot.

„Oh, ich glaube nicht, wenn du mir diese freien Worte gestattest, Mylord, dass meine Schwester eben dabei ist, den großen Earl of Derryhill einfangen zu wollen“, entgegnete sie, und ihre Augen blitzten. „Sollte sie das tatsächlich vorhaben, hat sie eine seltsame Art, es zu zeigen, indem sie mit Markfield durchbrennt!“

Er lachte laut auf. „Da hast du natürlich recht, Frederica.“

„Ich weiß“, erwiderte sie lächelnd. Ach, es tat so gut, dass er da war und sie sich wieder verstanden.

„Was hast du sonst noch über Mr Markfield herausgefunden?“

Er wurde wieder ernst: „Leider muss ich jede Zuversicht zerstören. Markfield hat weder Geld noch Besitz, er lebt von dem, was er am Spieltisch gewinnt.“

„Hat er uns angelogen? Ist er denn nicht Lord Badwells Cousin?“

„Oh doch, das ist er. Seine Großmutter war anscheinend tatsächlich die Schwester des damaligen Viscounts. Seine Abstammung scheint, zumindest was diese Linie betrifft, makellos zu sein. Allerdings dürfte es sich bei ihm um das schwarze Schaf der Familie handeln!“

Er hielt irritiert inne, da Frederica zu kichern begonnen hatte. „Was ist denn?“

„Oh, entschuldige bitte, ich habe nur eben daran gedacht, dass meine Schwester schon immer eine Vorliebe für schwarze Schafe hatte. Zu Hause auf Lancroft Abbey stehen sie allerdings innerhalb eines Weidezauns und können keinen Schaden anrichten."

Daraufhin musste Lord Derryhill laut lachen. „Dann wollen wir alles daran setzen, dass wir auch dieses schwarze Schaf in die Schranken bekommen", sagte er schließlich. „Wenn du mich also jetzt bitte entschuldigen würdest, Frederica, ich muss mich auf den Weg machen. Ich will das Tageslicht ausnutzen ..."

„Du glaubst doch nicht ernsthaft, dass ich es noch einen Augenblick länger aushalte, hier untätig herumzusitzen? Ich komme selbstverständlich mit dir. Warte bitte einen Augenblick, bis ich meinen Umhang geholt habe", erwiderte Frederica mit einer Mischung aus Trotz und Entschlossenheit.

Sie war schon auf dem Weg zur breiten Freitreppe, als seine spöttische Stimme sie zurückhielt: „Meinst du nicht, es sei genug Skandal für einen Tag, wenn *eine* unverheiratete Schwester Barnett zu einem jungen Mann in die geschlossene Kutsche steigt? Muss es ihr die zweite Schwester auch noch gleichtun?"

Sie errötete bis unter die Haarwurzeln.

„Oh!", sagte sie nur. Daran hatte sie nicht gedacht. Lord Derryhill schien ihr längst so vertraut zu sein, und sie wusste, dass er die Situation niemals ausnutzen würde. Aber wusste das auch die noble Gesellschaft?

„Du hast natürlich wieder einmal recht. Eine der Barnett-Schwestern, die ihren guten Ruf aufs Spiel setzt, reicht aus. Ich werde meine Zofe mitnehmen."

„Das wäre sicher eine angemessene Lösung, das gebe ich zu", sagte er. „Andererseits wäre es dann unangenehm eng in meiner Kutsche. Nimm daher statt der Zofe lieber deinen voluminösen schwarzen Umhang und eine große Haube mit. Und vergiss keinesfalls die unkleidsame Brille. Ich denke, ich werde Lady Frederica zu Hause lassen und die falsche Witwe Winford mitnehmen. Und nun hinauf mit dir, wir müssen uns beeilen!“

Er zog am Klingelstrang: „Bowles, ich benötige die Schreibmappe, Tinte und Feder.“

Kapitel 29

So kam es also, dass Lord Derryhill kurze Zeit später einer schwarz gekleideten Witwe in den Landauer half. Er gab dem Kutscher die nötigen Anweisungen und nahm dann neben ihr im Inneren des Wagens Platz. Dieser setzte sich kurz darauf in Bewegung und begann über das grobe Kopfsteinpflaster zu rumpeln. Das Fahrzeug war gut gefedert, die Samtsitze angenehm weich, sodass sich Frederica bequem zurücklehnte.

„Willst du gar nicht wissen, wohin wir fahren?“, erkundigte er sich.

„Oh doch, natürlich will ich das.“ Erwartungsvoll sah sie ihn von der Seite an. „Andererseits bin ich so froh, dass endlich überhaupt etwas geschieht. Ich würde dich überall hin begleiten.“

Aufgrund der kleinen Fensterscheiben war es zwar schon so dunkel im Wagen, dass sie seine Gesichtszüge nur schemenhaft erkennen konnte, aber dennoch sah sie, dass er lächelte.

„Dein Vertrauen ehrt mich!“, antwortete er.

„Ich bin sicher, dass es berechtigt ist, Lord Derryhill. So wie es stets berechtigt war, seit ich dich kenne. Also verrate mir bitte deinen Plan. Wohin geht unsere Fahrt?“

„Der Kutscher bringt uns zuerst in die Henrietta Street. Wir werden Lady Daglingworth einen Besuch abstatten."

„Lady Daglingworth?" Jetzt war Frederica doch aufs Äußerste überrascht. „Aber warum denn das? Ich würde es vorziehen, dieser Dame nicht noch einmal begegnen zu müssen. Was hat sie denn mit unserer Angelegenheit zu tun?"

Sie sah, dass er mit den Schultern zuckte. „Das weiß ich noch nicht, um der Wahrheit die Ehre zu geben. Allerdings weiß ich, vorausgesetzt, mein Anwalt hat das richtig herausgefunden, dass sie Markfields Tante ist. Sie dürfte die Schwester seiner Mutter sein."

„Seine Tante?", wiederholte Frederica und konnte es nicht glauben. „Aber das kann doch nicht sein! Ich war anwesend, als Lady Daglingworth Mr Markfield kennenlernte. Das war an dem Tag, als er Penelopes kleine Katze rettete und sie ihn mit ins Haus brachte."

„Er hat die Katze deiner Schwester gerettet? Das ist ja interessant. Wie ist denn das abgelaufen?"

Sie erzählte ihm die ganze Geschichte, jedes Detail, an das sie sich erinnern konnte.

„Hast du dich schon einmal gefragt, wie genau sich das zugetragen haben soll?", wollte er schließlich wissen. „Wie hätte Markfield wohl ein Kätzchen retten können inmitten einer stark von Kutschen frequentierten Straße? Inmitten so vieler Menschen? Außerdem würdigt in dieser Stadt doch niemand streunenden Katzen eines zweiten Blickes."

Frederica griff sich an den Kopf: „So habe ich das noch nie gesehen, du hast natürlich völlig recht …"

„Selbst wenn wir davon ausgehen, dass er das Tier tatsächlich gerettet hätte, wie wäre es ihm gelungen herauszufinden, wem die Katze gehörte?"

Frederica überlegte. „Denkst du etwa, die beiden stekken unter einer Decke? Denkst du, dass Lady Daglingworth ihm die Katze längst heimlich übergeben hatte, während Penelope sie noch überall verzweifelt suchte? Dass Markfield vor dem Haus ganz bewusst auf meine Schwester gewartet hat?"

Er nickte. „Das ist genau das, was ich glaube."

„Oh, wie infam!", rief sie aus. „Das hieße ja, Markfield habe sich absichtlich Penelopes Vertrauen erschlichen."

„So leid es mir für deine Schwester tut, Frederica, aber ich denke, das heißt es."

„Ich verstehe es trotzdem nicht. Warum sollte er das getan haben? Sie ist doch keine reiche Erbin."

„Das weiß ich inzwischen, da du keine Gelegenheit ausgelassen hast, mich darauf hinzuweisen", erwiderte er trocken. „Aber wusste es auch Markfield?"

„Nein, natürlich nicht! Obwohl ... wenn Lady Daglingworth tatsächlich seine Tante ist, dann wusste er es doch. Verstehst du das?"

„Noch nicht ganz", gab er zu.

„Was für ein Spiel spielte Lady Daglingworth? War es ihre Absicht, Penelope mit ihrem Neffen zu verkuppeln?"

„Das erscheint mir durchaus möglich ..."

Frederica unterbrach ihn: „Aber warum hat sie die beiden dann nicht ganz offiziell miteinander bekanntgemacht? Sie war doch unsere Gastgeberin. Sie hätte jede Möglichkeit gehabt, genau das zu tun."

„Ich habe zwar einen vagen Verdacht, den ich jedoch

noch nicht äußern möchte, bevor ich Gewissheit habe. Ich denke, wir werden die Hintergründe in Bälde erfahren." Seine Miene war sehr ernst geworden.

„Ich kann es noch immer nicht verstehen." Frederica schüttelte den Kopf. „Warum sollte Lady Daglingworth Penelope und Markfield ganz bewusst zusammengebracht haben? Was versprach sie sich davon? Es war ihr bekannt, dass Mamas Auftrag lautete, einen *reichen* Ehemann zu finden."

Darauf wusste auch er keine Antwort, darum blieb es eine Zeit lang still in der Kutsche. Jeder hing seinen Gedanken nach.

„Gab es Streit?", wollte er schließlich wissen. „Zwischen dir und Lady Daglingworth?"

Sie überlegte. „Streit ist ein zu großes Wort. Wir hatten Meinungsverschiedenheiten, das schon. Ich denke, sie hätte sich lieber allein um Penelope gekümmert, und ich stand ihren Plänen im Weg. Sie liebte es, mit unserem Geld um sich zu werfen, und sie drängte meine Schwester dazu, sich völlig unnötige Dinge zu kaufen. Das konnte sie nicht, wenn ich anwesend war, also war sie lieber mit meiner Schwester allein unterwegs."

„Ach, sieh mal an ..."

„Außerdem war sie höchst empört darüber, als uns deine liebe Mama aufsuchte und sie erfuhr, dass wir ihre Gastfreundschaft nicht länger in Anspruch nehmen wollten. Sie erwähnte eine Erfolgsprämie, die ihr ihr Bruder, dein Vermögensverwalter Grittleton, versprochen hatte. Oh, da fällt mir ein, das ist ja gar nicht dein Vermögensverwalter."

Diesen Gedanken musste sie sich erst einmal durch den

Kopf gehen lassen. „Wie kam es denn dazu, dass er dir mehr Geld für uns gab?“, fragte sie schließlich.

Lord Derryhill beeilte sich, sie zum eigentlichen Thema zurückzubringen: „Darüber reden wir später, wenn das hier vorbei ist. Wolltest du eben sagen, Lady Daglingworth sei eine Erfolgsprämie für den Fall versprochen worden, dass Penelope angemessen unter die Haube kommt? Wobei angemessen in diesem Fall reich bedeutet?“

Frederica nickte. „Das hieß es wohl. Anscheinend hatte Mama das mit Mr Grittleton vereinbart, als meine Schwester und ich noch nicht zugegen waren.“

Obwohl Lord Derryhill nur ein vages „Das ist ja interessant …“ murmelte, hatte Frederica das Gefühl, ihre Mutter verteidigen zu müssen.

„Ich habe deiner Mama davon erzählt. Sie meinte, eine solche Vereinbarung sei nichts Ehrenrühriges.“

„Aber sie erklärt so manches“, erwiderte er. „Ich kann mir gut vorstellen, dass Lady Daglingworth sich dieses Geld nur höchst ungern durch die Lappen gehen lassen wollte. Wahrscheinlich hat sie deshalb einen Plan geschmiedet.“

„Meinst du gar, dass sie etwas damit zu tun hat, dass Mr Markfield Penelope heute aus der Brook Street abgeholt hat?“ Es fiel Frederica schwer, das zu glauben.

„Das kann ich mir durchaus vorstellen. Ich kann mir sogar vorstellen, dass es ihre Idee war. Aber das werden wir ja in Kürze herausfinden.“

„Nimmst du denn an, dass wir Penelope und Mr Markfield in der Henrietta Street vorfinden?“ Sie strahlte ihn an. „Das wäre zu schön!“

Er hätte viel darum gegeben, ihre Zuversicht nicht

dämpfen zu müssen. „Wir werden sehen, Frederica, wir werden sehen“, antwortete er ausweichend.

Die Kutsche hatte in der Zwischenzeit ihr Ziel erreicht. Sie wurde an den Straßenrand gelenkt und kam dort zum Stehen. Seine Lordschaft blickte prüfend aus dem Fenster: „Es brennt Licht“, informierte er sie. „Das wollen wir als gutes Zeichen nehmen.“

Frederica spürte, wie ihre Aufregung wuchs. „Das hoffe ich auch.“

„Ich werde zuerst allein ins Haus gehen und bitte dich, hier auf mich zu warten“, sagte er und hob abwehrend die Hand, als sie widersprechen wollte. „Wenn deine Schwester anwesend ist, werde ich keinen Augenblick zögern, um dich holen zu lassen, das verspreche ich dir. Doch wenn sie nicht im Haus ist, dann ist es besser, Lady Daglingworth weiß nicht, dass du mit mir gekommen bist. Ich denke nicht, dass sie uns den Aufenthaltsort ihres Neffen freiwillig preisgibt. Da werde ich zu einer List greifen müssen.“

„Was denn für eine List?“ Gespannt lehnte sich Frederica nach vorn. „Planst du etwas Ehrenrühriges? Bitte, lass mich dabei sein! Ich sterbe sonst vor Neugier.“

Er lächelte und tupfte mit dem behandschuhten Zeigefinger auf ihre Nasenspitze: „Meine List verrate ich dir erst, wenn sie gelungen ist.“ Nach kurzer Überlegung fügte er hinzu: „Wäre eine Lüge bereits ehrenrührig?“

„Selbstverständlich!“

Er lachte auf. „Wenn das so ist, dann plane ich etwas Ehrenrühriges. Also dann bis später. Drücke mir bitte die Daumen.“

Er wollte bereits aussteigen, da drehte er sich noch einmal zu ihr um: „Und noch etwas, Frederica. Wenn du Lady Daglingworth begegnest, sprich so wenig wie möglich. Und egal, was ich sagen werde, wundere dich nicht, und bitte denk um Himmels willen nicht im Traum daran, mir zu widersprechen!"

Nach diesen kryptischen Worten schwang er sich aus dem Fahrzeug und verschwand in der Dunkelheit.

Kapitel 30

Es dauerte geraume Zeit, bis der Butler die Tür einen Spalt breit öffnete und nach dem Begehr des späten Besuchers fragte.

„Ich bin der Earl of Derryhill", antwortete dieser mit der Erhabenheit, die ihn als Mitglied des Hochadels auszeichnete. Er überreichte dem beeindruckten Diener seine blütenweiße Karte. Sofort schwang die Tür ganz auf.

„Wenn Sie bitte hereinkommen wollen, Mylord. Ich gebe Mylady umgehend Bescheid." Der Diener verhaspelte sich mehrfach, während er diesen einfachen Satz sprach. Das war kein Wunder, so hohen Besuch hatte er in diesem Haus noch nie anzukündigen gehabt.

Wie Derryhill es gehofft hatte, empfing ihn die Dame des Hauses sofort. Sie kam ihm an der Schwelle zum Wohnzimmer entgegen, in einer überladenen Kreation aus violetten Seidenstoffen, die über und über mit Blumenranken verziert waren. In der Linken hielt sie einen bemalten Fächer.

„Eure Lordschaft, welche Freude! Was verschafft mir die Ehre Ihres Besuchs? Ich bin auf dem Weg zum Theater. Im neuen Covent Garden spielt man heute Abend *Macbeth*."

„Da hatte ich ja großes Glück, Sie vorher noch anzutreffen, Lady Daglingworth." Er verbeugte sich angemessen. „Wie überaus freundlich von Ihnen, mich zu empfangen.“

Sie kicherte geschmeichelt und sagte dann mit einer wegwerfenden Handbewegung: „Aber ich bitte Sie, Mylord, das ist doch selbstverständlich. Ist irgendetwas mit Lady Penelope geschehen? Oder mit dieser … äh, wie hieß sie doch noch …?“

„Lady Winford?“, kam er ihr zu Hilfe.

„Ja, richtig, so hieß sie wohl.“

„Was könnte denn mit Lady Penelope Barnett geschehen sein, was meinen Besuch in Ihrem Haus zu so ungewöhnlicher Stunde rechtfertigen würde?“, erkundigte er sich in unverfänglichem Plauderton.

Sie lachte auf. „Das weiß ich doch nicht, Mylord, darum habe ich mich ja über Ihr Kommen gewundert. Gefreut, jedoch auch gewundert. Aber warum stehen wir denn noch hier herum? Darf ich Sie in meinen goldenen Salon bitten, Lord Derryhill? Paulish! Wo ist denn der dumme Butler schon wieder, wenn man ihn braucht? Warum hat er Ihnen den Umhang nicht schon längst abgenommen?“

„Das war meine Schuld, Lady Daglingworth, ich bitte um Vergebung. Ich will Sie nämlich nicht lange aufhalten. Ich habe eine wichtige Nachricht für Ihren Neffen und hoffte, ihn hier anzutreffen …“

Verwundert sah Lady Daglingworth ihn an. „Meinen Neffen? Welchen Neffen meinen Sie wohl, Mylord? Ich habe mehrere, doch sie sind alle nicht in London.“

„Ich spreche von Mr Markfield. Mr Henry Edward Markfield …“

„Henry Bernard Markfield“, verbesserte sie ihn reflexartig.

Er lächelte zufrieden: „Ja, genau diesen meinte ich."

Ihre Ladyschaft errötete, als ihr bewusst wurde, was sie da soeben bestätigt hatte. Laut sagte sie: „Was habe ich mit meinem Neffen zu tun? Ich sehe ihn nur selten und …"

Seine Lordschaft senkte die Stimme: „Darf ich Sie ins Vertrauen ziehen, Lady Daglingworth?"

Sie kam einen Schritt näher und war offensichtlich ganz Ohr. Er zog das zusammengefaltete Blatt Papier aus der Innentasche seines Umhangs, das er im Haus seiner Mutter selbst beschrieben hatte.

„Ich habe hier ein Schreiben von … sagen wir, einem gemeinsamen Freund. In diesem Papier bestätigt er, Ihrem Neffen, also Mr Markfield, einen … nennen wir es erklecklichen Betrag zu schulden. Einen sehr hohen Betrag, um genau zu sein." Er senkte die Stimme tiefer und flüsterte eine Zahl, dass Lady Daglingworth Mühe hatte, ihn zu verstehen. Dass sie ihn doch verstanden hatte, erkannte er am Aufleuchten ihrer Augen und an den nächsten Worten, die ihr ohne nachzudenken über die Lippen kamen: „Oh, wie erfreulich, dann kann er sich endlich das Offizierspatent kaufen, das er sich schon so lange gewünscht hat."

Ach, sieh an, kommentierte Seine Lordschaft im Stillen und sagte: „Richtig, das habe ich mir auch gedacht. Allerdings ist die Gültigkeit dieses Schreibens an eine, nun ja, ungewöhnliche Wette geknüpft …"

„Eine ungewöhnliche Wette? Was denn für eine Wette?", fuhr sie auf. „Warum müsst ihr Männer immer alles mit Wetten verknüpfen? Das hat schon meinem lieben Mann,

Gott hab ihn selig, beinahe …" Sie hielt erschrocken inne. „Lassen wir das. Nun, frei heraus, Mylord: Was ist denn das für eine Wette?"

„Ich muss diesen Schuldschein heute noch an Mr Markfield übergeben. Gelingt es mir nicht, so ist dieses Schreiben hinfällig!"

Sie erbleichte, bevor sie rief: „Oh Gott, das darf nicht geschehen!", und schwieg dann. An ihrer Miene konnte er erkennen, wie es hinter ihrer Stirn arbeitete.

„Eines verstehe ich in diesem Zusammenhang allerdings nicht, Lord Derryhill", sagte sie schließlich. „Warum machen Sie das?"

„Wie bitte?"

„Warum wollen Sie meinem Neffen helfen? Warum begeben Sie sich höchstpersönlich einem einfachen Mr Markfield zuliebe durch das abendliche London?"

Damit hatte sie natürlich vollkommen recht. Die Frau war klüger, als er angenommen hatte. Dabei hatte er gehofft, die Gier nach dem großen Geldbetrag würde ihre Sinne benebeln.

„Mit Ihrer Überraschung habe ich gerechnet", sagte er nicht ganz wahrheitsgemäß. „Ich tue es, weil ich an dieser Wette nicht ganz unschuldig bin, Lady Daglingworth. Ich habe Ihren Neffen als sehr verständigen und … äh … höflichen jungen Mann kennengelernt. Sein Wunsch nach einem Offizierspatent hat mich gerührt. Auch ich wäre gern Offizier geworden, wenn ich nicht frühzeitig gezwungen gewesen wäre, das Erbe meines Vaters anzutreten." Zumindest der letzte Satz war nicht gelogen.

Noch war sie nicht überzeugt: „Sie könnten einen Freund davor bewahren, ein kleines Vermögen zu verlieren. Warum also tun Sie das nicht? Warum stellen Sie die Interessen meines Neffen über die Ihres Freundes?"

Er überlegte, was er darauf am besten antworten sollte. „Nennen wir es so: Vielleicht ist der Freund gar kein so enger Freund, wie es den Anschein haben könnte. Und vielleicht wäre ein Denkzettel seiner Entwicklung förderlich, sich in Zukunft von dubiosen Spieltischen fernzuhalten."

Lady Daglingworth lachte rau auf, klappte ihren Fächer zu und klopfte ihm damit auf die Hand: „Sie haben es aber faustdick hinter den Ohren, Mylord, das muss ich schon sagen!"

Jetzt wusste er, dass er gewonnen hatte.

Sie nannte ihm eine Adresse: „Mein Neffe wohnt in Camden Town, Mylord, nördlich von hier, östlich des Richmond Parks gelegen. Er hat dort ein Zimmer im Gasthaus *Southampton Arms*. Ich bin sicher, es werden sich Einheimische finden, die Ihnen den Weg zeigen werden, wenn Sie die Gegend erst einmal erreicht haben."

„Das wird nicht notwendig sein, Lady Daglingworth", sagte Seine Lordschaft und lächelte weiterhin freundlich, „denn Sie werden die Güte haben, mich zu begleiten."

Kapitel 31

In dem Augenblick, als Lady Daglingworth unter viel Ächzen und Stöhnen die hohe Kutsche Seiner Lordschaft bestieg und mit säuerlichem Lächeln zur Kenntnis nehmen musste, dass dort bereits die vermeintliche Witwe Winford anwesend war, schlief Penelope bereits tief und traumlos. Schuld daran war nicht nur das Wechselbad der Gefühle, das sie im Laufe der letzten zwölf Stunden durchlebt hatte, sondern auch einige Tropfen aus einem braunen Fläschchen, das man ihr heimlich in die Limonade geträufelt hatte.

Der Tag hatte für Penelope mit der überraschenden Erkenntnis begonnen, dass sie von *Mr Pucklechurchs Landei,* einer verachteten Randfigur der Gesellschaft, plötzlich in den umschwärmten Mittelpunkt gerückt war. Wie genau das gelungen war, konnte sie sich nicht erklären, aber es hatte offensichtlich etwas mit Lord Derryhill zu tun, dem Mann, den Frederica seltsamerweise eine Zeit lang für ihren Onkel gehalten hatte. Penelope hatte sich nie gewünscht, die Aufmerksamkeit der High Society auf sich zu ziehen, aber wenn es schon sein musste, dann war es natürlich um vieles angenehmer, es geschah im positiven Sinn. Der Vormittag verging mit angeregten Gesprächen und vielen schmeichelhaften Komplimenten. Dann hatte sich die große Zahl der Besucher verabschiedet, und ihre Gastgeberin war zum Kartenspiel aufgebrochen. Frederica hatte sich heute höchst ungewöhnlich benommen. Zuerst war sie mit Seiner Lordschaft im Garten verschwunden, was höchst ungehörig war, wusste sie doch inzwischen, dass keine verwandtschaftlichen Bande ein derartiges Verhalten rechtfertigten. Doch noch viel außergewöhnlicher war, dass sie anstatt anschließend zurückzukehren, ihr Zimmer aufgesucht hatte und dort tief und fest schlief. Penelope konnte nur hoffen, dass das keine Anzeichen dafür waren, dass ihre Schwester ernsthaft krank werden würde.

Anschließend saß sie dann allein und gelangweilt im Salon, während das Heimweh nach Lancroft Abbey und den Tieren sie wieder einmal zu überwältigen drohte. Da hatte sie plötzlich der Türklopfer aus den trüben Gedanken gerissen, und Mr Markfield war als ihr Retter erschienen.

„Sie müssen mir helfen, Lady Penelope", hatte er gesagt, als der Butler die Eingangshalle verlassen hatte, um die Zofe zu holen. „Meine beiden Kätzchen sind krank, sie wollen nicht fressen. Ich weiß mir keinen Rat mehr."

Er schien ernsthaft besorgt zu sein. Hätte sie ihm nicht schon längst ihre Liebe und Zuneigung geschenkt gehabt, in diesem Augenblick wäre es geschehen. Wie also hätte sie sich dieser Bitte entziehen können? Sie war so glücklich, dass sie ihm auch mit Freuden ihre Zeit geschenkt hätte, wären keine Kätzchen im Spiel gewesen. Wahrscheinlich wäre sie dann allerdings nicht zu ihm in eine geschlossene Kutsche gestiegen. Doch kranke Tiere erforderten ungewöhnliche Maßnahmen. Und er hatte ihr versichert, dass sie nur eine kurze Fahrt zu absolvieren hätten, also war es wohl halb so schlimm, wenn sie ihn begleitete.

Kurz darauf saßen sie im Wagen, und vor dem schmutzigen Fenster zogen die noblen Herrenhäuser von Mayfair vorbei. Markfield unterhielt sie mit fröhlichen Anekdoten, sie lachten viel, und Penelope genoss die gemeinsame Zeit so sehr, dass ihr erst nach und nach zu Bewusstsein kam, dass die Häuserzeilen, die sie passierten, immer einfacher wurden. Die Leute und Fuhrwerke auf der Straße wurden immer mehr, es gab kaum mehr ein Vorwärtskommen.

„Das ist aber viel weiter, als ich gedacht habe, Mr Markfield", bemerkte sie schließlich stirnrunzelnd, als die Häuser, an denen sie vorbeifuhren, großteils in einem desolaten Zustand waren. Die Geräusche auf der Straße waren so laut geworden, dass man sich kaum mehr unterhalten konnte, und durch die Ritzen der alten Kutsche drang unerträglicher Gestank ins Innere.

„Sie haben doch gesagt, es wären nur ein paar Straßenzüge, und jetzt sind wir gewiss schon eine halbe Stunde unterwegs." Sie musste schreien, um sich verständlich zu machen. „Das ist sicher nicht mehr Mayfair."

Er begegnete ihrem irritierten Blick mit einem um Verzeihung heischenden Lächeln: „Ich muss gestehen, ich habe ein wenig geflunkert, Lady Penelope. Dafür kann ich nur inständig um Vergebung bitten. Aber es war mir ein so großes Bedürfnis, Ihnen eine kleine Freude zu machen, dass ich …"

„Mir eine kleine Freude machen?", wiederholte sie überrascht. „Warum möchten Sie mir denn nun auf einmal eine Freude machen?" Prüfend sah sie zu ihm hinüber. „Es gibt doch kranke Kätzchen, oder etwa nicht?"

„Doch, natürlich gibt es die … ach, was soll's … nein, es gibt keine. Also, Kätzchen gibt es schon, aber die sind alle gesund und munter."

Sie atmete hörbar auf. „Das freut mich zu hören." Dann legte sie ihre Hände in den Schoß. „Nun spannen Sie mich bitte nicht länger auf die Folter. Was ist das für eine Freude? Wohin fahren wir denn?"

Er war offensichtlich erstaunt, aber auch beglückt, dass sie bereit war, ihm seine Schwindelei so schnell zu verzeihen.

„Wir fahren zum Richmond Park. Ich dachte, das würde Ihnen gefallen. Sie sind doch ein Mädchen vom Lande und lieben Wiesen und Bäume. Also unternehmen wir einen kleinen Ausflug ins Grüne."

Sie zog einen Schmollmund. „Denken Sie etwa auch, ich sei ein Landei?", fragte sie. „Sie sind genau so arg wie dieser abscheuliche Mr Pucklechurch!"

Das konnte er natürlich nicht auf sich sitzen lassen und protestierte sofort. Er tat dies mit einem treuherzigen Blick, sodass sie kichern musste. So vergingen die nächsten Minuten wieder mit Lachen, Scherzen und kleinen Albernheiten, während sich die Kutsche immer weiter von der Brook Street entfernte. Das Fahrzeug war schlecht gefedert, die Insassen wurden herumgestoßen, und nicht nur einmal wäre Penelope fast auf dem Boden gelandet, hätte ihr Begleiter sie nicht immer wieder beherzt aufgefangen. Sie genoss es, ihn so nahe zu spüren, auch wenn sie im Innersten ihres Herzens genau wusste, dass ihr Benehmen höchst unschicklich war.

„Wir machen aber nur einen kurzen Ausflug", sagte sie schließlich, während sie hoffte, ihr Tonfall habe genug überzeugende Strenge. „Vor Einbruch der Dunkelheit muss ich unbedingt in der Brook Street zurück sein. Lady Derryhill würde sich sonst Sorgen machen.“

„Aber, natürlich“, erwiderte er und legte beruhigend die Hand auf ihre Linke. „Das weiß ich doch.“

Penelope stellte fest, dass seine warme Hand auf der ihren sich alles andere als beruhigend anfühlte.

Kapitel 32

Als sie vor dem Wirtshaus standen, wollte Frederica ihren Augen nicht trauen. In diese schäbige, verdreckte Kaschemme sollte Markfield ihre kleine Schwester gebracht haben? Was, um Himmels willen, hatte er hier mit ihr vor? Sie spürte, wie sich ihre Aufregung, die mit jedem Meter, den sie sich von Mayfair entfernt hatten, gewachsen war, nun ins Unermessliche steigerte.

Der Backsteinbau war heruntergekommen, die kleinen Fensterscheiben fast blind. Ein leichter Windhauch hatte das Wirtshausschild in Bewegung gesetzt, und es knirschte nun lautstark in den rostigen Angeln. Der Schriftzug *Southampton Arms* war abgeblättert und kaum mehr zu lesen. Sie fröstelte und war froh über den dicken, schwarzen Umhang, den sie jetzt mit klammen Fingern vor ihrer Brust zusammenhielt.

„Was für eine verlockende Wohngegend", hörte sie die spöttische Stimme des Earls neben sich. „In dieser Straße ist ja ein Haus schäbiger als das andere."

„Wer kein Geld hat, hat keine Wahl", antwortete Lady Daglingworth trocken.

Seine Lordschaft stellte überrascht fest, dass ihre Worte ihn beschämten. Er räusperte sich.

„Ich würde es vorziehen, wenn Sie beide im Wagen

warten würden, während ich mich auf die Suche nach Markfield begebe", sagte er dann. „Das hier ist nicht der richtige Aufenthaltsort für Ladys."

Er hatte mit Widerspruch gerechnet, doch nicht, dass dieser so heftig ausfallen würde.

„Das kommt nicht in Frage, Mylord! Mein Neffe ist wie ein Sohn für mich. Ich möchte dabei sein, wenn Sie ihm die große Freude verkünden." Lady Daglingworths Stimme ließ keinen Widerspruch zu.

Die große Freude? Frederica runzelte die Stirn. Sie waren doch hier, um eine Katastrophe zu verhindern! Wenn es nicht, was Gott verhüten möge, bereits zu spät dafür war. Wie kam Lady Daglingworth dazu, in diesem Zusammenhang von einer großen Freude zu sprechen? Sie wollte eben danach fragen, da spürte sie Derryhills festen Griff am Handgelenk und schloss den Mund wieder.

„Außerdem war ich schon einige Male hier, ich kenne mich im Wirtshaus aus. Ich glaube nicht, dass Sie auf meine ortskundige Führung verzichten möchten, habe ich recht, Mylord?" Jetzt klang Lady Daglingworths Stimme spöttisch. „Ich möchte nicht, dass Sie sich in den dunklen Gängen am Ende noch Ihr feines Jackett schmutzig machen."

Sie wartete seine Antwort nicht ab und schritt voraus durch einen Seiteneingang in das weitläufige Gebäude hinein. Die beiden anderen beeilten sich, ihr zu folgen. Der Hausflur war niedrig und eng. Es stank fürchterlich nach verdorbenem Essen, Exkrementen und schalem Bier. Fredericas Augen waren eben dabei, sich an die Dunkelheit zu gewöhnen, als ein spitzer Schrei an den Wänden widerhallte. Lady Daglingworths Zeigefinger deutete auf die große, buckelige Ratte, die soeben ihren Weg querte. Eine zweite kleinere folgte. Frederica hätte am liebsten laut mitgeschrien und schlug sich vor Schreck die Hand vor den Mund.

Ihre Ladyschaft hatte sich offensichtlich schnell erholt und sah sich nun suchend um.

„Ah, hier ist ja eine Kerze!“, sagte sie schließlich zufrieden. „Und sogar die nötigen Streichhölzer. Wie praktisch!“ Sie entnahm ein Hölzchen, rieb es mit geübtem Griff so fest an der rauen Mauer, dass es sich entzündete, und schon beleuchtete die kleine Flamme der Kerze ihren Weg. Zuerst den Flur entlang, dann zu einer engen Treppe, die sich mit mehreren Kurven in den ersten Stock hinaufwand.

Während sich Seine Lordschaft im Stillen dazu beglückwünschte, Lady Daglingworth mitgenommen zu haben, fürchtete Frederica, in der stinkenden Enge das Bewusstsein zu verlieren. Sie hätte doch besser in der Kutsche bleiben sollen. Derryhill hatte recht gehabt, das hier war mit Sicherheit kein Platz für eine Lady. Wenn sie allerdings daran dachte, dass Penelope in diesem Haus war und ihre Hilfe brauchte, waren ihre eigenen Befindlichkeiten nicht mehr länger von Belang. Dann kam es nur darauf an, möglichst schnell bei ihr zu sein. Was war denn das schon wieder? Ein lautes Brüllen hallte durch die kahlen Gänge im Stockwerk über ihnen, und das Schlagen einer Tür ganz in der Nähe ließ sie zusammenzucken. Vom Gastzimmer her dröhnte das laute Gejohle Betrunkener.

„Glauben Sie wirklich, dass wir Mr Markfield an diesem schrecklichen Ort finden werden?“, rief Frederica Lady Daglingworth hinterher, die überraschend flink bereits um die nächste Ecke verschwunden war. „Er sah nicht so aus wie jemand, der in so einem … einem … Loch lebt. Seine Kleider waren sauber und nach der neuesten Mode …"

Sie hatte zu Ihrer Ladyschaft aufgeschlossen, die nun die Kerze anhob und sich mit stolzem Lächeln zu ihr umdrehte.

„Ich habe ihn erst kürzlich neu ausstaffiert. Für meinen Harry tue ich alles. Er ist, wie ich schon sagte, wie ein Sohn für mich. Ich habe ihm natürlich angeboten, bei mir zu wohnen, aber das lehnte er ab. Wie die jungen Leute eben so sind. Freigeister allesamt!"

Wer möchte es ihm verdenken?, befand Lord Derryhill. Wahrscheinlich hätte auch er jede noch so schäbige Unterkunft der steten Gegenwart von Lady Daglingworth vorgezogen. Allerdings hatte er leicht reden. Bei seinen Lebensumständen würde ein derart drastischer Schritt nie und nimmer notwendig sein. Was tat sie denn jetzt schon wieder? Erschrocken hielt Seine Lordschaft im Schritt inne. Ohne anzuklopfen hatte Lady Daglingworth die letzte Tür des Flurs aufgerissen, war stehen geblieben und winkte mit einem fröhlichen „Juhuu!" in den Raum hinein.

„Was zur Hölle …?", rief eine Männerstimme von drinnen. Sie konnte ihn noch nicht sehen, doch Frederica war sich sicher, dass es Mr Markfield war, der sich entrüstet hatte. Sie wollte sich vergewissern, doch Lord Derryhill hielt sie zurück. Anscheinend fand er es besser, wenn sie beide noch nicht in Erscheinung traten. Das war sehr vorausschauend von ihm, wie sich gleich darauf herausstellen sollte.

„Tante Eleonore? Was zum Teufel tust du hier?"

Frederica hielt die Luft an. Begrüßte man so eine ältere

Verwandte? Noch dazu eine, die einen wie eine Mutter liebte?

„Willst du alles zunichtemachen? Wie kann ich Derryhill erpressen, wenn wir eine Anstandsdame bei uns haben? Also manchmal kann ich dich nicht verstehen ..."

Lady Daglingworth versuchte aufgeregt, ihm ein Zeichen zu geben: „Gemach, gemach, mein Junge! Hier will niemand irgendjemanden erpressen. Es geht darum, dass ..."

„Hast du den Verstand verloren? Warum, glaubst du, veranstalte ich dieses unwürdige Theater hier? Es war deine Idee, Derryhill zu schröpfen, schon vergessen? ‚Den werden wir bluten lassen', hast du gesagt. Nach einer Nacht mit Penelope zahlt der jeden Preis dafür, dass ich den Mund halte. Das waren deine Worte!"

Jetzt hätte kein Arm der Welt, und mochte er noch so stark sein, Frederica länger zurückhalten können. Wie eine Furie stürmte sie ins Zimmer und ging auf Markfield los.

„Wo ist meine Schwester?", schrie sie, während sie ihm mit beiden Fäusten auf die Brust trommelte. „Was haben Sie mit ihr gemacht?"

„Lady Frederica! Was zum Teufel ...?" Er versuchte ihre Armgelenke zu umfassen, um sich vor weiteren Schlägen zu schützen. „Wo kommen Sie denn auf einmal her? Sag nicht, dass du sie mitgebracht hast, Tante ... oh, mein Gott!"

Seine Lordschaft war ins Zimmer geschlendert und hielt es nun für angebracht, den jungen Mann ohne jede Vorwarnung mit einer rechten Geraden zu Boden zu schicken. Während die drei anderen damit beschäftigt waren, Markfield dabei zuzusehen, wie er sich benommen aufsetzte, meldete sich eine verschlafene Stimme vom Bett her: „Freddy?“

Mit einem Satz war die so Angesprochene an der Seite ihrer kleinen Schwester. Tränen der Erleichterung rannen über ihre Wangen: „Penelope! Ich habe dich zuerst gar nicht gesehen. Gott sei Dank, wir haben dich gefunden! Wie geht es dir, Lämmchen? Was hat dir dieser Schuft angetan?“

„Schuft? Wen meinst du wohl damit? Mir geht es gut. Glaube ich zumindest.“ Das Mädchen sah sich verwirrt um. „Ich habe anscheinend geschlafen. Wo sind wir denn hier? Und warum liege ich auf dieser schmutzigen Matratze? Können wir nach Hause fahren? Bitte! Ich bin so unglaublich müde.“

„Was haben Sie mit ihr gemacht?“, fragte Lord Derryhill an Markfield gewandt und ballte die Fäuste, um erneut zuzuschlagen, sollte es sich als notwendig erweisen.

Das Opfer seines Schlages hatte sich stöhnend aufgesetzt und rutschte nun über den schmierigen Holzboden, um seinen Rücken an die Wand lehnen zu können.

„Ich habe gar nichts getan. Natürlich habe ich Penelope nicht angerührt, was denken Sie denn von mir?“

„Was ich von Ihnen denke, möchte ich in Gegenwart von Damen lieber für mich behalten“, entgegnete Seine Lordschaft trocken. „Erklären Sie mir stattdessen, warum Lady Penelope so verwirrt ist.“

„Das waren lediglich ein paar Tropfen Laudanum. Was hätte ich denn machen sollen?“, fuhr er auf, als er von allen Seiten vorwurfsvolle Blicke erntete. „Eine so ehrbare junge Lady hätte doch nie freiwillig die Nacht bei mir verbracht, und ich wollte verhindern, dass sie durch Schreien die anderen Bewohner des Hauses auf sich aufmerksam macht. Wer weiß, auf welche Ideen die Männer gekommen wären, wenn sie solch ein hübsches Mädchen gesehen hätten. Das wollte ich keinesfalls riskieren."

„Wie überaus ehrenhaft", spottete Lord Derryhill.

Mr Markfield griff sich stöhnend an den Kopf: „Das war es, das können Sie mir glauben."

„Kann mir bitte endlich jemand sagen, was hier los ist?", flehte Penelope mit dünner Stimme. „Warum sind wir hier? Warum hat Seine Lordschaft Mr Markfield niedergeschlagen? Ich verstehe das alles nicht."

„Wir bringen dich jetzt erst mal in die Brook Street", sagte ihre Schwester in beruhigendem Tonfall, „dort kannst du dich erholen und dann …"

Seine Lordschaft schien es für ratsamer zu halten, sie gleich an Ort und Stelle mit der bitteren Wahrheit zu konfrontieren: „Dein sauberer Verehrer hier hatte vor, dich zu kompromittieren, Penelope, und er wollte mich dafür bezahlen lassen, dass er niemandem davon erzählt."

Sie ließ einen kleinen Schrei hören und schlug sich mit der Hand auf den Mund: „Oh, was für eine böse Unterstellung! Wie infam von Ihnen, Mylord. Sagen Sie Seiner Lordschaft, dass das nicht wahr ist, Mr Markfield! Dass Sie so etwas Schändliches nie und nimmer tun würden."

Sie hatte sich ihm voll Vertrauen zugewandt, doch der junge Mann sah sie nicht an. Er stöhnte nur auf, griff sich an den Kopf und sagte kein Wort.

„Mr Markfield?" Das Flehen in ihrer Stimme zeigte deutlich, wie sehr sie noch immer hoffte, er würde widersprechen. Doch er schwieg weiterhin.

„Ich dachte, wir wären Freunde. Ich habe Ihnen vertraut. Ich dachte, Sie würden mich mögen …" Ihre Stimme war kaum mehr zu verstehen. Penelope erinnerte Frederica an ein waidwundes Reh. Also hob sie die Arme, um ihre Schwester zu umarmen, doch die blickte nur unverwandt zu Markfield hinüber.

„Ich mag Sie ja auch, Lady Penelope", beeilte er sich zu versichern. „Ich mag Sie sogar sehr. Darum fiel es mir auch so verdammt schwer, das hier alles durchzuziehen, glauben Sie mir."

„Wie tröstlich." Erneut war der Spott in Lord Derryhills Stimme unüberhörbar.

Markfield beachtete ihn nicht. „Aus uns hätte nie und nimmer ein Paar werden können, Penelope, äh Lady Penelope. Sie haben etwas Besseres verdient als einen Mann, der seinen Unterhalt am Spieltisch verdient und dessen Glück ihn von einen auf den anderen Tag verlassen könnte."

„Wie rührend", kommentierte Seine Lordschaft sarkastisch.

„Warum haben Sie mich bloß im Glauben gelassen, Sie hätten ein Tendre für mich?", fragte Penelope. Sie war nun wieder hellwach. Frederica bewunderte sie für ihre Stärke.

„Das habe ich ja auch", beeilte sich Markfield ihr zu versichern. Er war aufgestanden und wollte an ihre Seite eilen, doch ein schneller Griff Seiner Lordschaft an die Schulter ließ dies nicht zu.

„Eine Erpressung ist sicher der beste Weg, einer Dame Zuneigung zu zeigen", sagte er, während seine Stimme vor Spott triefte.

Mr Markfield fuhr auf: „Was hätte ich denn machen sollen? Ich brauche das Geld. Ich muss endlich mein Leben selbst in die Hand nehmen und ihm einen Sinn geben."

Zu seinem eigenen Erstaunen glaubte ihm Lord Derryhill. Mr Markfields Ehrlichkeit brachte seinen Spott zum Verstummen. „Seit ich denken kann“, sprach dieser weiter, „war es mein größter Wunsch, Offizier zu werden und meine Heimat vor Napoleon, diesem korsischen Ungeheuer, zu beschützen. Doch wie sollte dieser Wunsch je Aussicht auf Erfüllung haben, wenn ich mir kein Offizierspatent leisten kann?“

„Aber Sie sind doch der Cousin eines Viscount, könnte nicht er …“, begann Frederica.

Markfield lachte bitter auf. „Badwell? Als wenn mein feiner Vetter je zu irgendetwas nütze gewesen wäre! Mein Vater hat sich mit seinem Vater überworfen, als er meine Mutter geheiratet hat. Sie war ihm nicht standesgemäß genug. Von dem ist nichts zu erwarten.“

„Aber jetzt ist alles anders, Harry“, meldete sich Lady Daglingworth enthusiastisch zu Wort. Sie hatte die letzten Minuten, ganz gegen ihre sonstigen Gewohnheiten, geschwiegen. „Lord Derryhill hat einen Schuldschein in seinen Händen und oh …“

Seine Lordschaft hatte spöttisch den Mund verzogen und eine Augenbraue gehoben. Schlagartig wurde ihr klar, dass sie Opfer einer List geworden war.

„Heißt das etwa, dass Harry sich weiterhin kein Offizierspatent leisten kann?“

„Frederica, bringst du deine Schwester bitte hinunter zum Wagen?“, ordnete Seine Lordschaft an, anstatt Lady Daglingworths Frage zu beantworten. „Ich denke, sie hat genug gehört. Ich beende diese Unterhaltung noch schnell und komme dann …“

Frederica war sofort aufgestanden und griff nun zu

Penelopes Umhang, der auf dem Stuhl neben dem Fenster lag.

„Frederica? Wieso denn Frederica? Lady Winfords Vorname ist Cecilia, wie man mir sagte. Und sie ist auch nicht die Schwester", meldete sich Lady Daglingworth zu Wort, doch niemand beachtete sie.

Penelope dachte gar nicht daran, sich aus dem Zimmer führen zu lassen. „Wenn es Ihre finanziellen Mittel zulassen, Mylord, dann bitte ich Sie, ihm ein Offizierspatent zu kaufen", sagte sie nun mit fester Stimme.

„Penelope!" Nicht nur Markfield dachte, sich verhört zu haben, sondern offensichtlich auch Frederica.

Seine Lordschaft runzelte die Stirn. „Ohne deine Beweggründe für diese Bitte zu kennen, Penelope, möchte ich doch erwähnen, dass ich es zutiefst verabscheue, mich erpressen zu lassen."

„Jetzt ist alles aus", hörte Frederica Markfield resigniert flüstern. Doch sie hörte auch Penelope, die, so zart sie auch erscheinen mochte, bekannt dafür war, nicht aufzugeben, wenn einer ihrer Schützlinge Hilfe brauchte. Bisher waren diese Schützlinge stets Tiere gewesen, jetzt hatte sie ihre schützende Hand offenbar auch über einen Menschen ausgebreitet.

„Das verstehe ich, Mylord", sagte sie ruhig. „Allerdings würde ich in diesem Fall auch nicht von Erpressung sprechen, sondern von einer Bitte. Der Bitte eines Freundes, der keinen anderen Ausweg gesehen hat."

Mr Markfield sah mit großen Augen zuerst zu ihr und dann zu Seiner Lordschaft hinüber. Ein Funken Hoffnung keimte in ihm auf.

„Eure Lordschaft, hören Sie auf Lady Penelope, sie

hat …", meldete sich nun auch Lady Daglingworth zu Wort, doch Derryhill hob die Hand und hieß sie schweigen.

„Nun denn, wenn du das so willst, Penelope, dann soll es so geschehen. Ich bin also bereit, Ihnen das gewünschte Patent zu kaufen, Markfield. Allerdings …"

Kurz hatte es den Anschein, als würde Lady Daglingworth ihm um den Hals fallen. Dann begnügte sie sich jedoch damit, auszurufen: „Oh, wie überaus freundlich von Ihnen! Harry, hast du gehört? Du …"

Abermals stoppte Lord Derryhill sie mit einer brüsken Handbewegung.

„Allerdings", setzte er seinen Satz fort, „mache ich das nur unter der Bedingung, dass Sie gleich morgen die Stadt verlassen. Sie werden im Gasthof *The King's Crown* in Dover abwarten, bis ich alles geregelt habe, und stechen dann mit dem nächsten Schiff in See. Haben wir uns verstanden?"

Markfield trat auf ihn zu: „Ich danke Ihnen vielmals, Mylord. Ich werde Sie nicht enttäuschen, das verspreche ich Ihnen!" Er streckte Seiner Lordschaft die Hand entgegen, doch dieser ergriff sie nicht.

„Und halten Sie sich künftig von Lady Penelope fern", befahl er stattdessen, „sonst breche ich Ihnen alle Knochen im Leib!"

Kapitel 33

Da es mittlerweile Abend geworden war, ging die Fahrt zurück zur Brook Street nur langsam vonstatten und war für alle Insassen der Kutsche eine Tortur. Die Laudanumtropfen hatten in der Zwischenzeit jegliche beruhigende Wirkung verloren. Als Penelope bewusst wurde, dass sie von dem Mann, den sie liebte und von dem sie sich geliebt glaubte, schändlich hintergangen worden war, flossen die Tränen in Strömen, und Frederica gelang es nicht, sie zu beruhigen. Währenddessen sprach Lady Daglingworth in einem fort. Sie entrüstete sich einerseits über das Vorgehen ihres Neffen, gerade so, als wäre es nicht ihre Idee gewesen, um dann im selben Atemzug Seine Lordschaft dafür zu schelten, sie in eine Falle gelockt zu haben. Danach wiederum bedankte sie sich wortreich bei ihm, dass er bereit war, Harry ein Offizierspatent zu besorgen, um dann gleich darauf die Befürchtung zu äußern, ihr geliebter Neffe könnte im Kampf gegen die Franzosen sterben. Derryhill hatte sich alles mit bewundernswertem Gleichmut angehört. Doch als sie ihn nun allen Ernstes fragte, ob sie sich für die an diesem Abend erlittene Mühe und dafür, dass sie niemandem verraten würde, dass Frederica Barnett sich als Witwe Winford ausgegeben hatte, nicht eine Abgeltung verdient hätte, da wurde es ihm zu dumm.

Er herrschte sie an, endlich den Mund zu halten. Das tat sie in der Folge, wenn auch äußerst ungern. In der sonst stillen Kutsche war nur das leise Weinen Penelopes zu hören.

Als sie endlich Mayfair erreichten, kam es allen vor, als seien sie bereits Stunden unterwegs gewesen. Seine Lordschaft befahl dem Kutscher, anzuhalten, denn er hatte eine Droschke entdeckt, in die Lady Daglingworth mit der Aufforderung gesetzt wurde, weder über die vermeintliche Witwe Winford noch über den heutigen Vorfall je ein Wort zu verlieren.

„Ich bin mit dem Friedensrichter befreundet", hielt er es für ratsam zu erwähnen. „Ein Wort von mir, und Ihr Neffe landet wegen Entführung eines adeligen Fräuleins am Galgen!"

Als der Landauer endlich die Brook Street erreichte, schlug die Standuhr in Lady Derryhills Haus eben zum neunten Mal. Alle drei Insassen der Kutsche fühlten sich wie gerädert und sehnten sich nach ihren Betten. Keinesfalls waren sie auf das Ausmaß der Aufregung vorbereitet, das sie nun erwartete.

Die Hausherrin kam ihnen bereits in der Vorhalle entgegen. „Gott sei Dank, sie ist da!", war das erste, was sie ausrief.

„Wo, um Himmels willen, seid ihr gewesen?", das zweite, und „Wie kamt ihr dazu, mir so einen Schrecken einzujagen?" das dritte.

Frederica seufzte. Sie hatte gehofft, Ihre Ladyschaft wäre noch nicht von ihrer Einladung zurückgekehrt und sie könnte die weinende Penelope in ihr gemeinsames Zimmer bringen, bevor sie jemand zu Gesicht bekäme.

„Mama, das ist aber eine Überraschung", sagte der Earl in diesem Augenblick. „Was treibt dich zu so früher Stunde nach Hause? Bowles sagte, deine Kartenabende endeten selten vor Mitternacht."

„Das war auch so geplant, Anthony, glaube mir. Bis zu dem Zeitpunkt, als Christoph in Dorotheas Salon gestürzt kam und Unglaubliches berichtete."

Während Penelope tapfer versuchte, den nächsten Tränenfluss zu unterdrücken, blickte Frederica verständnislos von Lady Derryhill zu ihrem Sohn hinüber.

„Christoph von Lieven ist der russische Botschafter, Frederica, er ist außerdem der Gatte der Gastgeberin von Mamas heutiger Kartenrunde", erklärte er ihr, um sich dann an seine Mutter zu wenden: „Sag bitte nicht, dass er bereits Bescheid wusste."

„Du meinst über das schreckliche Gerücht, das bei White's, seinem Club, die Runde macht? Oh doch, mein Lieber, er wusste Bescheid. Von Lieven war so freundlich, extra nach Hause zu reiten, um mich davon in Kenntnis zu setzen."

Frederica hielt erschrocken die Luft an, Penelope begann abermals still vor sich hin zu weinen.

„Was genau besagte dieses Gerücht?", wollte der Earl wissen. „Und wer, um Himmels willen, hat es in die Welt gesetzt?"

Seine Mutter seufzte. „Ich vermute, es war dieser unausstehliche Pucklechurch, aber ich habe natürlich keinen Beweis dafür. Jedenfalls lautete das Gerücht, Lady

Penelope Barnett sei mit Mr Markfield nach Gretna Green durchgebrannt. Man sagt …"

Sie unterbrach sich, seufzte abermals und sah zu Penelope hinüber. Diese hielt für einen Moment in ihrem Weinen inne, blickte sie fragend an und wartete, was nun kommen würde.

„Man sagt, das Landei sei faulig und verdorben", vollendete Ihre Ladyschaft den Satz und setzte hinzu, obwohl es nicht notwendig gewesen wäre, dies extra zu betonen: „Das ist das Schlimmste, was man von einer unverheirateten Frau in unserer Gesellschaft sagen kann. Ihr wisst auch, wie schnell sich solch üble Nachrede in ganz London verbreitet." Sie seufzte tief und blickte dann aufatmend in die Runde: „Aber offensichtlich ist an diesem Gerücht nichts Wahres dran, wofür ich Gott von ganzem Herzen danke!"

Penelope schluchzte, und Lady Derryhill legte ihr den Arm um die schmale Schulter: „Was ist denn mit dir los, mein liebes Kind? Was hast du denn angestellt?"

Als Penelope schweigend den Kopf schüttelte, wandte sie sich an die beiden anderen: „Lasst uns alle in den Salon gehen. Dort erzählt ihr mir, was geschehen ist. Ich will wissen, woher ihr zu so später Stunde kommt, was ihr dort gemacht habt, einfach die ganze Geschichte. Ich will alles wissen. Alles!"

„Gestatten Sie, dass ich Penelope vorher noch zu Bett bringe, Mylady?", fragte Frederica, während sie dem Butler den schweren, schwarzen Umhang reichte. „Meine Schwester ist müde von all der Aufregung und …"

„Deine Sorge als Ältere in Ehren, meine liebe Frederica, aber Penelope ist die Hauptperson in diesem Drama.

Daher ist ihre Anwesenheit unbedingt von Nöten. Mir scheint, wir haben heute noch einiges vor, wenn wir den bösartigen Lästermäulern umgehend den Wind aus den Segeln nehmen wollen!"

Die Baronesse of Radnor hatte den Abend für ihre musikalische Soiree wohlüberlegt ausgewählt. Zu diesem Termin fand kein anderes wichtigeres Ereignis statt, sodass sie mit Fug und Recht darauf hoffen konnte, möglichst viele adelige Gäste in ihren Räumen begrüßen zu dürfen. Und doch hatte sie nie und nimmer mit der Ehre gerechnet, die ihr um zehn Uhr, knapp bevor die Kapelle zum Tanz aufspielen sollte, tatsächlich erwiesen wurde und worüber sie noch Jahre später als *das Wunder der Season 1811* schwärmen würde.

Der Zeitpunkt für dieses *Wunder* hätte nicht besser gewählt sein können. Die italienische Sopranistin, die für diesen Abend eigens angereist war, hatte ihre letzte Arie geschmettert, der begeisterte Applaus war eben dabei abzuebben, als laut und vernehmlich der Türklopfer betätigt wurde und der Butler kurz darauf das Eintreffen später Gäste verkündete: „Seine Lordschaft, der Earl of Derryhill, Lady Derryhill, Lady Frederica Barnett, Lady Penelope Barnett!"

Auf Lady Rednors Gesicht spiegelte sich der Triumph. Die Derryhills waren gekommen! Somit würde dieser Abend ihr weiteres Leben entscheidend beeinflussen. Wer so hohe Herrschaften zu seinen Gästen zählen konnte, hatte es geschafft. Ihr, ihrem Gatten und den beiden hoffnungsvollen Söhnen würden sich sicher künftig Türen öffnen, die ihnen bisher verschlossen geblieben waren.

Mit stolzem Lächeln ging sie ihren Besuchern entgegen und machte schnell ihrem Gatten ein energisches Zeichen, ihr zu folgen.

„Lady Derryhill, was für eine Ehre!“ Sie versank in einen tiefen Knicks. „Eure Lordschaft! Willkommen in unserem bescheidenen Heim. Und das sind sicher Ihre beiden Schützlinge, die die Männerwelt in unserer geliebten Hauptstadt zu Begeisterungsstürmen veranlasst haben. Zu Recht, wie ich mich jetzt überzeugen kann.“

„Wie überaus reizend von Ihnen, meine Liebe. Darf ich hoffen, dass Sie unser spätes Erscheinen entschuldigen?“, flötete Lady Derryhill und hakte sich bei ihrer Gastgeberin unter, was sich diese mit einem „Aber selbstverständlich, es ist eine wahre Freude, Sie zu unseren Gästen zu zählen“ nur zu gern gefallen ließ.

„Ich habe meinen Kartenabend bei meiner lieben Freundin, der Countess von Lieven, vorzeitig beendet, um mich hier einfinden zu können“, erklärte die Countess ihr.

Lady Radnors Strahlen vertiefte sich, und sie führte ihren hohen Gast in den Salon hinein. Die drei anderen folgten. Man hatte die Möbel an den Rand des Raumes gerückt, eine kleine Kapelle begann soeben mit den ersten Takten. Sofort waren die Mädchen von Verehren umringt. Sie sahen ja auch bildhübsch aus, wie Lady Derryhill nach einem prüfenden Blick zufrieden feststellte. Außerdem bewiesen beide in bewundernswerter Weise Selbstdisziplin und Format. Mochten die Schwestern auch noch so erschöpft sein, sie ließen es sich nicht anmerken.

„Sie haben einen Kartenabend bei der Countess verlassen, um unsere kleine Soiree zu besuchen, Lady

Derryhill?", vergewisserte sich die Baronesse. „Das ist aber äußerst zuvorkommend von Ihnen!"

Lady Derryhill tätschelte ihr vertraulich die Hand. „Aber natürlich habe ich das getan, meine Liebe. Ihre Soiree hätte ich um nichts auf der Welt versäumen wollen!"

Der Türklopfer war erneut zu hören, und es trafen weitere späte Gäste ein. Mr Pucklechurch und zwei andere junge Männer waren gekommen, um auch diese Veranstaltung als Bühne dafür zu nutzen, ihre Gerüchte über Penelopes Eskapade auszustreuen. Mr Pingham-Fawles, der die Soiree eben verlassen wollte, trat zu ihnen, um sie kurz zu begrüßen.

„Hast du schon das Neueste gehört, Pingi?", erkundigte sich Pucklechurch mit einem unangenehmen Lächeln. „Im Club erzählt man, die kleine Barnett sei durchgebrannt, mit diesem ... ach, es hat keinen Sinn, sich den Namen merken zu wollen. Sie ist also nicht nur ein Landei, sie ist ein faules, verdorbenes Landei!"

Er lachte laut über dieses Bonmot, das er an dem Abend bereits mehrfach angebracht hatte, und seine beiden Freunde beeilten sich, in dieses Lachen einzustimmen.

Mr Pingham-Fawles lachte nicht.

„Pass auf, was du da von dir gibst, Pucklechurch", sagte er stattdessen. „Du hast mit dieser Landeisache schon genug Schaden angerichtet. Du willst doch nicht, dass man dich für einen schlechten Verlierer hält. Du weißt, unsere Gesellschaft hasst schlechte Verlierer."

Pucklechurch runzelte die Stirn. „Was ist denn in dich gefahren? Seit wann spielst du dich als Verteidiger landadeliger Jungfrauen auf? Falls man sie überhaupt noch so bezeichnen darf. Immerhin war sie so dreist, mit einem Mr Nobody nach Gretna Green durchzubrennen."

„War sie nicht", entgegnete der andere, ließ sich von einem Diener in den Umhang helfen und zog seine gestärkten Manschetten zurecht. „Es wird dich interessieren, mein lieber Pucklechurch, dass ich Lady Penelope Barnett vor wenigen Augenblicken hier im Haus gesehen habe. Da tanzte sie mit Derryhill eine Polka. Es würde mich nicht überraschen, wenn sich zwischen diesen beiden etwas anbahnte. Wenn du mich jetzt bitte entschuldigen willst, ich habe …"

„Die kleine Barnett ist hier?", fuhr Pucklechurch auf. „Das ist doch nicht die Möglichkeit! Wie lange ist sie denn schon anwesend?"

Mr Pingham-Fawles hatte die letzten Stunden am Spieltisch in der Bibliothek verbracht. Er hatte daher keine Ahnung, wie lange Lady Derryhill und ihr Gefolge die Soiree schon beehrten. Andererseits hatte er aber auch keine Lust auf eine weitere Diskussion.

„Den ganzen Abend schon, vermute ich", sagte er daher, hob zum Zeichen des Grußes die Rechte an die Hutkrempe und verließ das Haus.

Kapitel 34

Am nächsten Tag traf man sich zum Lunch in der Brook Street. Lady Derryhill und ihre Schützlinge hatten den Vormittag dazu genutzt, möglichst vielen Häusern einen Besuch abzustatten, um den Mitgliedern der adeligen Gesellschaft klar vor Augen zu führen, dass an den kursierenden Gerüchten nichts Wahres dran war. Hatte man Penelope im ersten Palais noch entgeistert angestarrt, fast als säße man einem Gespenst gegenüber, so sprach sich ihre Anwesenheit in der Hauptstadt wie ein Lauffeuer herum, und im vierten Haus begrüßte man sie schon wieder mit selbstverständlicher Freundlichkeit.

Hatten Lady Derryhill und die beiden Mädchen die Aufgabe übernommen, die Gerüchte in der Damenwelt zu ersticken, so ging der Earl in der Männerwelt ebenso vor. Er zeigte sich in dem einen und anderen Club, tat, als würde er Pferde bei Tattersalls begutachten und kaufte ein Buch bei *Hatchard* am Piccadilly. Als die Herren sahen, mit welch gelassener Fröhlichkeit er all dies absolvierte, erkannten sie, dass er keinen Grund zu einer ernsthaften Besorgnis haben konnte. Wenn jemand tatsächlich die Unverfrorenheit besaß, nach dem Befinden von Lady Penelope zu fragen, dann antwortete er, dass sie eben dabei war, mit seiner Mutter Besorgungen zu machen, und dass es gewiss ihre einzige Sorge wäre, ob man zum neuen Hut besser blaue oder malvenfarbene Bänder nehmen sollte. Dann lachten alle, tranken einen Port und verwünschten Pucklechurch, der daran schuld war, dass sie am Vortag falsche Informationen weitergetratscht hatten. Sie beschlossen, diesem Gentleman in Zukunft nichts mehr zu glauben. Ja, ihn für eine gewisse Zeit überhaupt zu schneiden. Sicher war bekanntlich sicher.

„So erhebe ich das Glas auf euch und auf uns alle!" Der Earl saß am Kopfende des Tisches und hielt seinen Kristallkelch in die Höhe. „Ich denke, wir waren äußerst erfolgreich. Pucklechurch und sein lästerliches Maul sind in die Schranken gewiesen worden."

Er war sichtlich gut gelaunt, blickte fröhlich auf die drei anwesenden Damen bei Tisch und leerte sein Glas in einem Zug. In den Clubs und bei anderen Begegnungen mit diversen Gentlemen der Gesellschaft hatte er immer wieder alkoholischen Getränken zugesprochen. Ihn jetzt als nüchtern zu bezeichnen hieße, die Tatsachen zu verkennen.

„Meine Schwester und ich können Ihnen beiden nicht genug für alles danken, was Sie für uns getan haben." Fredericas Worte kamen von Herzen. „Es erschreckt mich mitzuerleben, wie schnell der Ruf eines jungen Mädchens auch ohne sein Zutun ernsthaften, nein, ich fürchte sogar unwiederbringlichen Schaden davontragen kann. Wir danken Ihnen beiden, dass Sie uns auf so unnachahmliche Art und Weise geholfen haben. Allein wären wir mit der Situation völlig überfordert gewesen, nicht wahr, Penelope?"

Ihre Schwester nickte mechanisch. Sie hatte den ganzen Tag wenig gesprochen. Wenn sie lachte, dann nur, weil sie sich dazu gezwungen hatte. Aber sie weinte zumindest nicht mehr. Sie war traurig, dass die Liebe, die sie entdeckt hatte, verloren gegangen war. Aber sie wollte keine Träne mehr um Mr Markfield vergießen. Ein Mann, der ihr Vertrauen ganz bewusst missbraucht und sie in eine so gefährliche Lage gebracht hatte, war ihre Tränen nicht wert.

„Das war doch selbstverständlich“, sagte Lady Derryhill zu Frederica und tätschelte ihre Hand. „Ihr habt euch unserem Schutz anvertraut, und daher ist es unsere Pflicht, alles zu unternehmen, um euch vor Schaden zu bewahren.“

Sie wandte sich an ihren Sohn, der in seinem Stuhl zurückgelehnt saß, sein Glas abermals zu den Lippen führte und dabei Frederica mit versonnenem Lächeln ansah.

„Wir dürfen Pucklechurch nicht unterschätzen, Anthony. Noch ist die ganze Sache nicht ausgestanden. Wir haben einen Teilsieg errungen, wenn wir es so nennen wollen. Aber ein Funke genügt, und die nächste Woge kann wieder über uns hereinbrechen.“

„Na“, sagte der Earl und hob abermals sein Glas, „dann werden wir eben selbst für den nächsten Gesprächsstoff sorgen. Aber diesmal wird es etwas Erfreuliches sein.“

Frederica wählte eine Birne aus der Obstschale in der Mitte des Tisches und begann, sie mit einem scharfen Messer umsichtig zu schälen.

„Etwas Erfreuliches? Was willst du denn der Gesellschaft Freudiges mitteilen, was für positiven Gesprächsstoff sorgen könnte?“, wollte Lady Derryhill wissen. Sie sah zu ihrem Sohn hinüber, der Frederica noch immer nicht aus den Augen ließ. Das Lächeln um seinen Mund vertiefte sich. Da war ihr mit einem Mal klar, was er vorhatte.

„Nein, Anthony, nicht jetzt!“, brachte sie gerade noch hervor.

Doch der Earl of Derryhill war bereits aus seinem Stuhl gerutscht und vor der älteren der beiden Barnett-Schwestern auf die Knie gesunken: „Teuerste Frederica, willst du mir die Ehre und Gunst erweisen, meine Frau zu werden?“

Das war der Augenblick, in dem sich Lady Frederica Barnett in den Finger schnitt.

Lady Derryhill sprang auf und eilte zum Klingelstrang.

„Hättest du dir keinen besseren Moment für einen Antrag aussuchen können, mein Sohn?“, fragte sie streng.

Penelope schaute fragend zu ihrer Schwester hinüber.

Diese erbleichte, errötete, schluckte, sagte zuerst gar nichts und dann: „Die Wunde brennt! Oh, wie dumm, es ist etwas Blut auf das wunderschöne Tischtuch getropft.“

Lady Derryhill gab dem herbeigeeilten Bowles den Auftrag, Verbandszeug zu holen und seine Ehefrau zu verständigen, damit sie die Wunde fachgerecht verbinden konnte. In der Zwischenzeit reichte sie Frederica eine Serviette hinüber. „Da, drücke sie auf deinen Finger!“

Der Butler war ein erfahrener Mann. Er hatte schon vieles erlebt, gehört und gesehen, und er hatte gelernt, sich seine Gefühle, egal welcher Natur sie auch waren, keinesfalls anmerken zu lassen. Den Earl auf dem Fußboden knien zu sehen, während Ihre Ladyschaft nach Verbandszeug verlangte, machte jedoch selbst ihn fassungslos.

„Vergiss doch die Wunde und die Birne", forderte Seine Lordschaft ungeduldig, als der Butler den Raum wieder verlassen hatte. „Ich habe dich gebeten, meine Frau zu werden, Frederica. Ich darf doch annehmen, dass dich diese Ehre glücklich macht?"

Lady Derryhill versuchte, ihn hochzuziehen: „Ich denke, es ist besser, du erhebst dich wieder, Anthony, und wiederholst deine Frage zu einem geeigneteren Zeitpunkt."

„Nein, ich will jetzt eine Antwort", beharrte er. Der viele Alkohol zu so ungewohnt früher Stunde hatte ihn in einen trotzigen, kleinen Jungen verwandelt. „Ich will der Gesellschaft etwas geben, worüber sie sich die Mäuler zerreißen kann. Und ich will das lästige Weib ein für alle Mal aus dem Haus haben!"

„Mit dem ‚lästigem Weib' ist die Mutter seines Erben gemeint", beeilte sich Lady Derryhill zu erklären, bevor es zu Missverständnissen kommen konnte.

„Ich verstehe", sagte Frederica, obwohl das nicht der Wahrheit entsprach. Sie hatte doch stets angenommen, Seine Lordschaft habe ein Auge auf Penelope geworfen. Sie hatte sich doch jeden Abend schweren Herzens eingestanden, dass er für sie unerreichbar war. Warum also stellte er ihr nun plötzlich die Frage aller Fragen? War es denn möglich, dass er ihre heimliche Liebe erwiderte?

„Liegt hier nicht vielleicht eine Verwechslung vor, Mylord?", erkundigte sie sich mit leiser Stimme, während ihr Herz vor Aufregung wie wild schlug. „Sollte Ihr Antrag nicht meiner Schwester gelten?"

„Frederica, bist du verrückt geworden? Oh, Verzeihung!" Penelope hielt sich die Hand vor den Mund, wohl um sich für den entgeisterten Ausruf zu entschuldigen.

Dann starrte sie ihre Schwester an und schüttelte den Kopf.

„Aber, ich dachte …“, murmelte Frederica, die gar nicht wusste, was sie denken sollte.

Während ihr der Earl wortreich und nicht ganz wahrheitsgemäß erklärte, dass er wiewohl ihm Penelopes Liebreiz natürlich nicht entgangen war, nie an eine derartige Verbindung gedacht hatte, wechselten Fredericas Gefühle zwischen Verwirrung und unglaublicher Freude. Anthony Farrensby, der Earl of Derryhill, hatte ihr tatsächlich einen Antrag gemacht! Das war schöner als alles, was sie sich je zu erhoffen gewagt hatte. Er war genau der Mann, mit dem sie ihre Zukunft verbringen wollte, auch wenn sie sich das bisher nur heimlich einzugestehen gewagt hatte. Doch nun verspürte sie ein weiteres Gefühl – Enttäuschung. Was war das für ein seltsamer Antrag? Angeheitert, im Beisein anderer Personen? Und was waren das für seltsame Gründe, die er vorgebracht hatte? Wer heiratet schon, um der Gesellschaft Anlass für Klatsch und Tratsch zu geben? Um wie viel lieber wäre es ihr gewesen, der Earl hätte das Wort Liebe erwähnt.

Dies war der Augenblick, als Seine Lordschaft das Thema Liebe tatsächlich ins Spiel brachte. Allerdings nicht auf die Art und Weise, die Frederica sich gewünscht hätte.

„Magst du mich denn nicht, Frederica?“, wollte er wissen. „Ich habe dein Vertrauen gespürt und nahm deshalb an, du würdest mich lieben!“, beharrte er.

„Anthony, bitte“, meldete sich seine Mutter wieder zu Wort, „hör auf, sie zu bedrängen. Gib ihr Zeit zum Nachdenken, so wie es sich gehört.“

Der Earl beachtete sie nicht, sondern rutschte immer

noch auf Knien näher und umfasste die Hand seiner Angebeteten: „Frederica, du liebst mich doch, oder etwa nicht?“

Es klang so hoffnungsfroh und flehentlich, dass sie mit Freuden „Ja!“ geantwortet hätte, wäre da nicht eine innere Stimme gewesen. *Sei klug,* warnte diese, *wenn er dich aus profanen Gründen zur Frau nehmen will, ist es nicht gut, wenn er weiß, dass du ihn liebst.*

„Ich … ich, weiß nicht“, stotterte Frederica. „Sollte nicht Seine Lordschaft … ich meine ...“

Er ließ ihre Hand abrupt los, stand mit etwas wackeligen Beinen auf und trat ans Fenster, aus dem er einige Sekunden gedankenverloren starrte. Währenddessen versuchte Frederica, die richtigen Worte zu finden, ohne etwas über ihre wahren Gefühle zu verraten.

„Seine Lordschaft *sollte*?“, wiederholte er ihre Worte, und sein Tonfall klang alles andere als erfreulich. „Ja, was *sollte* Seine Lordschaft wohl? Sagen, dass er den Heiratsplan deiner Mutter zu erfüllen gedenkt? Bist du nur dann bereit, mir die Hand zum Bund zu reichen, wenn ich vorab versichere, eure Familie vor dem Untergang zu bewahren? Möchtest du zuerst meine Unterschrift auf einem Vertrag? Gut, dann soll es eben so sein.“

„Anthony!“, rief Lady Derryhill. Das Verhalten ihres Sohnes schockierte sie ebenso sehr, wie es sie traurig stimmte. Er war dabei, die Chance seines Lebens aufs Spiel zu setzen. „Sobald Bowles die Wunde verbunden hat, werden Penelope und ich euch beide allein lassen, und dann kannst du mit angemesseneren Worten das ausdrücken, was du dem Mädchen in Wirklichkeit sagen möchtest.“

Frederica hatte sich ebenfalls erhoben und wickelte nun

ihre Serviette noch einmal um den Finger, um keinem der beiden ins Gesicht sehen zu müssen.

„Oh, es ist gar nicht notwendig, dass Seine Lordschaft sich die Mühe macht, seinen Antrag zu wiederholen", sagte sie. Ihre Stimme klang so emotionslos, dass Derryhill zusammenzuckte. „Ich habe verstanden, dass ich Mittel zum Zweck hätte sein sollen, ihm einen passenderen Erben zu schenken, damit er das ‚lästige Weib' endlich los ist."

„Freddy!", rief Penelope entsetzt. Doch ihre Schwester beachtete sie nicht.

„Und ich habe verstanden, dass ihm dies sogar die erhebliche Summe Wert gewesen wäre, die nötig ist, um Lancroft Abbey zu retten", setzte sie fort.

„Aber, mein liebes Kind, das hast du völlig falsch verstanden", rief Lady Derryhill aus, während der Earl wieder angestrengt aus dem Fenster starrte. Sie versuchte zu retten, was noch zu retten war. „Ich versichere dir, mein Sohn hat dir den ehrenwerten Antrag einzig und allein deshalb gemacht, um deine Schwester und dich vor weiterem Gerede der Londoner Gesellschaft zu schützen …"

Das waren nicht die Worte, die Frederica hören wollte, und darum scheiterte der gut gemeinte Versuch kläglich.

„Wie überaus zuvorkommend von ihm", nahm Frederica nun zu dem Spott Zuflucht, den der Earl sonst so gern anwendete. „Dieses Opfer wird nicht notwendig sein. Penelope und ich werden der Gesellschaft keine Möglichkeit mehr geben, über uns zu lästern. Wir danken für Ihre Gastfreundschaft, Lady Derryhill, aber wir werden sie nicht länger in Anspruch nehmen. Auch wenn ich arm bin, so bin ich eine Barnett. Ich habe meinen Stolz. Und sollte ich je heiraten, so wird dies aus Liebe geschehen und nicht aus solch profanen Überlegungen. Komm Penelope, wir müssen Rosie anweisen, unsere Koffer zu packen."

Sie knickste und ging mit gestrafftem Rücken zur Tür. Ihre Schwester sah zuerst unschlüssig vom Earl zu Lady Derryhill und wieder zurück, doch dann beeilte sie sich, Frederica zu folgen.

Als Lord Derryhill dies bemerkte, wurde er ungehalten. „Halt!", rief er aus. „Was soll denn das? Das heißt doch nicht etwa, du gibst mir einen Korb? Ich bin der Earl of Derryhill! Frederica, bleib sofort stehen!"

Er wollte ihr nacheilen, was angesichts seines erheblichen Alkoholkonsums nicht so einfach war, doch seine Mutter hielt ihn zurück: „Du bleibst besser hier", sagte sie. „Mach nicht alles noch schlimmer, als es ohnehin schon ist."

Kapitel 35

Wenn man in die Welt hinauszog, um einen Auftrag zu erfüllen und man hatte damit Erfolg, dann war die Heimkehr in der Regel triumphal. Man wurde aufs Freudigste begrüßt, umarmt, beglückwünscht und mit stolzen Augen betrachtet. Hatte man den Auftrag nicht mit Erfolg ausgeführt, dann verhielt es sich anders. Man blickte in enttäuschte Gesichter, konnte förmlich sehen, wie in leeren Augen die letzte Hoffnung erlosch und war den verschiedensten Arten von Tadel und Vorwürfen ausgesetzt. Und es gibt immer jemanden, der meint, er hätte es besser machen können.

Die beiden Barnett-Schwestern hatten die Heimreise nach Lancroft Abbey am nächsten Tag angetreten, ohne Seiner Lordschaft vorher noch einmal begegnet zu sein. Lady Derryhill hatte darauf bestanden, ihnen ihre beste Reisekutsche samt Kutscher zur Verfügung zu stellen, und daher verlief die Rückfahrt viel komfortabler als die Hinreise. Zudem kamen sie viel zügiger voran als mit ihrem eigenen wackeligen Gefährt. Rosie hatte oben auf dem Kutschbock Platz genommen, da sie noch einen letzten Blick auf alle Sehenswürdigkeiten entlang der Strecke werfen wollte, sodass die Schwestern allein im Inneren des

Wagens saßen. Hatten sie bei der Fahrt nach London aufgeregt Pläne geschmiedet und sich gefragt, welche Abenteuer ihnen wohl bevorstehen würden, so wussten sie jetzt ziemlich genau, was sie erwartete. Daher schwiegen sie beide. Penelope streichelte ihr Kätzchen, das zusammengerollt auf ihren Schoß lag, und jede hing ihren eigenen Gedanken nach.

Obwohl sie gescheitert waren und Mamas Standpauke nicht ausbleiben würde, freute sich Penelope auf zu Hause. Auf den Wald, die Stallungen und die Tiere, denen sie helfen konnte, wenn sie krank oder verletzt waren. Lady Derryhills Kammerfrau war so freundlich gewesen, ihr die Rezepte für allerlei Heilmittel zu verraten. Penelope war sich sicher, dass die Tinkturen und Salben nicht nur Menschen, sondern auch Tieren helfen konnten. Besonders freute sie sich auf Aphrodite, das schwarze Schaf, und ihr Junges. Für einen kurzen Moment schlich sich ein kleines Lächeln auf ihre Lippen. Es war ein schwarzes Schaf, das friedlich blökte, und keines, das vorhatte, sie zu entführen. Ach, Mr Markfield, warum haben Sie das getan? Das Lächeln verschwand so schnell, wie es gekommen war, und machte wieder tiefem Kummer Platz. Sie wollte diesen Mann Frederica gegenüber nicht mehr erwähnen. Schlimm genug, dass sie ihn nicht vergessen konnte.

Ihrer Schwester wiederum ging ein anderer Gentleman im Kopf herum. Sie sah den warmen Blick aus dunklen Augen vor sich, hörte sein schallendes Lachen und führte sich immer und immer wieder die Szene vor Augen, als er vor ihr kniete, um sie um ihre Hand zu bitten. Warum bloß hatte sie seinen Antrag abgelehnt? Sie konnte sich doch nichts Schöneres vorstellen, als an seiner Seite vor dem Altar der *King Charles the Martyr* – Kirche bei den Pantiles, Tunbridges wunderschönen Kolonnaden, zu stehen und sich das Ja-Wort zu geben. *Du hast ihm einen Korb gegeben, weil er dich nicht liebt,* meldete sich ihre strenge, innere Stimme zu Wort. *Es gibt viele Ehen, die als Vernunftehen begonnen haben und im Laufe der Jahre glücklich geworden sind,* antwortete eine zweite Stimme. Hatte nicht Mama stets behauptet, auch ihre Ehe wäre eine Vernunftehe gewesen? *Hätte dir dein dummer Stolz nicht im Wege gestanden, dann könntest du jetzt als verlobte, junge Frau erhobenen Hauptes nach Hause fahren,* schalt sie nun eine dritte Stimme, die mindestens so streng war wie die erste. *Du müsstest Mama nicht beichten, dass du versagt hast. Dass du es in der Hand gehabt hättest, Lancroft Abbey zu retten, aber dass du deine Befindlichkeiten vor das Wohl der Familie gestellt hast.*

„Ich denke, es ist nicht nötig, Lord Derryhills verunglückten Antrag Mama gegenüber zu erwähnen", sagte sie deshalb laut. „Wir wollen sie schließlich nicht unnötig aufregen ..."

Penelope sah sie nicht an, sondern starrte aus dem Fenster auf die vorbeiziehende Landschaft. „Wenn du meinst ..."

Frederica ließ nicht locker. Sie brauchte das Wort ihrer Schwester. „Wir wollen keine falschen Hoffnungen in ihr wecken, nicht wahr, Penelope?"

Diese seufzte, nickte und sagte dann: „Ich werde schweigen, wenn du das für richtig hältst." Nach ein paar Sekunden fügte sie hinzu: „Über Mr ..., diesen elenden ... also, auch darüber verlieren wir besser kein Wort. Was vorbei ist, ist vorbei, nicht wahr, Frederica?"

„Was vorbei ist, ist vorbei", wiederholte ihre Schwester, und es klang bitter. Dann schwiegen sie wieder und hingen ihren sehnsuchtsvollen Gedanken nach.

Die beiden erreichten Lancroft Abbey am späten Nachmittag des übernächsten Tages. Als sie die breite Auffahrt hinauffuhren, glänzten die Ziegel des wuchtigen Backsteingebäudes in der warmen Spätfrühlingssonne. An Wintertagen konnte der zweigeschossige Bau aus der Tudorzeit mit seinen massiven Ecktürmen und seinen mächtigen Zinnen durchaus abweisend wirken, doch nun schien er die beiden Heimkehrerinnen freundlich willkommen zu heißen. Sie konnte nur hoffen, dass das Willkommen ihrer Mutter sich wenigstens halb so freudig gestalten würde.

„Ich habe es mir überlegt", sagte Frederica, bevor der Diener den Wagenschlag erreicht hatte. „Wir werden Mama einfach sagen, dass man uns in London als Mädchen vom Lande verspottete und dass uns diese Tatsache die Aussicht auf einen passenden Gemahl zunichte gemacht hat. Wir werden daher hier in Kent nach einem reichen Ehemann für dich suchen müssen."

„Oder für dich."

Frederica seufzte. „Oder für mich."

Die beiden Schwestern fanden ihre Mutter und Cousine Agatha im Wohnzimmer vor. Mama war, wie so oft, über die Bücher der Gutsverwaltung gebeugt, Agatha saß auf der Chaiselongue, das verletzte Bein mit Holzlatten und

Riemen geschient, einen Gedichtband in der Hand, aus dem sie ihrer Tante vorlas.

Die Damen waren äußerst überrascht, die Mädchen vor sich zu sehen. Zu Fredericas Freude sprang Mama sofort auf, und fast hatte es den Anschein, als würde sie ihre Töchter umarmen. Dann entschied sie sich doch dafür, ihnen zum Willkommen nur die Hand zu reichen und ihre Knickse gnädig entgegenzunehmen. Dennoch: Die ungewohnte Herzlichkeit der Begrüßung weckte in Frederica die Hoffnung, dass das bevorstehende Gespräch nicht ganz so schlimm verlaufen würde wie befürchtet. Und doch hatte sie das dringende Bedürfnis, es so lange wie möglich hinauszuschieben.

„Wenn du gestattest, möchten wir uns jetzt gern zurückziehen, Mama, um uns frisch zu machen. Die Reise war lang und anstrengend. Wir würden uns dann beim Dinner wieder zu euch gesellen ..."

„Das ist ganz und gar ausgeschlossen, meine Liebe!", wurde sie da auch schon unterbrochen. „Ich fordere auf der Stelle eine Erklärung für eure ungeplante Heimreise. Shipton soll uns Tee servieren." Energisch zog sie am Klingelstrang.

Frederica seufzte, fügte sich ins Unvermeidliche und setzte sich auf das Sofa, das neben der Chaiselongue stand.

„Cousine Agatha, wie geht es deinem Bein? Hast du noch arge Schmerzen?", erkundigte sie sich, während ihre Mutter dem Butler die entsprechenden Anweisungen gab. Frederica wollte sich vor dem unausweichlichen Verhör noch einige Minuten Luft verschaffen.

Agatha lächelte tapfer. „Es wird von Tag zu Tag besser, Frederica. Mary, meine Zofe, weiß inzwischen, wie man die Schiene richtig anlegt. Sie wird jeden Tag abgenommen, damit man das Bein mit einer Mischung aus gemahlenen Samen vom Bockshornklee und Milch bestreichen kann. Der Arzt meint, das würde die Heilung beschleunigen."

„Oh ja, Bockshornklee kann wahre Wunder bewirken", meldete sich nun Penelope zu Wort, die neben ihrer Schwester Platz genommen hatte. „Wir haben die Hufe von Thunderbird damit eingerieben, als ..."

„Mich interessiert kein Bockshornklee", fuhr die Viscountess dazwischen, während sie auf der anderen Seite der Chaiselongue Platz nahm. Zum Butler gewandt, der den Raum soeben verlassen wollte, sagte sie: „Shipton, bringen Sie uns auch Gebäck zum Tee. Mit etwas Süßem im Mund kann man die bittere Wahrheit besser hinunterschlucken."

Als sich der Diener mit einem „Sehr wohl, Mylady!" verbeugt hatte und gegangen war, um das Gewünschte zu holen, wandte sich Ihre Ladyschaft an ihre Töchter, die ihr gegenüber saßen und eher den Eindruck von Schulmädchen vermittelten als den von jungen Damen im heiratsfähigen Alter.

„So, nun heraus mit der Sprache! Warum seid ihr hier, anstatt in London euren Pflichten nachzukommen? Wie ist es euch ergangen? Muss ich davon ausgehen, dass mein Heiratsplan kläglich gescheitert ist und wir am Rande des Ruins stehen?"

Während Penelope angestrengt ihre Fingernägel betrachtete und schwieg, blieb es Frederica vorbehalten, die unerfreuliche Wahrheit zu präsentieren. Sie erzählte alles. Fast alles, denn sie verschwieg, wie sie es mit ihrer Schwester vereinbart hatte, zwei durchaus nicht unwichtige Details. So kam Mr Markfield in ihrer Erzählung mit keiner Silbe vor. Ebenso wenig der Heiratsantrag von Lord Derryhill. Der Earl wurde zu einem Mann mittleren Alters, der einzig und allein als Freund ihres Onkels und als Sohn ihrer zweiten Gastgeberin eine Rolle spielte.

Lady Panswick runzelte die Stirn: „Mein Bruder hat sich also tatsächlich als Hilfe erwiesen? Das ist seltsam. Ich konnte es kaum glauben, als ich es in deinem Brief las, Frederica. Das ist das erste Mal in seinem Leben, dass man mit Fug und Recht sagen kann, Chedworth sei zu irgendetwas nütze gewesen. Ich muss mich heute Abend an meinen Schreibtisch setzen und ihm meinen Dank versichern."

Frederica schnappte nach Luft. „Das ist nicht mehr nötig, liebe Mama", sagte sie schnell. Nicht auszudenken, wie des Barons Antwort auf diesen Dankesbrief ausfallen würde. „Wir haben ihm gedankt, aber er wollte nichts davon hören. Und in Wahrheit war es wohl eher sein Freund oder besser gesagt Lady Derryhill, die uns tatsächlich geholfen hat."

„Dann werde ich dieser Dame schreiben", beschloss ihre Mama. Dagegen hatten ihre Töchter nichts einzuwenden. „Doch nun weiter mit deiner Erzählung. Du bist also in den Efeu gefallen, und dieser Mr Pucklechurch hat euch dabei beobachtet. Wie überaus ungeschickt vorn dir!"

Das Tablett mit dem Gebäck, das der Butler gebracht hatte, war längst leer, der Tee ausgetrunken, als Frederica zum Ende kam: „Wir hatten mit allen Männern Bekanntschaft gemacht, die auf deiner Liste standen, Mama. Und mit manch anderem noch obendrein. Wir sprachen also mit jedem, der genug Geld gehabt hätte, um Lancroft Abbey zu retten. Doch kein einziger machte Anstalten, Penelope mit einem Antrag zu beehren." Frederica atmete auf. Sie hatte alles erzählt und nichts davon war gelogen. „Im Gegenteil, wir wurden als Landeier verleumdet, nicht gut genug für einen Gentleman aus der Hauptstadt. Darum haben wir entschieden, nach Hause zurückzukommen, um in Tunbridge Wells unser Glück zu versuchen."

Die Viscountess schwieg einige Zeit, dann seufzte sie und sagte kopfschüttelnd: „Wie hatte ich auch nur annehmen können, du wärst dieser heiklen Mission gewachsen, Frederica. Du bist viel zu jung und unerfahren! Es ist eine Katastrophe, aber ich kann dich nicht allein dafür verantwortlich machen. Auch ich trage Schuld daran, denn ich hätte es besser wissen müssen."

„Ich mache mir solche Vorwürfe, dass ich nicht aufgepasst und mir das Bein gebrochen habe", meldete sich Agatha zu Wort. „Hätte *ich* Penelope nach London begleitet, dann hätten wir mit Sicherheit Erfolg gehabt. Dann würde sie wohl in Kürze vor den Traualtar treten, und Lancroft Abbey wäre gerettet."

Lady Panswick nickte und tätschelte ihre Hand. „Ja, natürlich, meine Liebe! Du wärst auch nicht bei den ersten Schwierigkeiten geflohen."

Jetzt war Frederica wirklich empört. Wie kam ihre Cousine dazu, so etwas zu behaupten? Sie hatte doch keine Ahnung, was einen in der Hauptstadt erwartete.

„Frederica hat alles großartig gemacht", meldete sich nun Penelope zu Wort, und es klang ungewohnt energisch. „An ihr lag es sicher nicht, dass ich keinen Ehemann gefunden habe. Wir sind auch nicht geflohen ..."

Frederica lächelte sie dankbar an.

„Ach, nicht?“, hörte sie die scharfe Stimme ihrer Mutter, „warum sitzt ihr dann hier? Wir haben Mitte Mai, die Season läuft noch bis Ende Juni.“

„Wäre ich mit dir in London gewesen, dann hätten wir …“, fühlte sich Agatha bemüßigt, weitere Vermutungen anzustellen.

„… bei Lady Daglingworth in der Henrietta Street gewohnt“, ergänzte Frederica diesen Satz. „Das ist nicht nur am Rande der noblen Gesellschaft, was die Lage der Straße betrifft, es bringt dich auch nicht in deren Mitte, was die gesellschaftliche Stellung anbelangt. *Ich* habe es geschafft, dass uns Lady Derryhill bei sich aufgenommen hat. *Ich* habe …“

„Genützt hat es uns aber auch nichts, wie man sieht“, lautete Lady Panswicks trockener Kommentar. „Es besteht also kein Grund, Agatha zu kritisieren! Ah, hört ihr den Gong? Es wird Zeit, dass wir uns zum Dinner umkleiden.“

Penelope warf Frederica einen hilfesuchenden Blick zu.

„Muss das sein, Mama?“, fragte diese deshalb. „Wir sind rechtschaffen müde von der Reise. Dürfen wir auf unser Zimmer gehen, und Rosie bringt uns ein kleines Tablett hinauf?“

„Wo denkst du hin? Das ist völlig ausgeschlossen! Wir haben schließlich seit heute Mittag einen Gast im Haus, und es geziemt sich, dass wir ihn beim Abendessen in der Familie willkommen heißen.“

Auch das noch! Frederica hatte nicht die geringste Lust, das Dinner mit nichtssagendem Geplauder zu verbringen. Sie wollte auf ihr Zimmer, unter die Bettdecke schlüpfen und an einem Mann mit verheißungsvollen, dunklen

Augen denken. Doch natürlich hatte dieser Wunsch keine Aussicht auf Erfüllung.

„Einen Gast?", fragte sie daher. „Wen hast du eingeladen, Mama?"

„Nicht *ich* habe ihn eingeladen, sondern du, Frederica. Es handelt sich um Marcus Farrensby. Du weißt schon, den Jungen, der die Ferien im Mai mit Nicolas verbringen soll. Es ist zwar ein weiteres hungriges Maul, das wir mit unseren kargen Mitteln verköstigen müssen, aber ich beklage mich nicht. Und keinesfalls lasse ich seinen Vormund dafür aufkommen."

Während Frederica diese Information erst einmal verdauen musste, ergriff Agatha die Hand ihrer jüngeren Cousine: „Mach dir bitte keine unnötigen Sorgen, meine liebe Penelope, wenn ich erst einmal wieder auf den Beinen bin, dann fahren wir beide nach London. Meine Anwesenheit wird dir bestimmt die Türen zu den richtigen Kreisen öffnen. Du wirst sehen, wir beide finden im Handumdrehen einen passenden Ehemann für dich!"

Kapitel 36

Eine Stunde später traf man sich zum gemeinsamen Abendessen. Den beiden Schwestern war gerade so viel Zeit geblieben, Hände und Gesicht mit warmem Wasser zu reinigen und sich von Rosie in frische Kleider helfen zu lassen. Mit geübten Griffen steckte das Mädchen beiden die Haare auf und befestigte seitlich eine Schleife in der Farbe des jeweiligen Kleides.

„Rosie, was täten wir nur ohne dich", sagte Frederica, während sie sich im Spiegel betrachtete und das Ergebnis recht passabel fand. „Du bist doch mindestens so müde wie wir und musst sofort wieder deinen Pflichten nachkommen, du Arme."

„Das ist schon in Ordnung, Mylady", sagte das Mädchen. „Doch nun müssen Sie sich beeilen. Hören Sie das Knarren der Treppe? Lady Panswick ist bereits auf dem Weg nach unten."

„Freddy!" Kaum hatte der ehrenwerte Nicolas Barnett die Tür zum Wohnzimmer geöffnet, da stürmte er auch schon auf seine älteste Schwester zu und drückte sie fest an sich. „Mama sagte, du seist in London. Wie schön, dass du rechtzeitig nach Hause gekommen bist! Ist Penelope auch da? Du wirst Marcus mögen!"

„Nicolas, hör sofort auf, deine Schwester zu erdrücken und richte dein Halstuch, es sitzt schief", unterbrach Mama ihn in der ihr eigenen, unnachahmlich herzlichen Art.

Die Geschwister ließen sich davon nicht beirren. Frederica hielt Nicolas auf Armlänge weg. „Du bist ja richtig erwachsen geworden, kleiner Bruder. Wie waren die Monate in Eton seit deinem letzten Besuch? Welche Streiche haben du und deine Freunde wieder ausgeheckt?"

Da fiel ihr Blick auf die dünne, hochgewachsene Gestalt neben dem Kamin. Sie sah dem Earl of Derryhill nicht im Geringsten ähnlich. Frederica dachte, dass sie froh darüber sein sollte und war doch ein wenig enttäuscht.

„Und du musst Marcus sein", wandte sie sich freundlich an ihren jungen Gast. „Willkommen auf Lancroft Abbey. Ich denke, es spricht nichts dagegen, wenn du mich Frederica nennst."

Der Bursche machte eine formvollendete Verbeugung. „Dies würde mir zur Ehre gereichen, Mylady", sagte er mit ernster Miene.

Frederica verkniff sich ein Lächeln und sah zu ihrem Bruder hinüber.

„Wundere dich nicht, er spricht immer etwas gestelzt", beantwortete dieser ihren Blick mit einem Schulterzucken. „Darum habe ich ihn auch anfangs nicht leiden können. Ich dachte, er würde sich für etwas Besseres halten. Aber inzwischen weiß ich, dass er ein sehr netter Bursche ist und es an seiner Mutter liegt."

„... an seiner Mutter liegt?", wiederholte Lady Panswick, und es klang nicht erfreut. „Was kannst du nur damit meinen?"

„Meine Mama hat mich gelehrt, vornehm zu sprechen,

weil ich dereinst der Erbe des Earl of Derryhill sein werde, sollte mein Onkel ohne eigene Nachkommen versterben, was ich ihm persönlich natürlich nicht zu wünschen beabsichtige."

Als Frederica diesen Namen hörte, spürte sie einen Stich in der Brust.

„Du lieber Himmel!", rief Lady Panswick, die eine weitaus schnörkellosere Sprache bevorzugte. „Wie alt ist denn der gute Mann?"

„Durchaus bereits reichlich betagt", antwortete der jugendliche Gast, ohne mit der Wimper zu zucken. „Sicher hat er das dreißigste Lebensjahr bereits überschritten."

„Also ein Greis!", kommentierte Ihre Ladyschaft trokken und öffnete die Tür zum Speisezimmer.

„Begleitest du uns in den nächsten Tagen zum Fischen, Freddy?", erkundigte sich Nicolas und bot seiner Schwester den Arm an, um sie zu Tisch zu geleiten. Dann wandte er sich zu seinem Gast um: „Frederica ist eine Meisterin an der Angel, du wirst staunen!"

Und noch jemand anderes staunte, als er zwei Tage später die fröhliche Gruppe heimlich beobachtete, die sich am Teich nahe der Poststraße eingefunden hatte. Was für ein ungewöhnliches, aber auch herzerwärmendes Bild! Zwei junge Burschen saßen lebhaft plaudernd am Ufer und hielten ihre Angelruten ins Wasser. *Wenn sie noch länger so viel reden, werden sie wohl kaum etwas fangen,* dachte er amüsiert. Er war zu weit weg, um zu verstehen, was sie sprachen. Aber anscheinend hatte einer der beiden soeben etwas Lustiges gesagt, denn die junge Frau, die neben ihnen in der Wiese saß und gerade etwas an ihrer Angel richtete, ließ ein glockenhelles Lachen ertönen. Dann stand sie auf und warf mit einer eleganten Bewegung ihre Rute ins Wasser. *Das war gekonnt,* dachte er bewundernd. Anscheinend hatte sie darin langjährige Übung. Und noch etwas ging ihm durch den Kopf: Frederica sah genau so anmutig aus, wie sie es in seiner Erinnerung war. Doch sie wirkte fröhlich und gelöst, wie er sie noch nie erlebt hatte – als wäre ihr eine zentnerschwere Last von den Schultern genommen worden. Wie sie da nun vor ihm stand, mit den Jungen lachte und scherzte, da hatte er endlich die Gewissheit, nach der er sich in den letzten Tagen so inständig gesehnt hatte. Nun hatte er Klarheit über seine Gefühle und konnte sich daher mit vollem Herzen und ohne Verzögerung daran machen, sein Vorhaben auszuführen.

Der Earl of Derryhill hatte einen langen Ritt hinter sich und war vor wenigen Minuten abgestiegen, um dem Pferd eine kurze Rast zu gönnen. Er hatte einen Burschen, der neben der Straße ein Scheunendach reparierte, gefragt, auf welchem Grund und Boden er sich denn befände und ob es hier irgendwo eine Quelle gäbe, an der er sein Pferd tränken könne.

„Wir sind hier auf Landbesitz, der dem Viscount of Panswick von Lancroft Abbey gehört“, lautete die Antwort, die er zu hören gehofft hatte. „Wenn Sie dort den kleinen Waldweg nehmen“, der Blick des Earls folgte seinem schwieligen Zeigefinger, „dann kommen Sie zu einem Bächlein, das wenig später in einen Teich mündet. Dort vorn gleich, Sie können es gar nicht verfehlen, Sir, Euer Gnaden!“

Und darum stand er jetzt da, die Zügel seines Pferdes, das neben ihm graste, in der Hand, und konnte sich an Fredericas Anblick kaum sattsehen. Deshalb erkannte er erst nach einigen Minuten, dass es sich bei einem der beiden Jungen um seinen hoffnungsvollen Erben handelte. Ja, richtig! Er hatte durch die aufregenden Geschehnisse der letzten Tage völlig vergessen gehabt, dass Frederica so freundlich gewesen war, Marcus nach Lancroft Abbey einzuladen, um ihn von der Pflicht zu befreien, sich selbst um den Jungen kümmern zu müssen. War das da vorn am Teich tatsächlich sein sonst immer steif wirkender Erbe, der nun fröhlich lachte und herumtollte? So etwas hätte er nie für möglich gehalten. Fredericas Gegenwart wirkte sich anscheinend nicht nur auf *ein* Mitglied der Familie Farrensby positiv aus. Er merkte, wie glücklich ihn das machte. In diesem Augenblick kam eine Biene zu nah an die Nüstern seines Pferdes. Es erschrak und wieherte laut auf. Die Köpfe der drei Personen am Teich fuhren herum.

Frederica riss die Augen auf, schloss sie wieder und öffnete sie erneut. Das konnte doch nicht wahr sein! Welches Trugbild gaukelten ihr ihre Augen denn hier vor? Währenddessen begann ihr Herz wieder einmal wie wild zu schlagen.

Er ist da!, jubilierte ihre innere Stimme. *Derryhill ist gekommen!* Gleich würde er zu ihr hintreten und sie in die Arme schließen, genau so, wie sich das in den beiden letzten Nächten ausgemalt hatte, als sie sich ruhelos in ihrem Bett hin und her wälzte. *Er ist gekommen, um mich zu sehen!*

Leider meldete sich auch wieder eine zweite Stimme

zu Wort, und die widersprach laut und bestimmt: *Er ist gekommen, um seinen Erben zu sehen. Mit dir hat sein Besuch nicht das Geringste zu tun.*

„Onkel Anthony! Bist du es wirklich? Wie schön!“ Derryhill zu sehen, aufzuspringen und loszulaufen war eines. Dann erinnerte sich Marcus offensichtlich seiner strengen Erziehung, er blieb abrupt stehen, verbeugte sich und sagte mit angemessenem Tonfall: „Ich bitte um Verzeihung, Lord Derryhill, Eure Lordschaft wollte ich natürlich sagen. Ich bin so beglückt, Sie hier zu sehen, dass ich meine Überraschung darob nicht verhehlen möchte!“

„Wir sind hier auf dem Lande, Marcus, da brauchst du nicht so tun, als wärst du im Carlton House zu Gast“, kommentierte der andere Junge seine Worte mit einem Grinsen. Er war ebenfalls aufgestanden, hatte sich die Hände an seinem Hosenboden abgewischt und trat nun näher, um den überraschend aufgetauchten Gentleman nach seinen Wünschen zu fragen.

„Lieber Onkel“, kam ihm Marcus zuvor, „darf ich dir meinen Freund Nicolas Barnett vorstellen?“

Derryhill fiel auf, dass Marcus das Wort Freund ausdrücklich betont hatte. Nun stand er mit stolzgeschwellter Brust daneben und sah zu, wie dieser vor seinem Onkel den Diener machte. *Armer Neffe,* fuhr es ihm durch den Kopf. *Du hast es mit deiner Mutter auch nicht immer leicht. Wie schön, dass du jetzt einen Freund hast, dessen Gegenwart dir guttut.*

In diesem Augenblick kam Frederica näher, und seine Gedanken waren sofort abgelenkt. Sie trug ein einfaches Baumwollkleid in einem dunklen Roséton. Die Haare waren mit schnellen Griffen aufgesteckt worden, doch längst hatten sich einige vorwitzige Löckchen selbstständig gemacht und ringelten sich nun an ihren Schläfen. Die Wangen waren von der Sonne und, wie er hoffte, auch von der Freude, ihn wiederzusehen, zart gerötet. Noch nie war sie ihm so reizvoll erschienen wie in diesem Augenblick.

„Würdet ihr beiden jungen Herren Lady Frederica und mich wohl einen Augenblick allein lassen?", bat er. Er musste schlucken, bevor er weitersprach. „Wir haben etwas Wichtiges zu bereden!"

Frederica spürte, wie ihr das Blut in die Wangen schoss und sich ihre Lippen ganz ohne ihr Zutun zu einem Lächeln verzogen. *Er ist doch wegen mir gekommen!*, sagte die eine innere Stimme triumphierend zur anderen. Diese hatte diesmal nichts dagegenzusetzen.

„Hat das nicht Zeit bis später, Mylord?", fragte Nicolas eifrig und ohne jede Scheu einem so hochgestellten Mitglied der Gesellschaft gegenüber. „Sie werden doch ohnehin bei uns wohnen, nehme ich an, da Sie ja meine Schwester kennen und auch meinen Freund. Wir sind gerade beim Fischen, und mir scheint, dass ich eine Glückssträhne habe. Wollen Sie auch Ihr Glück versuchen, Mylord? Ich könnte ohne Probleme noch eine weitere Angelrute auftreiben."

Lord Derryhill lachte: „Nein danke, im Augenblick steht mir nicht der Sinn nach Fischen. Aber deine Glückssträhne will ich natürlich nicht unterbrechen. Bleibt ihr beide ruhig am Teich, und ich entführe euch Frederica. Obwohl entführen nicht das Wort ist, das ich in diesem Zusammenhang verwenden sollte." Er zwinkerte Frederica zu, woraufhin sie lächelte und die Augen niederschlug.

„Ihr könnt hinüber zur kleinen Schaukel gehen", schlug Nicolas vor, „dort kann man im Schatten sitzen, während man sich unterhält. Darf ich das Pferd mit hinunter zum Wasser nehmen?" Er war schon dabei, die Zügel zu ergreifen. „Keine Sorge, ich passe gut darauf auf!"

Kapitel 37

Kurz darauf saß Frederica auf der Schaukel, die ein Stallbursche an einem besonders stabilen Ast einer großen Eiche aufgehängt hatte, als sie noch ein kleines Mädchen war. Im Lauf der Jahre waren die Seile immer wieder erneuert worden, und so konnte sie nun ohne Bedenken darauf hin und her schwingen. Sie fühlte sich einerseits leicht und unbeschwert, andererseits aber auch unruhig. Sie gestand sich ein, dass die Anwesenheit des Earls sehr stark zu ihrer Unruhe beitrug.

Dieser hatte in der Zwischenzeit die Bank, die an dem Baum gelehnt war, auf ihre Beine gestellt und mit seinem Taschentuch von Schmutz und kleinen Käfern befreit. Dann rückte er sie ein paar Meter von der Schaukel entfernt auf die Wiese. So hatte er Frederica gut im Blick.

„Nun", wollte er wissen, während er Platz nahm, „wie ist es dir ergangen? Was hat deine Familie dazu gesagt, dass ihr so überraschend nach Hause zurückgekehrt seid?"

„Warum bist du gekommen?", fragte sie, anstatt darauf zu antworten.

Er lächelte versonnen: „Kannst du dir das nicht denken?"

„Hmmm." Sie tat, als würde sie überlegen. „Ich bin mir nicht sicher. Es ist besser, ich höre es aus deinem Mund."

„Ich bin gekommen, um mich bei dir zu entschuldigen", sagte er. „Mama meinte, ich hätte mich schrecklich benommen. Sie hat mir ganz ordentlich den Kopf gewaschen."

„Oh!" Das waren nicht die Worte, die Frederica zu hören gehofft hatte.

„Es war dumm von mir, dir einen Heiratsantrag zu machen ..."

„Oh!" Seine Worte wurden immer schlimmer und enttäuschender, sodass sich ihre Hoffnungen verflüchtigten.

„... während meine Sinne vom Alkohol benebelt und meine Mutter und deine Schwester anwesend waren."

„Oh?" War es nur deshalb dumm gewesen? Sie spürte wieder Hoffnung aufkeimen.

Er hatte sich erneut erhoben und stand nun direkt vor ihr. Erwartungsvoll blickte sie zu ihm auf. Sie sah, dass er lächelte, und lächelte zurück. Er reichte ihr beide Hände und zog sie hoch, was sie sich gern gefallen ließ. Nun standen sie einander viel dichter gegenüber, als es die herrschenden Konventionen erlaubten. Frederica spürte sein Herz, das direkt an ihrer Brust schlug. Oder war es ihr Herz an seiner? Sie spürte seinen Atem, der über ihre Wange strich.

„Lady Frederica Barnett", sagte er. Seine Stimme klang rau, sein Tonfall feierlich. Diesmal benebelte kein Alkohol seinen Verstand, sondern er war sich der Bedeutung seiner Worte sehr wohl bewusst. Und darum wählte er sie mit Bedacht.

„Ich liebe dich von ganzem Herzen. Würdest du mir die Freude machen, mich zu heiraten? Ich verspreche dir, alles zu tun, damit du glücklich wirst!"

„Ich bin schon glücklich“, flüsterte sie, „glücklicher, als ich es je in meinem Leben gewesen bin.“

Sie sah zu ihm auf, und er hätte sie am liebsten sofort in seine Arme gezogen und geküsst. Doch zuerst brauchte er Gewissheit.

„Heißt das Ja?“ Sein unsicherer Tonfall rührte sie.

„Aber natürlich heißt das Ja!“, rief sie daher schnell.

Jetzt gab es nichts mehr, das ihn davon abhielt, sie in die Arme zu schließen.

Als Frederica an diesem Abend neben ihre bereits schlummernde Schwester unter die Bettdecke schlüpfte, war sie viel zu aufgekratzt, um gleich einschlafen zu können. Der Mann, den sie liebte, liebte sie auch. Er hatte um ihre Hand angehalten, und er hatte versprochen, Lancroft Abbey nicht nur zu retten, sondern auch einen fähigen Verwalter einzusetzen, der dafür sorgen sollte, dass in Zukunft besser gewirtschaftet wurde. Sie hatte ihre Erzählung über ihre Heimkehr mehrmals unterbrechen müssen, da Seine Lordschaft es immer wieder für angebracht gehalten hatte, sie in die Arme zu nehmen und ihre Lippen mit einem Kuss zu verschließen. Frederica errötete noch im dunklen Zimmer, als sie daran dachte. Und dann hatten sie beide einen Plan geschmiedet, auf dessen Ausführung sie sich ganz besonders freute. Denn endlich würde sie einmal die Gelegenheit haben, selbst im Mittelpunkt zu stehen. Sie würde Mama und auch Cousine Agatha beweisen, dass sie weder zu dumm noch zu unerfahren war, um Lancroft Abbey und seine Bewohner vor dem Ruin zu retten. Und ein klein wenig freute sie sich auch darüber, dass sie hübsch genug war, um als Erste der Schwestern vor den

Traualtar zu treten. Und dies, obwohl sich Mama so sicher war, dass nur eine Schönheit wie Penelope es zustande brächte, das Herz eines Gentleman von Stand und Reichtum in Windeseile zu erobern.

„Du wirst sehen", hatte sie zu Derryhill gesagt, „Mama wird mit Sicherheit davon ausgehen, dass es Penelopes Hand ist, um die du anhältst. Ich bin für sie nur zweite Wahl." Sie hatte sich selbst darüber gewundert, wie sehr sie dieser Gedanke kränkte. Darum riss sie sich zusammen und fuhr mit heiterem Tonfall fort: „Darum freue ich mich sehr darauf, ihre überraschten Augen sehen, wenn sie die Wahrheit erfährt und erkennt, dass sie mich falsch eingeschätzt hat. Danke, dass du mir hilfst, ihr einen Spiegel vorzuhalten."

„Es wird mir ein Vergnügen sein", hatte Anthony geantwortet und ihr übermütig zugezwinkert, „jemand, der meine Frederica für die zweite Wahl hält, verdient es, dass man sie ein wenig zappeln lässt!"

Hatte sie sich bis dahin schon den Kopf darüber zerbrochen, ob sie es wagen könnte, ihn von sich aus zu küssen, so musste sie es nach diesen Worten einfach tun. Anthony hatte sie so leidenschaftlich zurückgeküsst, dass ihr jetzt noch ganz schummerig wurde. Frederica lächelte in Gedanken. *Anthony* ... es war so schön, ihn bei seinem Vornamen zu nennen.

„Was meinst du?", fragte er, als er sie schließlich wieder losgelassen hatte. „Soll ich ganz einfach zu Pferd auf Lancroft Abbey einreiten? Oder findest du Pomp und Gloria für unser Vorhaben passender? Mit Kutsche und allem, was zum Auftritt eines großen Earls dazugehört?"

Seine Selbstironie hatte ihm den nächsten Kuss beschert.

Hätte sie ihn nicht ohnehin schon geliebt, so wäre es in diesem Augenblick wohl um sie geschehen gewesen.

„Oh, unbedingt mit Pomp und Gloria!“, hatte sie geantwortet und in die Hände geklatscht.

„Seid ihr noch da?“, hörten sie in diesem Augenblick die Stimme ihres Bruders. Frederica hatte sich ertappt gefühlt und war auf der Bank ein Stück von Seiner Lordschaft weggerückt. Sein leises Lachen ließ sie erröten. Das sah Nicolas glücklicherweise nicht, der soeben aus dem Wald auftauchte und einen großen Karpfen in seiner Rechten hielt. „Seht nur, was ich gefangen habe! Ich denke, unser morgiges Mittagessen ist gesichert. Marcus“, er hatte sich zu seinen Freund umgewandt, der ihm folgte, „hat zwei Äschen herausgefischt. Die sind allerdings lange nicht so groß wie dieser Prachtkerl hier!“

Fredericas Gedanken wanderten hinüber zu der großen efeuumrankten Poststation von Tunbridge Wells, in der der Earl für diese Nacht Quartier bezogen hatte. Natürlich hätte es sich geziemt, ihn nach Lancroft Abbey einzuladen, um ihn hier nicht nur umgehend ihrer Muttervorzustellen, sondern auch das beste Gästezimmer für ihn herrichten zu lassen. Um wie viel bequemer hätte er es hier gehabt! Frederica wurde warm ums Herz, wenn sie daran dachte, welche Strapazen er auf sich nahm, nur um ihren Plan in die Tat umzusetzen. Sie konnte nur hoffen, dass seine Wirtshauskammer gut gelüftet war und die Bettlaken sauber. Dabei gratulierte sie ihm im Stillen für seine Weitsicht, dem Kutscher vor seiner Abreise aufgetragen zu haben, in jedem Fall bei der Poststation Halt zu machen und sich nach etwaigen Nachrichten seines Herrn zu erkundigen.

So konnte Derryhill dort in aller Ruhe auf die Kutsche warten, die ihm morgen am Vormittag nicht nur sein Gepäck, sondern auch seinen Kammerdiener bringen würde.

Ihre Schwester seufzte im Schlaf und drehte sich auf die andere Seite.

Die gute Penelope, dachte Frederica mit einem Hauch von schlechtem Gewissen. Es war nicht einfach, so unbefangen glücklich zu sein, wenn man merkte, wie sehr ihre Schwester immer noch litt. Auch wenn Penelope Mr Markfield mit keinem Wort erwähnte, so kannte sie sie einfach zu gut, um sie nicht zu durchschauen. Wie gern hätte sie trotz alledem die Jüngere an diesem Abend in ihre Geheimnisse eingeweiht, hätte sie nicht mit Derryhill Stillschweigen vereinbart gehabt. Auch den beiden Jungen war eingeschärft worden, mit keinem Sterbenswörtchen zu verraten, dass sie den Earl am Teich bereits gesehen hatten. Marcus hatte die Rechte auf sein Herz gelegt und mit ernster Miene versichert: „Ich werde schweigen wie ein Grab, sonst soll ein Blitz mich treffen von oben herab!"

„Äußerst poetisch!", kam der umgehende Kommentar Seiner Lordschaft.

„Shakespeare!", verkündete sein Neffe stolz.

„Nie und nimmer!", hatte Nicolas ausgerufen. „Wenn dieser dämliche Spruch vom großen Dichter ist, dann fresse ich diesen Karpfen hier mit samt seinen Gräten, und zwar roh und ohne dass er je mit der Pfanne unserer Köchin Bekanntschaft gemacht hat!"

Während Frederica lächeln musste, als sie sich an die kleine Szene erinnerte, überlegte sie noch kurz, ob ihr Geheimnis bei ihrem kleinen Bruder, dem Plappermaul, wirklich sicher aufgehoben war. Dann schlief sie ein.

Kapitel 38

Der hohe Besuch kam für Lady Panswick völlig unerwartet. Sie saß, wie fast jeden Vormittag, mit ihrer Nichte im Wohnzimmer, hatte die Bücher vor sich aufgeschlagen und ein Lorgnon in der Hand, das sie soeben seufzend ablegte: „Ich weiß nicht, wie wir das schaffen sollen, Agatha. Die Mädchen haben zwar aus der Hauptstadt noch etwas Geld mitgebracht, aber das reicht, wenn es hochkommt, noch für zwei Monate."

„Wenn ich mir nur nicht das Bein gebrochen hätte, dann hätten wir in London sicher Erfolg gehabt", meldete sich ihre Nichte vom Sofa her. „Wenn ich nur daran denke, was wir alles …"

„Du hast es dir aber gebrochen", unterbrach ihre Tante sie unwillig. „Also hat es keinen Sinn, immer und immer wieder davon zu träumen, was wäre wenn. Glaubt man dem Doktor, dann ist dein Bein frühestens in zwei Monaten wieder heil und daher … was ist denn das für ein Geräusch?"

Sie stand auf und begab sich zum Fenster, schob den Store einen Spalt breit zur Seite und lugte nach draußen.

„Da steht doch tatsächlich ein Vierergespann!", informierte sie Agatha. „Diese Kutsche habe ich noch nie gesehen. Sie ist in einem glänzenden Kobaltblau. Ah, da ist ja auch ein Wappen am Schlag." Sie ging noch näher zur Fensterscheibe heran. „Das dürfte eine Earls-Krone sein, aber ich kann es nicht genau erkennen."

„Eine Earls-Krone?", rief Agatha erstaunt. „Bist du denn mit einem Earl bekannt?"

Lady Panswick überlegte: „Natürlich habe ich bei meinen seltenen Aufenthalten in London den einen oder anderen gesprochen. Aber näher bekannt bin ich mit keinem, nein. Und die Begegnungen sind auch schon viele Jahre her."

„Dann bin ich mir sicher, dass du dich irrst, verehrte Tante.

Was sollte denn ein fremder Earl hier wollen?"

„Wenn ich das wüsste, meine Liebe, würde ich nicht rätseln", sagte Lady Panswick. „Ah, ein Gentleman steigt aus."

Agatha versuchte sich aufzurichten. „Kannst du erkennen, um wen es sich handelt?"

„Von hier oben sehe ich nur einen Zylinder", antwortete Ihre Ladyschaft, „und einen Mantel mit mehreren Schulterkrägen. Also ist der Mann wohl Mitglied des noblen *Four Horses Clubs*. Ach, herrje!" Erschrocken wich sie einen Schritt zurück. „Er hat soeben nach oben geblickt, ich hoffe, er hat mich nicht gesehen!"

Unten auf dem kiesbedeckten Vorplatz stand der Earl of Derryhill und sah, wie der Vorhang sich bewegte. Er lachte stillvergnügt in sich hinein. Der erste Schritt seines Plans schien gelungen zu sein. Er hatte ganz offensichtlich für das Aufsehen gesorgt, dass Frederica sich gewünscht hatte.

Der Butler war vor das Haustor getreten, um sich nach seinem Begehr zu erkundigen. Er nannte ihm seinen Namen, überreichte ihm eine blütenweiße Karte und bat, der Herrin des Hauses gemeldet zu werden. Dies geschah ohne Verzögerung, und doch schienen es für die beiden Damen im Salon die längsten Minuten ihres Lebens zu sein.

„Der Earl of Derryhill bittet Mylady, ihn empfangen zu wollen", verkündete Shipton und war sich seiner wichtigen Rolle sehr wohl bewusst.

„Derryhill?", wiederholte seine Herrin stirnrunzelnd. „Derryhill? Kommt dir dieser Name nicht auch irgendwie bekannt vor, Agatha?"

„Ja natürlich, die Mädchen haben bei einer Lady Derryhill gewohnt", antwortete ihre Nichte. „Ist die Countess auch mitgekommen, Shipton?"

„Bedaure nein, Mylady, der Gentleman ist allein."

„Wahrscheinlich ist er gekommen, um sich zu vergewissern, dass Frederica und Penelope gut nach Haus gekommen sind", vermutete Agatha. „Das ist ausgesprochen fürsorglich von ihm."

Lady Panswick lachte auf. „Das halte ich für absolut unwahrscheinlich! Die Mädchen fuhren in Lady Derryhills Kutsche, meine Liebe, einem modernen Gefährt mit einem tatkräftigen Kutscher auf dem Bock. Was also hätte ihnen geschehen sollen?"

„Du hast recht", gab ihre Nichte zu. „Und zum anderen würde sich wohl kein Earl der Welt die Mühe machen, wegen zweier simpler Lady Barnetts irgendwohin zu fahren."

Dieser Ausspruch wiederum gefiel Ihrer Ladyschaft ganz und gar nicht, sie konnte allerdings auch nicht wirklich etwas dagegenhalten. Also erwiderte sie nur spitz: „Du musst es ja wissen", und an den Butler gewandt: „Ich lasse bitten!"

Der Earl betrat den Raum. Er sah genau so aus, wie man sich einen Dandy aus der Hauptstadt vorstellte. Kein Staubkorn verunzierte das blaue Jackett, das ihm wie angegossen passte. Das Halstuch war blütenweiß, mit einem mathematischen Knoten gebunden, die dunklen Haare zu einer kunstvollen Windstoßfrisur gebürstet. Und dennoch wirkte er, wie Lady Panswick überrascht feststellte, in ihrem Wohnzimmer nicht fehl am Platz. Es war für sie selbst überraschend, dass sie von seiner Noblesse beeindruckt war. Sein Auftreten hatte nichts von jener vornehmtuerischen Wichtigkeit, das junge Stutzer in Tunbridge gern an den Tag legten, weil sie glaubten, damit weltmännisch zu erscheinen. Der Earl dagegen bewegte sich frei und ungezwungen. Er verbeugte sich über ihrer Hand: „Lady Panswick, Ihr ergebenster Diener!"

„Herzlich willkommen auf Lancroft Abbey, Lord Derryhill. Darf ich Sie mit meiner Nichte, Lady Alverston, bekanntmachen?"

Agatha reichte die Hand zu ihm hinauf und deutete mit der anderen auf ihr verletztes Bein. „Es tut mir leid, dass ich mich nicht erheben kann. Glauben Sie mir, ich hätte Sie gern stehend willkommen geheißen, Mylord."

Sie lächelte zu ihm hinauf. Einen derart gut aussehenden Mann hatte sie seit Langem nicht mehr zu Gesicht bekommen. Ob Seine Lordschaft wohl länger auf Lancroft Abbey zu bleiben gedachte? Diesen Gentleman hätte sie gern näher kennengelernt. Ihr Lächeln vertiefte sich. Natürlich, sie hatte Edward geliebt, doch er war nun schon seit fast eineinhalb Jahren unter der Erde. Dieser Mann hier lebte. Und er sah unglaublich attraktiv aus.

„Bitte nehmen Sie Platz, Lord Derryhill", die Hausherrin machte eine einladende Handbewegung. „Dürfen wir Ihnen Tee anbieten? Oder darf es etwas Alkoholisches sein, zur Erholung von der anstrengenden Reise?"

Der Earl erinnerte sich mit Schrecken an die Auswirkungen von Hochprozentigem zu früher Stunde und meinte, Tee wäre großartig. Der Butler, der in der offenen Tür auf einen Auftrag gewartete hatte, verbeugte sich und zog sich zurück.

Lady Agatha klopfte einladend auf den Sessel neben sich: „Hier ist es am angenehmsten!"

Er konnte ihr Lächeln sehr gut einschätzen. Sie war nicht die erste Witwe, die ihm einen derart verheißungsvollen Blick schenkte. Früher wäre er dafür durchaus empfänglich gewesen, doch heute prallte er an ihm ab. *Das ist also Lady Agatha,* dachte er kühl. Die Witwe, die Frederica stets als Vorbild genannt wurde. Jene Lady, von der ihre Mutter meinte, ihre Älteste würde ihr nie das Wasser reichen können. Nun, da war er anderer Ansicht. Dennoch lächelte er und setzte sich an ihre Seite.

Inzwischen war Agatha noch etwas anderes eingefallen: „Es ist Ihr Neffe, der derzeit auf Lancroft Abbey seine Ferien verbringt, nicht wahr, Mylord?"

Die Viscountess riss die Augen auf: „Dann sind Sie also der …" „Greis" hatte sie sagen wollen, hielt sich aber gerade noch rechtzeitig zurück. „Onkel", ergänzte sie rasch und beeilte sich hinzuzufügen: „Ich werde die Jungen umgehend holen lassen!"

Der Earl hielt sie zurück: „Das hat Zeit bis später, Lady Panswick, vielen Dank."

Der Butler kam mit dem Teetablett, und Derryhill nützte die Gelegenheit, während der Diener das Geschirr bereitstellte, sich zu seiner Gastgeberin hinüberzubeugen: „Darf ich Sie zuerst um ein Gespräch unter vier Augen bitten?"

Lady Panswick goss den Tee in die feinen Porzellantassen, rückte den Zucker zurecht und wartete, bis sich Shipton zurückgezogen hatte.

„Also, bitte, Mylord, kommen wir zum Grund Ihres überraschenden Besuches. Was verschafft uns die große Ehre?" Sie hob ihre Tasse, rührte darin um und sah ihren Gast über den Rand hinweg erwartungsvoll an.

„Es ist tatsächlich mein Wunsch, mit Ihnen unter vier Augen zu sprechen, Lady Panswick", wiederholte dieser.

Jetzt war sie ernsthaft verwundert: „Aber wir sind doch schon … ach, Sie meinen Agatha? Ich darf Ihnen versichern, dass Ihre Skrupel völlig unnötig sind, Lord Derryhill. Meine Nichte und ich haben keinerlei Geheimnisse voreinander."

„Nun denn …", Seine Lordschaft erhob sich, atmete tief durch, straffte seinen Rücken und sagte dann die bedeutungsschweren Worte: „Lady Panswick, darf ich Sie um die Hand Ihrer Tochter bitten?"

„Oh, mein Gott!", entfuhr es Lady Agatha. Damit hatte sie nicht gerechnet. Der gut aussehende Mann war also bereits vergeben. Penelope hatte es tatsächlich geschafft, diesen noblen Gentleman so nachhaltig zu fesseln, dass er ihr bis nach Tunbridge Wells nachgereist war. Dabei hätte sie doch so gern bei einer vorteilhaften Heirat ihrer

Cousine die Hände im Spiel gehabt. Zum einen, um Tante Cassandras Großzügigkeit zu vergelten, und zum anderen, um sich den Dank der Familie für die Zukunft zu sichern. Schließlich war sie ja auch weiterhin von ihrem Wohlwollen und ihrer Gastfreundschaft abhängig. Andererseits, sie atmete tief durch und riss sich energisch am Riemen, war es außerordentlich erfreulich für ihre Tante! Vielleicht war Seine Lordschaft ja das herbeigesehnte Wunder gegen all ihre Zukunftssorgen.

Lady Panswick schwieg eine Zeit lang und musterte den jungen Mann mit kritischem Blick. Was sie sah, schien ihren Gefallen zu finden. Jedenfalls meinte er, ein kleines Lächeln auf ihren schmalen Lippen entdeckt zu haben.

„Ihr Antrag, so unerwartet er auch für mich kommen mag, ist mir selbstverständlich eine Ehre, Lord Derryhill. Ich darf Sie bitten, wieder Platz zu nehmen, damit wir einige wichtige Einzelheiten besprechen können, bevor ich Ihnen meine Entscheidung mitteile."

Er tat, wie ihm geheißen. „Ich freue mich, dass Sie meinem Ansinnen prinzipiell positiv gegenüberzustehen scheinen", sagte er.

„Seien Sie versichert, dass ich das tue, Lord Derryhill. Aber ich weiß nicht, ob Ihnen die finanzielle Lage von Lancroft Abbey bekannt ist. Mein Sohn und Erbe wird in drei Jahren volljährig und kommt erst dann an die finanziellen Mittel, um dieses Landgut und damit seine Familie zu erhalten. Meine Zustimmung zur Heirat einer meiner Töchter ist daher an gewisse Bedingungen geknüpft, die … äh … finanzieller Natur sind."

Der Earl hatte sich Ihre Ladyschaft ganz anders vorgestellt. Aus Fredericas Erzählungen glaubte er zu entnehmen, dass es sich bei ihr um eine kalte, strenge Person handelte, deren einziges Lebensziel es war, ihre Tochter Penelope an den Meistbietenden zu verschachern. Nun erkannte er ihre Sorge um ihre Familie, die Verantwortung, die sie für das Landgut trug, und merkte zu seinem Erstaunen, dass er die Viscountess zu mögen begann. Ihre Ladyschaft schien eine tüchtige Frau zu sein, die sich nicht scheute, eine Wahrheit offen auszusprechen. Darin war sie seiner Mutter nicht unähnlich. Fast hätte er bei diesem Gedanken laut aufgelacht. Denn die beiden ähnelten sich wirklich nur in diesem einen Punkt. Er dachte an seine kleine, zierliche Mama in ihren eleganten Kleidern und blickte zu seiner stämmigen Gastgeberin hinüber, deren wache Augen erwartungsvoll auf seine nächsten Worte warteten.

„Darüber weiß ich in der Tat Bescheid, Lady Panswick", sagte er daher. „Selbstverständlich bin ich bereit, der Familie meiner zukünftigen Gattin zu helfen. Mein Anwalt ist bereits dabei, einen entsprechenden Vertrag aufzusetzen."

Es war ganz offensichtlich, dass Lady Panswick ein Stein vom Herzen fiel. „Das freut mich zu hören."

„Ich habe auch schon einen geeigneten Mann im Auge, den ich als Verwalter einzusetzen beabsichtige", setzte Seine Lordschaft fort.

Jetzt schnappte sie nach Luft. War sie eben noch hoch erfreut gewesen, so war sie jetzt in höchstem Maße irritiert: „Den *Sie* als Verwalter einzusetzen beabsichtigen, Mylord? Hier auf Lancroft Abbey? Bitte nehmen Sie zur Kenntnis, dass das immer noch der Landsitz der Familie Barnett ist, und ich daher …"

Seine Lordschaft hatte kein Wort erwidert und nur die rechte Augenbraue in die Höhe gezogen. Dennoch sah sich Ihre Ladyschaft veranlasst, ihren Wortschwall zu unterbrechen und tief durchzuatmen. „Sie haben natürlich recht, Lord Derryhill. Wir brauchen hier dringend einen tüchtigen Verwalter. Ich allein bin dieser Aufgabe auf Dauer nicht gewachsen."

Er beugte sich vor. „Dennoch bewundere ich Sie dafür, dass Sie die Tätigkeit in der letzten Zeit übernommen haben. Nur wenige Ladys wären dazu in der Lage", antwortete er. Er sagte dies nicht, um sie zu besänftigen, sondern weil er aufrichtigen Respekt für ihre Leistung empfand. Ihre Ladyschaft schien seine Worte mit Freuden zur Kenntnis zu nehmen.

„Den Verwalter möchte ich mir ansehen, bevor das letzte Wort über seine Bestellung gesprochen wird", sagte sie anstelle eines weiteren Widerspruchs. „Ich kenne Lancroft Abbey besser als jeder andere."

Er nickte, bevor er antwortete: „Das erscheint mir vernünftig."

Auch diese Worte wurden mit Wohlwollen zur Kenntnis genommen.

„Nun muss ich Sie aber doch fragen, und ich hoffe, Sie verzeihen meine unverhohlene Wissbegierde: Wie hoch wird der Betrag sein, den Sie uns zur Verfügung stellen werden, Lord Derryhill?"

„Hoch genug, um Lancroft Abbey wieder auf die Beine zu bringen. Ich denke, dieses Thema müssen wir nicht weiter erörtern. Über alle profanen Details sollen sich unsere Anwälte verständigen."

Lady Panswick nickte. Sie war so glücklich und erleichtert, dass sie zum ersten Mal seit vielen Jahren den spontanen Impuls verspürte, einem Mann vor Freude und Dankbarkeit um den Hals fallen zu wollen. Doch natürlich war ihr die Unschicklichkeit eines derartigen Verhaltens bewusst, also blieb sie aufrecht in ihrem Sessel sitzen und nickte nur.

„Unser gemeinsames Ziel muss sein, die Verwaltung so auszurichten, dass sich der Landsitz selbst erhalten kann. Denn nur so ist die Zukunft des Hauses und der Familie langfristig abgesichert“, hörte sie ihn sagen.

„Sie scheinen mir ein vernünftiger Mann zu sein, Derryhill“, erwiderte sie. „Ich habe seit dem Tod meines geliebten Gatten versucht, die Dinge hier am Laufen zu halten, wie Sie wissen, aber das war eine schwere Aufgabe – ohne Erfahrung und vor allem ohne jegliche finanzielle Mittel. Ich möchte nicht verhehlen, dass ich Sie als Geschenk des Himmels betrachte. Dennoch muss ich Sie fragen: Warum tun Sie das? Warum investieren Sie so viel Geld in einen Landsitz, dessen Familie Sie nicht kennen?“

Er sah ihr offen ins Gesicht: „Vielleicht, weil ich hoffe, dass wir uns noch besser kennenlernen werden, Mylady? Vor allem aber, weil ich Ihre Tochter liebe und ihr versprochen habe, alles zu tun, damit sie glücklich wird.“

„Das haben Sie schön gesagt, Lord Derryhill. Hiermit gebe ich euch meinen Segen.“ Sie zog am Klingelstrang. „Ich denke, jetzt ist der Zeitpunkt gekommen, meine Tochter zu dieser Unterredung dazu zu holen.“

Gleich ist es so weit, dachte der Earl, während er spürte, wie seine Aufregung stieg. Es war, wie Frederica es vorausgesehen hatte. Er hatte den Namen seiner Braut absichtlich nicht erwähnt, und Lady Panswick hatte nicht nachgefragt.

Es schockierte ihn, mit welcher Sicherheit sie anscheinend davon ausging, dass nur Penelope als passende Braut in Frage kam.

Als der Butler erschien, nahm Derryhill wahr, wie Frederica sich draußen in der Vorhalle rasch neben dem Türstock versteckte. Er musste lächeln. Offensichtlich war seine Braut nicht nur ungemein attraktiv und liebenswert, nein, sie war auch noch unglaublich neugierig. Hatte sie tatsächlich an der Tür gelauscht?

Anscheinend war er nicht der Einzige, der die junge Lady bemerkt hatte. „Ah, da bist du ja, Frederica, komm zu uns in den Salon!"

Lady Panswick stand auf und ging ihrer Ältesten entgegen. „Seine Lordschaft war so freundlich, soeben um deine Hand anzuhalten, und ich habe sie ihm gewährt. Ich hoffe, das war in deinem Sinne. Mit Freuden gebe ich euch meinen Segen."

„Frederica?", murmelte Agatha, „Aber warum denn ...?"

Ihre Cousine beachtete sie nicht. Sie war viel zu glücklich über Mamas Worte. Zum ersten Mal in ihrem Leben hatte sie das Gefühl, unverhohlene Wärme und Herzlichkeit aus der Stimme ihrer Mutter herauszuhören.

Ihre Ladyschaft nahm die Rechte ihrer Tochter und auch die des verdutzten Earls und legte die beiden Hände ineinander.

Inzwischen hatte sich auch Lady Agatha von ihrer Überraschung erholt. Sie klatschte in die Hände: „Herzlichen Glückwunsch euch beiden. Frederica, ich freue mich so für dich!"

Seine Lordschaft lächelte liebevoll auf seine Braut herab, die nun wieder ganz nahe vor ihm stand. Er spürte ihre warme Hand in seiner und ergriff auch noch ihre Linke. Jetzt war es ganz so wie am Vortag bei der Schaukel, doch nun geschah alles mit dem Segen ihrer Mutter. Er hätte seine Angebetete so gern in die Arme gezogen, sie geküsst und ihr versichert, dass er sie nie mehr loslassen wolle. Doch er wusste, dass Lady Panswicks Segen ein derart schamloses Vorgehen wohl nicht einschloss. Also musste er sich in Geduld üben. Außerdem plagte ihn seine Neugierde.

„Ich habe den Namen meiner Verlobten mit keinem Wort erwähnt, Lady Panswick", sagte er an die Gastgeberin gerichtet. „Warum wussten Sie dennoch, dass mein Antrag nicht Ihrer Tochter Penelope galt?"

Er bemerkte, dass Frederica gespannt die Luft anhielt.

Lady Panswick lachte auf: „Nein, mein Lieber, da müssen Sie einer Mutter schon ein besseres Urteil zubilligen. Penelope ist eine Schönheit, das steht außer Zweifel. Und darum ging ich davon aus, dass es ihr eher gelingen würde, im Handumdrehen einen oberflächlichen Mann für sich zu gewinnen, der sich von äußeren Vorzügen beeindrucken lässt. Obwohl nur ein gutes Jahr jünger, ist sie jedoch noch um einiges kindlicher als ihre Schwester. Sie muss noch wachsen und reifen. Nein, nur meine Frederica konnte in der Lage sein, einen Mann von Ihrem Format zu fesseln."

Das war der Augenblick, in dem Frederica den Earl losließ und zum ersten Mal in ihrem Leben ihre Mutter in die Arme schloss. Sie hätte in diesem Augenblick vor Glück die ganze Welt umarmen können.

Ende

Anhang

Die Geschichte von Lancroft Abbey

Für seine Erfolge zu See wurde dem ruhmreichen General George Barnett im Jahre 1601 von Königin Elisabeth I. der Titel *Viscount of Panswick* verliehen. Er erwarb das ehemalige Kloster Lancroft Abbey nördlich von Tunbridge Wells, in der englischen Grafschaft Kent gelegen, das unter der Herrschaft von Heinrich VIII. säkularisiert worden war, und baute es für seine Familie um. Seit dieser Zeit befindet sich der vierseitige Backsteinbau mit den vier markanten, achteckigen Türmen im Besitz der Familie Barnett.

Der siebte Viscount (1755–1810) war ein herzensguter Mensch gewesen, der weder etwas von Landwirtschaft, noch von Vermögensverwaltung verstand. Sein Geld investierte er vor allem in die Ausgrabungen, die Edward Alverston, der angeheiratete Neffe seiner Gemahlin, in Ägypten durchführte. Als er 1810 an einem heimtückischen Fieber stirbt, hinterlässt er eine tatkräftige Witwe, fünf heranwachsende Kinder und einen Berg Schulden.

Die Familie Barnett im Jahr 1811

Mutter: Louise Barnett *1767 – vierundvierzig Jahre alt, die Viscountess of Panswick, Tochter von Walter Dalfort, Baron of Chedworth. Ein Jahr nach dem Tod seiner ersten Frau – sie starb, als Louise elf Jahre alt war – heiratete er die Tochter eines Baronets. Sein Sohn und Erbe Archibald ist zwölf Jahre jünger als Louise und wird zum Vormund ihrer Kinder bestellt. Lady Panswick ist eine gerechte, praktisch veranlagte, zupackende Frau.

Frederica *22.3.1789 – zweiundzwanzig Jahre alt, dunkelhaarig, hübsch, klug, einfallsreich, belesen, liebt das Großstadtleben, Schach und Bücher und hat eine schlimme Allergie gegen Efeu.

Penelope *12.7.1791 – fast zwanzig Jahre alt ist die absolute Schönheit der Familie. Sie macht sich nichts aus hübschen Kleidern und gesellschaftlichem Vergnügen. Ihr Interesse gilt dem Landleben und vor allem den Tieren.

Bertram *1.9.1793 – siebzehn Jahre alt, der achte Viscount of Panswick, studiert in Cambridge, erbringt allerbeste Leistungen und wächst zu einem ernsthaften, jungen Mann mit diplomatischem Geschick heran.

Vivian *23.2.1796 – fünfzehn Jahre alt, ist der Freigeist unter Lady Panswicks Töchtern. Sie ist ein fröhliches, offenes, aber auch kämpferisches Mädchen, das im Institut von Mrs Clifford den letzten Schliff bekommen soll.

Nicolas *26.4.1798 – dreizehn Jahre alt, ist ein lebhafter, fröhlicher junger Mann, der Eton besucht und dessen

Mundwerk nie still steht. Er scheint sich vor nichts und niemandem zu fürchten.

Agatha Alverston *1778 – dreiunddreißig Jahre alt, geb. Barnett, Lady Panswicks Nichte, Witwe von Sir Edward Alverston, den sie bei Ausgrabungen in Ägypten unterstützte, lebt bei den Barnetts.

Archibald Dalfort, Baron of Chedworth *1779 – zweiunddreißig Jahre alt, Halbbruder der Mutter, exzentrisch, dicklich, wehleidig, aber höchst scharfsinnig, Vormund der Kinder seiner Schwester.

Andere wichtige Personen in „Der Heiratsplan"

Anthony Farrensby, vierter Earl of Derryhill *7.4.1779, zweiunddreißig Jahre alt, groß, gutaussehend, hat von zwei Seiten ein enormes Vermögen geerbt, das er geschickt anlegt und dadurch vermehrt. Freund des Vormunds Lord Chedworth, mit dem er Schach spielt. Meidet Orte, an denen sich heiratswillige Damen tummeln und neigt zu spöttischen Bemerkungen.

Seine Mutter: Cassandra Countess of Derryhill, achtundvierzig Jahre alt, elegant, klein, sehr lebhaft und freigeistig. Sie bringt Frederica und Penelope in der Gesellschaft groß heraus.

Seine Erbe: **Marcus Farrensby**, Sohn des verstorbenen Bruders des Vaters, Dreizehn Jahre alt, Sohn von Serena Farrensby, genannt *das schreckliche Weib*.

Lady Panswicks Liste geeigneter Heiratskandidaten:

Honorable Mr Alfred Pucklechurch: gutaussehend, eingebildet, bringt Penelope in Verruf.

Viscount of Westerleigh: verwitwet, zwei Kinder, reich, aber langweilig. Trauert noch um seine Gattin.

Honorable Mr Christian Pingham-Fawles: einundzwanzig Jahre alt, zweiter Sohn des Earl of Cumings, hat nur Unsinn im Kopf und vermehrt sein Vermögen am Spieltisch.

Lady Eleonore Daglingworth: Witwe eines Baronets, gewährt den Barnett-Schwestern Unterkunft. Bewegt sich nur am äußeren Rand der adeligen Gesellschaft, das dafür umso schriller.

Thomas Grittleton: Lord Chedworths Vermögensverwalter, Bruder von Lady Daglingworth

Honorable Henry Bernard Markfield: zweiundzwanzig Jahre alt, Cousin zweiten Grades des Viscount of Badwell, rettet Penelopes Kätzchen und ist auch sonst noch für allerlei verantwortlich.